Maja von Vogel / Henriette Wich

Die drei !!!

Tatort Geisterhaus

Skaterfieber

KOSMOS
bei CARLSEN

Außerdem in der Reihe Die drei !!! bei Carlsen lieferbar:
Die drei !!! – Achtung, Spionage!
Die drei !!! – Gefahr im Fitness-Studio
Die drei !!! – Gefährlicher Chat / Betrug beim Casting
Die drei !!! – Geheimnis der alten Villa
Die drei !!! – Im Bann des Flamenco
Die drei !!! – Nixensommer
Die drei !!! – Skandal auf Sendung
Die drei !!! – Tatort Paris

FSC
www.fsc.org
MIX
Papier aus verantwortungsvollen Quellen
FSC® C083411

Sonderausgabe
Veröffentlicht im Carlsen Verlag
Januar 2017
Mit freundlicher Genehmigung des Franckh-Kosmos Verlages
Die drei !!! – Tatort Geisterhaus

Die drei !!! – Skaterfieber

Umschlagbild: Anike Hage
Umschlaggestaltung: formlabor
Corporate Design Taschenbuch: bell étage
Druck und Bindung: CPI books GmbH, Leck
ISBN 978-3-551-31581-6
Printed in Germany

Die drei !!!

Tatort Geisterhaus

Die drei !!!

Skaterfieber

Tatort Geisterhaus

Sonntagsausflug nach Billershausen

»Wer zuerst an der alten Eiche ist!«
Michi schoss auf seinem Fahrrad an Kim vorbei. Seine dunkelbraunen Haare flatterten im Wind.
»Na warte, dich krieg ich!« Kim beugte sich vor und trat in die Pedale. Die Bäume am Wegesrand sausten vorüber, während sie immer schneller den Hügel hinabrollte. Irgendwo weiter vorne ertönte Michis siegessicheres Lachen. Aber wenn er dachte, sie würde sich kampflos geschlagen geben, hatte er sich geirrt. Kim schaltete einen Gang hoch und steigerte das Tempo, bis ihr der Fahrtwind Tränen in die Augen trieb. Langsam, aber sicher verringerte sich der Abstand zwischen ihr und Michi, bis sie gleichauf waren.
»Hilfe, Angriff von hinten!«, rief Michi in gespielter Angst.
Kim warf ihm einen schnellen Seitenblick zu. Ein Fehler, denn das Funkeln seiner blaugrünen Augen brachte sie wie immer völlig aus dem Konzept. Sie vergaß einen Moment zu treten und Michi zog jubelnd an ihr vorbei.
»Gewonnen!« Mit einer knappen Länge Vorsprung erreichte er die alte Eiche, ließ das Fahrrad ausrollen und hielt an.
»Aber nur, weil du geschummelt hast.« Kims Atem ging stoßweise, als sie neben Michi bremste. Sie stieg ab, lehnte ihr Rad gegen einen Baum und warf sich keuchend ins Gras am Wegesrand.
»Ich? Niemals!« Michi ließ sich neben ihr nieder und küsste ihr die Schweißtropfen von der Stirn.

»Doch!«, protestierte Kim schwach. »Du hast mich abgelenkt und dann …« Weiter kam sie nicht, denn Michis Lippen hatten ihren Mund erreicht und sie versanken in einem langen Kuss. Kim vergaß alles um sich herum. Sie hätte Michi ewig weiterküssen können, aber das schrille Läuten zweier Fahrradklingeln riss sie unsanft von ihrer rosaroten Wolke. Marie und Franzi rollten auf ihren Rädern den Hügel hinab und kamen breit grinsend neben Kim und Michi zum Stehen.
»Sieh dir unsere zwei Turteltauben an, sind sie nicht süüüß?«, flötete Marie.
Franzi nickte. »Herzallerliebst! Und ich habe Kim noch nie so schnell radeln sehen – ab heute nenne ich dich nur noch ›roter Blitz‹!«
Kim strich ihre rote Kapuzenjacke glatt. »Liebe verleiht eben Flügel«, stellte sie fest und kuschelte sich an Michi. Die spöttischen Kommentare ihrer Freundinnen prallten einfach an ihr ab. Sie war viel zu glücklich, um sich zu ärgern. Genießerisch hielt sie ihr Gesicht in die Sonne, während eine leichte Brise mit ihren kurzen braunen Haaren spielte. »Ist das nicht ein herrlicher Tag für einen Ausflug?«
Michi nickte. »Wer hätte gedacht, dass es Ende September noch mal so warm wird?« Er legte den Arm um Kim und drückte sie an sich.
Franzi sah auf die Uhr. »Ich will ja nicht drängeln, aber wir sollten lieber weiterfahren, sonst wird es zu spät.«
»Du hast recht.« Michi erhob sich. »Das Licht ist perfekt zum Fotografieren. Es wäre schade, wenn wir es verpassen.« Er streckte Kim die Hand hin und half ihr beim Aufstehen. Seufzend ging Kim zu ihrem Fahrrad und stieg auf. Vor lau-

ter Verliebtheit hätte sie fast vergessen, dass ihre sonntägliche Radtour leider kein reiner Vergnügungsausflug war, sondern einen ernsten Hintergrund hatte. Sie war mit Franzi, Marie und Michi unterwegs nach Billershausen, um Fotos von Oma Lottis Haus zu machen. Franzis Oma hatte vor einiger Zeit einen Schlaganfall gehabt, war seitdem pflegebedürftig und lebte bei Franzis Familie. Es ging ihr zwar schon wieder etwas besser, aber es war klar, dass sie nie mehr alleine wohnen konnte. Deshalb hatte sie sich schweren Herzens dazu durchgerungen, ihr geliebtes Haus zu verkaufen.
»Wirklich nett von dir, Michi, dass du dich bereit erklärt hast, die Fotos für die Immobilienanzeige im Internet zu machen«, sagte Franzi, als sie in gemächlichem Tempo auf dem gewundenen Radweg nach Billershausen weiterradelten.
»Kein Problem.« Michi lächelte. »So kann ich gleich meine neue Kamera ausprobieren. Mein Vater hat sie mir zum Schnäppchenpreis verkauft, weil es ein Auslaufmodell ist.«
Herr Millbrandt, Michis Vater, betrieb ein kleines Elektrogeschäft in der Innenstadt, in dem Michi manchmal aushalf, wenn er nicht gerade damit beschäftigt war, für seine Ausbildung zum chemisch-technischen Assistenten zu lernen. Michi interessierte sich für alles, was mit Chemie zu tun hatte, und führte liebend gerne komplizierte Experimente durch. Kim, Franzi und Marie hatten seine Kenntnisse schon oft in Anspruch genommen, wenn sie mit ihrem Detektivclub *Die drei !!!* mal wieder einen kniffligen Fall lösten und einen Experten in chemischen Fragen brauchten.
»Seht mal, dort drüben!« Marie zeigte auf ein Riesenrad, das sich in der Ferne hinter den Baumwipfeln langsam drehte.

Daneben waren die geschwungenen Schienen einer Achterbahn zu sehen. Sie glänzten im Sonnenlicht. »Im Freizeitpark herrscht bei dem Wetter bestimmt Hochbetrieb.«
Der Freizeitpark *Sugarland* lag vor den Toren Billershausens und war ein richtiger Touristenmagnet. An den Wochenenden und in den Ferien war das Gelände oft völlig überlaufen. Franzi seufzte und starrte stur geradeaus. Kim ahnte, woran ihre Freundin dachte. »Du vermisst Felipe, oder?«, fragte sie leise.
Franzi nickte. »Er ist jetzt schon zwei Wochen weg. Und es dauert noch schrecklich lange, bis er zurückkommt.«
Franzis Freund Felipe war Halbmexikaner. Seine Mutter Juana betrieb ein Restaurant im *Sugarland* und Franzi hatte ihn oft dort besucht. Aber vor vierzehn Tagen war Felipe in den Flieger gestiegen, um in Mexiko ein mehrmonatiges Praktikum zu absolvieren.
»Wie geht es Felipe denn so in seiner alten Heimat?«, erkundigte sich Michi, der hinter Franzi und Kim radelte. »Gefällt ihm das Praktikum?«
Franzi seufzte noch einmal. »Und wie! So begeistert, wie er mir bei unserem letzten Telefonat von seiner Arbeit im Museum erzählt hat, hatte ich beinahe Angst, dass er gar nicht mehr wiederkommen will.«
»Unsinn!« Marie fuhr an der Spitze und trat gleichmäßig in die Pedale. »Wetten, dass Felipe dich mindestens genauso vermisst wie du ihn?«
»So oft, wie er dir simst und mailt, ist es erstaunlich, dass er überhaupt noch Zeit für sein Praktikum hat«, stellte Kim kichernd fest.

Franzi musste lachen. »Stimmt eigentlich. Heute Abend sind wir mal wieder zum Skypen verabredet. Ich freu mich schon!«

»Grüß ihn von mir«, bat Michi, der auch mit Felipe befreundet war. Beide beschäftigten sich begeistert mit Pyrotechnik und hatten gemeinsam schon einige beeindruckende Feuerwerkshows konzipiert und durchgeführt.

»Mach ich.« Franzis Laune schien sich augenblicklich zu bessern, sobald das Riesenrad hinter den Bäumen verschwunden war. Rasant nahm sie die nächste Kurve und rief Marie zu: »Was macht denn Holger heute?«

»Er packt.« Jetzt war es Marie, die mit düsterer Miene auf die Straße starrte.

»Wieso denn?«, fragte Kim erschrocken. »Er zieht doch nicht etwa schon wieder um?«

Maries Freund war erst vor Kurzem mit seiner Mutter und seinen kleinen Geschwistern von Billershausen ins Ostviertel gezogen, ganz in Maries Nähe. Seitdem konnten sich die beiden so oft sehen, wie sie wollten, was sie sehr genossen.

»Nein, er fährt morgen in ein Sportcamp, das seine Schule organisiert«, verkündete Marie mit Grabesstimme. »Er wird eine ganze Woche fort sein.« Sie seufzte theatralisch. »Wie soll ich das nur aushalten?«

Kim und Franzi wechselten einen belustigten Blick und prusteten los. Marie – Tochter des berühmten Schauspielers Helmut Grevenbroich – wollte später selbst Sängerin oder Schauspielerin werden und liebte das ganz große Drama. Aber manchmal schoss sie ein wenig übers Ziel hinaus.

»Und ich dachte schon, es wäre etwas Ernstes«, sagte Franzi spöttisch.

»Es *ist* ernst!«, verteidigte sich Marie. »Ohne Holger wird mein armes Herz vertrocknen wie eine Primel in der Wüste.«

»Findest du nicht, dass du ein bisschen übertreibst?«, fragte Kim vorsichtig. »Holger ist doch nur eine Woche verreist.«

»Genau, und das ist wirklich keine Ewigkeit«, ergänzte Franzi leicht genervt. »Was soll *ich* denn sagen? Felipe ist schließlich mehrere Monate weg.«

»Du hast recht.« Marie warf ihrer Freundin einen mitfühlenden Blick zu. »Entschuldige, das war wirklich nicht besonders sensibel von mir.«

»Kein Problem«, sagte Franzi versöhnlich. Sie war zwar manchmal etwas aufbrausend, aber dafür alles andere als nachtragend. »Zum Glück haben wir ja noch uns und unseren Club. Detektivarbeit ist die beste Ablenkung bei Liebeskummer, die man sich vorstellen kann.«

»Ja, aber dafür brauchen wir erst mal einen neuen Fall«, stellte Kim fest. »Im Moment herrscht leider totale Flaute.«

»Keine Sorge, der nächste Fall kommt bestimmt«, sagte Franzi zuversichtlich.

»Wir sind da, Mädels!«, rief Michi von hinten. Tatsächlich fuhren sie gerade am Ortseingangsschild vorbei.

»Na endlich.« Kim atmete erleichtert auf. Nach dem Wettrennen mit Michi waren ihr auf den letzten Kilometern die Beine ganz schön schwer geworden. Sie hatte sich noch nie sonderlich für Sport begeistern können und die Strecke nach Billershausen brachte sie körperlich ziemlich an ihre Grenzen. Zum Glück hatte sie ihre Fitness im Sommer durch regelmäßige Radtouren und Besuche im Waldschwimmbad etwas steigern können.

Gemächlich radelten die drei !!! und Michi durch das kleine Dorf bis zu Oma Lottis Haus. Es lag etwas außerhalb direkt am Waldrand. Die Sonne stand knapp über den Baumwipfeln und ihre schrägen Strahlen ließen die Fenster aufblitzen. Kim war schon oft hier gewesen und wieder einmal kam ihr der Gedanke, dass das Haus von Franzis Oma wie ein verwunschenes Hexenhäuschen wirkte.
»Ich mache schnell ein paar Fotos, ehe die Sonne hinter dem Wald verschwunden ist.« Michi sprang vom Rad, packte seine neue Kamera aus und begann sofort zu knipsen.
Kim lehnte ihr Rad gegen den Gartenzaun und wischte sich den Schweiß von der Stirn. Die Septembersonne hatte noch erstaunlich viel Kraft und die lange Radtour hatte Kim durstig gemacht. Sie holte eine Wasserflasche aus ihrem Rucksack und trank gierig. Dann gab sie die Flasche an Marie weiter und beschloss, sich als Belohnung für die Strapazen einen Schokoriegel zu genehmigen. Kim liebte Schokolade und Süßigkeiten über alles und hatte immer eine Notration dabei, falls sie unterwegs eine Heißhunger-Attacke überkam.
Franzi stand neben Kim am Zaun und blickte wehmütig auf den verwilderten Garten. Oma Lottis Gemüsebeet war von Unkraut überwuchert und der Rasen stand viel zu hoch. »Früher war der Garten immer picobello. Das Gemüsebeet war Omas ganzer Stolz, sie hätte auf keinen Fall zugelassen, dass es so herunterkommt. Und nun wird sie nie wieder in ihrem geliebten Garten Unkraut zupfen.« Franzis Stimme klang ziemlich wackelig.
Kim legte ihr den Arm um die Schultern. »Dafür wohnt sie jetzt bei euch und ihr könnt euch jeden Tag sehen.«

»Genau.« Marie hatte einen Schluck Wasser getrunken und reichte Franzi die Flasche. »Ist doch toll, dass sie nach dem Schlaganfall wieder sprechen gelernt hat und sogar allmählich immer besser laufen kann.«

»Stimmt.« Franzi lächelte tapfer, während sie mit der Wasserflasche herumspielte. »Gestern haben wir einen kleinen Spaziergang durch unseren Garten gemacht. Mit dem Gehwagen hat es ganz gut funktioniert. Aber bei den Mahlzeiten braucht sie noch Hilfe und eigentlich darf man sie nie allein lassen. Ich sag's euch, Mama ist ganz schön gestresst.« Frau Winkler trug die Hauptlast der Pflege, aber ihr Mann, Franzi und ihre älteren Geschwister Stefan und Chrissie halfen, wo sie konnten.

»Das wird bestimmt bald besser«, sagte Kim zuversichtlich. »Hat Stefan denn inzwischen ein Zimmer in Aussicht?«

Franzis Bruder suchte schon länger eine eigene Bleibe, um endlich frei und unabhängig zu sein. Leider war es für ihn als Student nicht leicht, etwas Bezahlbares zu finden. Doch allmählich gab es ein akutes Platzproblem bei Winklers, da Franzi für Oma Lotti ihr Zimmer geräumt hatte und seitdem mit ihrer sechzehnjährigen Schwester Chrissie zusammenwohnte – was zu täglichen Reibereien führte und Franzis Nerven manchmal bis aufs Äußerste strapazierte.

Franzis Miene hellte sich auf. »Stimmt, das hab ich euch ja noch gar nicht erzählt! Stefan hat endlich ein günstiges WG-Zimmer in der Innenstadt gefunden, ganz nah bei der Uni. Er kann schon nächstes Wochenende einziehen.«

»Toll!« Marie lächelte Franzi zu. »Dann musst du dich ja bald nicht mehr mit Chrissie herumärgern.«

Franzi nickte froh. »Und das Beste ist: Stefans Zimmer ist viel größer als meins, da hab ich jede Menge Platz. Ich freu mich schon total darauf, es einzurichten.«

»Das sind doch wirklich gute Neuigkeiten«, stellte Kim fest. Während Marie ihren Schminkspiegel hervorholte und ihr Make-up auffrischte, beobachtete Kim, wie Michi ein Bild nach dem anderen schoss. Er wirkte völlig versunken, wie immer, wenn ihm etwas wirklich Spaß machte. Das Sonnenlicht malte helle Kringel in sein dunkles Haar und eine vorwitzige Strähne fiel ihm immer wieder in die Stirn. Kim wurde warm ums Herz. Am liebsten wäre sie zu Michi gegangen und hätte ihm einen Kuss auf die Lippen gedrückt, aber sie wollte ihn nicht beim Fotografieren stören.

Stattdessen folgte sie Franzi durch das kleine Tor in den Garten. Franzi schnappte sich eine mit Regenwasser gefüllte Gießkanne und goss die Rosen, die in einem kleinen Beet vor dem Haus immer noch so üppig blühten, als wollten sie es nicht wahrhaben, dass der Sommer eigentlich schon zu Ende war.

»Papa muss wirklich bald mal herkommen und den Rasen mähen«, sagte Franzi. »Das hat er schon seit Wochen vor, aber es kommt immer etwas dazwischen.«

»Sollen wir drinnen kurz nach dem Rechten sehen, wo wir schon mal hier sind?«, fragte Kim.

Franzi stellte die Gießkanne ab und zog nachdenklich die beiden Haargummis fest, die ihre roten Zöpfe zusammenhielten. Sie sah zu den schmutzigen Fenstern empor, hinter denen die leere Stille von Oma Lottis Haus lauerte. Im Küchenfenster, wo früher immer ein frischer Blumenstrauß gestanden hatte, prangte jetzt gut sichtbar das ZU VERKAUFEN-Schild mit der winklerschen Telefonnummer. Da bisher kein einziger Interessent angerufen hatte, waren Franzis Eltern zu dem Entschluss gekommen, es nun mit einer Immobilienanzeige im Internet zu versuchen.

»Nein, ich glaube, ich will lieber nicht ins Haus.« Franzi zögerte. »Ohne Oma Lotti ist es einfach nicht dasselbe.«

Kim nickte langsam. »Das kann ich gut verstehen. Es ist schwer vorstellbar, dass bald andere Leute hier leben werden.« Aber es war mehr als das. Ohne Lotti Winkler hatte das Haus seine Seele verloren. »Ich schau mal nach, wie weit Michi ist.« Kim drückte kurz Franzis Arm, dann marschierte sie um die Hausecke in den rückwärtigen Teil des Gartens. Am besten, sie machten sich zügig auf den Heimweg, sobald Michi mit den Fotos fertig war, damit Franzi nicht noch trauriger wurde.

Aber hinter dem Haus war niemand. Der Garten lag bereits im Schatten des Waldes, der direkt an den Zaun grenzte. Er wurde Märchenwald genannt und viele alte Legenden rankten sich um ihn. Wie stumme Wächter ragten die hohen Bäume hinter dem Garten auf und zwischen ihren Stämmen sammelte sich bereits die Dunkelheit. Eine kühle Brise ließ das lange Gras rascheln. Kim fröstelte und schlang beide Arme um den Oberkörper.

»Michi?«, rief sie leise und ärgerte sich, weil ihre Stimme so unsicher klang. Sie konnte sich die Angst, die sie auf einmal überkam, nicht erklären. Es war später Nachmittag und dies war Oma Lottis Garten. »Es gibt keinen Grund, sich zu fürchten«, sagte Kim laut, um sich selbst Mut zu machen.

Sie beschloss, zu den anderen zurückzugehen. Als sie sich zum Haus umdrehte, fiel ihr Blick auf eins der Fenster im oberen Stockwerk. Ein letzter Sonnenstrahl ließ die schmutzige Scheibe aufblitzen. Kim zuckte zusammen. Was war das? War da nicht eine Bewegung gewesen? Sie trat einen Schritt zurück und meinte, einen Schatten hinter der Scheibe wahrzunehmen. Aber dann versank die Sonne endgültig hinter dem Wald und das Fenster starrte dunkel und trübe auf Kim herab, als wäre es fest entschlossen, sein Geheimnis nicht preiszugeben.
Kim schüttelte den Kopf. »So ein Unsinn«, murmelte sie. »Wahrscheinlich hab ich mir alles nur eingebildet.«
Sie versuchte, die Gänsehaut zu ignorieren, die sich auf ihren Armen ausgebreitet hatte, und hastete mit gesenktem Kopf um die Hausecke. Plötzlich stieß sie mit jemandem zusammen und schrie auf.
»Immer mit der Ruhe, ich bin's doch nur«, sagte eine vertraute Stimme.
Kim blickte auf. »Michi!«
Michi grinste. »Wen hast du denn erwartet?« Er wurde ernst. »He, was ist los? Du siehst aus, als hättest du einen Geist gesehen.«
Kim lächelte gequält. »Nein, ich hab nur ...« Sie winkte ab. »Vergiss es, meine Fantasie hat mir einen Streich gespielt, nichts weiter.«
Michi legte den Arm um Kims Schultern und drückte sie sanft an sich. »Das wundert mich gar nicht. Ich kenne niemanden, der so viel Fantasie hat wie du. Darum wirst du später bestimmt auch eine supererfolgreiche Autorin.«

Michis Nähe beruhigte Kim augenblicklich. Ihr Herzschlag normalisierte sich wieder und die Gänsehaut verschwand. Sie verzog das Gesicht. »Das erinnert mich daran, dass ich schon ewig keine Schreibübung mehr gemacht habe. Wenn ich weiter so faul bin, kann ich meine Schriftstellerinnen-Karriere vergessen.«

Es war schon lange Kims Traum, irgendwann eine berühmte Krimiautorin zu werden. Früher hatte sie regelmäßig Kurzgeschichten geschrieben, aber seit sie den Detektivclub gegründet hatte, fehlte ihr meistens die Zeit dazu.

»Du schaffst das schon«, sagte Michi zuversichtlich, während sie eng umschlungen zur Vorderseite des Hauses schlenderten.

»Da sind ja unsere zwei Verliebten!« Marie stand neben ihrem Fahrrad und strich sich grinsend eine lange blonde Haarsträhne hinter das Ohr.

»Können wir?« Franzi saß bereits auf ihrem Rad. »Ich muss pünktlich zu Hause sein. Meine Eltern haben heute Abend noch einen Termin und ich soll bei Oma Lotti bleiben.«

»Klar, ich hab alles im Kasten.« Michi nahm den Arm von Kims Schultern und packte die Kamera, die noch um seinen Hals hing, vorsichtig wieder ein. »Ich lade die Fotos nachher hoch und mail dir die besten rüber, okay, Franzi?«

Franzi nickte. »Toll, danke. Komm doch morgen Nachmittag mit uns ins *Café Lomo*, dann spendier ich dir einen *Kakao Spezial* als kleine Gegenleistung.«

»Morgen hab ich leider keine Zeit«, sagte Michi bedauernd. »Mein Bruder wird aus dem Gefängnis entlassen und ich hab versprochen, ihn abzuholen.«

Marie zog eine Augenbraue hoch. »Frank wird entlassen?«
Michi nickte. »Ich freu mich total darauf, ihn endlich wiederzusehen. Ich hab ihn zwar ein paarmal im Gefängnis besucht, aber das ist einfach nicht dasselbe.«
»Kann ich mir vorstellen«, sagte Franzi. »Hoffentlich hat er was aus der Haft gelernt.«
»Und ob«, versicherte Michi eifrig. »Er hat sich völlig verändert. Er will ein neues Leben anfangen und sein Geld nur noch mit ehrlicher Arbeit verdienen.«
»Ein weiser Entschluss«, stellte Marie fest, während sie auf ihr Fahrrad stieg.
Kim schwieg. Michis älterer Bruder war den drei !!! bei ihrem allerersten Fall begegnet. Sie hatten seine kriminellen Machenschaften aufgedeckt und ihn hinter Gitter gebracht. Lange war Frank ein absolutes Tabuthema zwischen Kim und Michi gewesen. Kim hatte lieber verdrängt, dass ihr Freund mit einem verurteilten Verbrecher verwandt war. Doch kürzlich hatten sie sich endlich ausgesprochen. Trotzdem machte Kim die Sache immer noch zu schaffen. Was, wenn Franks Versprechungen nur leere Worte waren?
»Kommst du, Kim? Wir wollen los!« Franzis Stimme riss Kim aus ihren Grübeleien.
»Bin schon da!« Hastig schwang sich Kim in den Sattel und trat in die Pedale. Der Fahrtwind blies die düsteren Gedanken aus ihrem Kopf. Sie beschloss, nicht länger über Frank nachzudenken, dafür war dieser Tag viel zu schön.
Lachend und schwatzend bogen die drei !!! und Michi um die Ecke. Oma Lottis Haus blieb einsam zurück. Im Schatten des Waldes wirkte es mehr denn je wie ein Hexenhaus.

Eine unheimliche Entdeckung

Geheimes Tagebuch von Kim Jülich
Montag, 18:03 Uhr
Achtung: Lesen für Unbefugte (alle außer Kim Jülich) streng verboten! Das gilt auch für Ben und Lukas, die nervigsten Zwillingsbrüder aller Zeiten. Wehe, ihr vergreift euch an meinen privaten Aufzeichnungen, dann könnt ihr was erleben!
Ich bin total durcheinander. Gerade hat Michi angerufen und ganz begeistert von seinem Wiedersehen mit Frank erzählt. Er hat seinen Bruder vom Gefängnis abgeholt und ihn zur Feier des Tages in die Eisdiele eingeladen, in der er manchmal jobbt. Offenbar haben sich die beiden prima verstanden und jetzt will Michi seinem Bruder helfen, im normalen Leben Fuß zu fassen. Ich finde es ja eigentlich total süß von Michi, dass er seinen Bruder unterstützen will. Aber jetzt kommt's: Michi hat gefragt, ob wir morgen zu dritt ins Lomo *gehen wollen, damit ich Frank richtig kennenlernen kann. Vor lauter Überraschung hab ich einfach zugestimmt, doch jetzt würde ich Michi am liebsten anrufen und das Date absagen. Wenn ich an Frank denke, habe ich immer noch so ein komisches Gefühl. Ich kann einfach nicht vergessen, wie er Marie, Franzi und mich bei unserem ersten Fall kaltblütig im Keller des Elektroladens eingesperrt und bedroht hat. Ob er wirklich ein anderer Mensch geworden ist?*
Was soll ich nur tun? Ich will Michi nicht vor den Kopf stoßen, aber ich bin mir auch nicht sicher, ob ich es schaffe, Frank unvoreingenommen gegenüberzutreten …
Mist, mein Handy klingelt, ich muss Schluss machen. Bis später!

Hastig speicherte Kim die Datei und schloss das Dokument, damit es vor den neugierigen Zwillingen sicher war. Ihr geheimes Tagebuch war Kim absolut heilig, nicht einmal Marie und Franzi durften es lesen. Dann griff sie nach ihrem Handy.

»Hallo, Franzi, was gibt's?«

»Kim! Du musst herkommen! Sofort!« Franzis Stimme klang abgehackt und außer Atem.

Kim setzte sich auf. »Was ist los?«, fragte sie alarmiert. »Steckst du in Schwierigkeiten?«

»Nein, ich …« Franzi holte tief Luft. »Ich habe etwas Unglaubliches entdeckt.«

»Was denn?«

»Nicht am Telefon! Komm so schnell wie möglich her, okay?«

»Das geht nicht. Mama ist einkaufen und ich bin allein mit den Zwillingen.«

»Na gut, dann komme ich eben zu dir. Sag Marie Bescheid, ja? Bis gleich!«

»Aber …«, begann Kim, doch Franzi hatte schon aufgelegt. Irritiert betrachtete Kim ihr Handy. »Typisch!«, murmelte sie. »Dass es bei uns in einer halben Stunde Abendessen gibt, ist Fräulein Winkler natürlich komplett egal.«

Kims Mutter nahm es mit den Essenszeiten leider ziemlich genau. Und sie legte großen Wert darauf, dass die ganze Familie gemeinsam am Tisch saß. Aber Kim würde Franzi trotzdem nicht hängen lassen, das war Ehrensache. Außerdem war sie auch ein klitzekleines bisschen neugierig. Was hatte Franzi entdeckt?

Sensationelle zehn Minuten später klingelte es. Kim spurtete zur Haustür.
»Wahnsinn!« Kim sah beeindruckt von Marie zu Franzi. »Bist du geflogen, Franzi? Oder wie hast du es sonst so schnell hierher geschafft?«
Franzi grinste. »James Bond hat mich in seinem Superflitzer mitgenommen. Wir haben auf der Fahrt alle Gangster mit Überschallgeschwindigkeit abgehängt.« Sie winkte ihrem Bruder Stefan zu, dessen alter, klappriger Opel vor dem jülichschen Gartentor stand. Stefan hupte kurz, dann knatterte der Opel davon.
»Was ist denn das für eine alte Gurke?« Kims kleiner Bruder Ben war neben ihr auf der Türschwelle aufgetaucht. Er sah dem Opel mit gerümpfter Nase nach.
»Der Schrotthaufen fällt ja fast auseinander«, fügte sein Zwillingsbruder Lukas hinzu und drängelte Kim zur Seite, um auch einen Blick auf die Straße werfen zu können.
Kim seufzte. Das war mal wieder typisch. Die Zwillinge waren wie Pech und Schwefel und tauchten leider immer im Doppelpack auf. Entgegen jeder mathematischen Logik entwickelten sie dabei allerdings das zehnfache Nervpotenzial.
Marie beugte sich zu den Jungs hinunter. »Ihr habt echt keine Ahnung!« Sie senkte die Stimme. »Das war James Bond in seinem Superflitzer mit Düsenantrieb und Spezialausstattung.«
»Ach ja?« Ben grinste herausfordernd. »Und warum sah die Karre dann aus wie ein rostiger Opel?«
Marie verdrehte die Augen. »Weil Geheimagenten natürlich immer inkognito unterwegs sind. Sonst würde sie ja jeder Ganove sofort erkennen.«

»Ehrlich?« Lukas sah leicht verunsichert aus.
»Und ob!« Marie zwinkerte ihm zu. »Aber das ist streng geheim, klar? Wenn ihr die Mission von 007 auffliegen lasst, kriegt ihr es mit dem britischen Geheimdienst zu tun. Und die Jungs sind nicht gerade zimperlich. Also kein Wort zu niemandem, okay?«
»Okay«, hauchte Ben. Auch Lukas nickte mit offenem Mund. Kim musste sich das Lachen verbeißen. So durchtrieben die Zwillinge waren, wenn sie Kim ärgern wollten – manchmal waren sie noch erstaunlich naiv. Allerdings konnte Marie auch sehr überzeugend sein. Wenn sie es darauf anlegte, würde sie den Weihnachtsmann glatt dazu bringen, seine Geschenke an Ostern zu verteilen.
»Kommt, wir gehen nach oben«, sagte Kim. Die Detektivinnen liefen die Treppe hinauf, während die Zwillinge ihnen beeindruckt nachsahen, ohne einen Mucks von sich zu geben.
Erst als Kim die Zimmertür hinter sich und ihren Freundinnen geschlossen hatte, prustete sie los. »Marie, du bist einfach unmöglich! Jetzt spielen die Zwillinge bestimmt wochenlang James Bond.«
Marie zuckte mit den Schultern. »Ist doch prima! Dann sind sie beschäftigt und gehen dir nicht auf die Nerven.« Sie schlüpfte aus ihrem taubenblauen Herbstmantel, der farblich perfekt mit ihren neuen Stiefeln harmonierte. Marie Grevenbroich verließ das Haus nur makellos gekleidet und gestylt, ganz egal, ob sie zu einer feierlichen Theaterpremiere, einem Date mit Holger oder einem außerplanmäßigen Detektivclub-Treffen unterwegs war.

Kim seufzte. »Schön wär's!«
Franzi hielt sich gar nicht erst damit auf, ihre Jacke abzulegen, sondern zog sofort einen USB-Stick aus der Tasche und drückte ihn Kim in die Hand. »Hier, das müsst ihr euch ansehen! Ich sag's euch, da fallen euch glatt die Augen aus dem Kopf.«
»Jetzt bin ich aber wirklich gespannt ...« Kim schloss den Stick an ihren Computer an. Mehrere Ordner tauchten auf dem Bildschirm auf.
»Geh auf ›Fotos‹«, sagte Franzi, die Kim über die Schulter sah.
Kim klickte auf den Ordner. Ein Bild von Oma Lottis Haus öffnete sich. Es wirkte in den goldenen Strahlen der Septembersonne richtig einladend und gemütlich. Der verwilderte Garten war nicht zu sehen, nur die Rosen rankten üppig blühend ins Bild. Michi hatte es tatsächlich geschafft, die Atmosphäre des Hauses einzufangen, wie sie vor Oma Lottis Schlaganfall gewesen war.
»Tolles Bild«, stellte Marie fest. »Michi hat eindeutig Talent als Fotograf.«
Kim drehte sich zu Franzi um. »Und was ist daran jetzt so sensationell?«
»Klick weiter«, befahl Franzi ungeduldig. »Es ist eins der hinteren Bilder.«
Kim scrollte sich gehorsam durch die Fotos.
»Stopp!«, rief Franzi. »Das ist es!«
Kim starrte auf den Bildschirm. Auf den ersten Blick sah das Foto wie die anderen aus. Es war eine Frontalaufnahme des Hauses. Neben der Eingangstür blühten die Rosen, im

Küchenfenster stand das ZU VERKAUFEN-Schild und ein Sonnenstrahl ließ den Wetterhahn auf dem Dach aufblitzen.
»Was ist das denn?« Marie zeigte mit gerunzelter Stirn auf das Fenster neben der Haustür.
Kim beugte sich vor. »Das gibt's doch nicht!«, flüsterte sie.
»Kannst du den Bildausschnitt vergrößern?«, fragte Franzi.
Kim nickte. Ihre Hand zitterte, als sie das Fenster heranzoomte. Jetzt gab es keinen Zweifel mehr. Hinter der schmutzigen Scheibe zeichnete sich ganz deutlich etwas ab. Ein Schatten. Der Schatten einer Gestalt. »Das ist doch ...«, begann Kim.
»Ein Geist!«, vollendete Marie tonlos den Satz.
Fast hätte Kim laut losgelacht. »Unsinn! Geister gibt es nicht. Es könnte ein kleiner Junge sein.«
»Aber wie sollte der in Oma Lottis Haus gelangt sein?«, fragte Franzi. »Es ist immer alles gründlich abgeschlossen.«
»Das stimmt«, gab Kim zu. »Aber es muss trotzdem eine logische Erklärung geben.«
»Muss es nicht«, widersprach Marie. »Das ist ein Geist, ganz klar. Er hat sich irgendwie aufs Bild gemogelt. So etwas gibt es häufiger. Im Internet tauchen immer wieder Fotos von Geistererscheinungen auf.«
Kim seufzte. Marie interessierte sich brennend für Hexen, Geister, Tarotkarten und andere übersinnliche Dinge – obwohl jedes Kind wusste, dass das nichts als Humbug war.
»Diese Fotos sind doch alle manipuliert«, stellte Kim fest.
»Nicht alle!«, widersprach Marie.
»Auf jeden Fall müssen wir der Sache nachgehen.« Franzi klang fest entschlossen. »Ich will wissen, wer oder was sich in Oma Lottis Haus herumtreibt.«

»Ich auch«, sagte Kim. »Am besten rede ich zuerst mit Michi, er hat das Foto schließlich gemacht. Wir treffen uns sowieso morgen im *Lomo*.« Kim verzog das Gesicht, als sie an das bevorstehende Wiedersehen mit Frank dachte. Schnell drängte sie die unangenehme Vorstellung zurück. Jetzt musste sie sich voll und ganz auf die Detektivarbeit konzentrieren, alles andere lenkte sie nur ab.

»Vielleicht hat Michi das Foto ja manipuliert«, überlegte Franzi.

»Spinnst du?« Kim warf ihrer Freundin einen wütenden Blick zu.

Franzi hob abwehrend die Hände. »Du brauchst nicht gleich durchzudrehen, okay? War nur so ein Gedanke. Könnte doch sein, dass er sich einen Scherz mit uns erlauben wollte.«

»Da kennst du Michis Humor aber schlecht«, murmelte Kim immer noch leicht verärgert. »Ich tippe eher darauf, dass beim Hochladen etwas schiefgelaufen ist.«

»Frag ihn auf jeden Fall, ob ihm beim Fotografieren etwas Ungewöhnliches aufgefallen ist«, bat Marie.

»Was denn?« Kim zog spöttisch eine Augenbraue hoch. »Geisterhafte Schwingungen?«

»Zum Beispiel«, gab Marie etwas beleidigt zurück. »Hat es alles schon gegeben.«

Plötzlich musste Kim an den Zwischenfall in Oma Lottis Garten denken. Hatte sie sich die Bewegung am Fenster wirklich nur eingebildet? Oder gab es einen Zusammenhang mit der geheimnisvollen Gestalt auf dem Foto? Kim spürte, wie ihr eine Gänsehaut über die Arme kroch. Sie zuckte zusammen, als es laut an der Tür klopfte.

»Kim?«, rief eine energische Stimme.
Kim stöhnte. »Meine Mutter!«
Die Tür öffnete sich, ehe Kim »Herein« sagen konnte, und Frau Jülich erschien auf der Schwelle. Sie machte ein überraschtes Gesicht. »Oh! Hallo, Franzi, hallo, Marie. Ich wusste gar nicht, dass ihr hier seid.«
Kims Freundinnen begrüßten Frau Jülich.
»Was ist denn, Mama?«, fragte Kim leicht genervt. Immer platzte ihre Mutter einfach herein, wenn es gerade überhaupt nicht passte.
»In fünf Minuten gibt es Abendbrot«, verkündete Frau Jülich. »Und danach höre ich dich die Englisch-Vokabeln ab. Ihr schreibt doch morgen einen Test, oder?« Kim verdrehte die Augen, was ihre Mutter zum Glück nicht mitbekam, weil sie sich gerade an Marie und Franzi wandte. »Möchtet ihr mitessen?«
Beide schüttelten synchron die Köpfe.
»Nein, danke.« Marie griff nach ihrem Mantel. »Ich muss jetzt nach Hause, wir essen auch bald.«
»Und ich werde gleich von meinem Bruder abgeholt«, sagte Franzi. »Er wollte nur kurz in seine neue WG, um dort etwas auszumessen.«
»Dann macht's gut, ihr zwei!« Frau Jülich nickte den Mädchen zu und verschwand wieder.
Kim seufzte. »Damit wäre das Clubtreffen beendet.« Sie speicherte das verdächtige Foto, fuhr den Computer herunter und gab Franzi ihren Stick zurück.
Franzi steckte ihn ein und grinste. »Reg dich nicht auf, meine Mutter ist manchmal genauso nervig.«

Marie knöpfte ihren Mantel zu. »Fällt euch was auf, Leute? Wir haben endlich einen neuen Fall!«

Kims Miene hellte sich auf. »Stimmt! Und dafür brauchen wir jede Menge Power.« Sie streckte den Arm aus.

Franzi und Marie legten ihre Hände auf Kims Hand. Feierlich sprachen sie die Worte, die ihnen immer wieder neue Energie gaben.

»Die drei !!!«, sagten alle drei im Chor.

Kim sagte: »Eins!«, Marie »Zwei!« und Franzi »Drei!«.

Zum Schluss hoben sie gleichzeitig die Hände und riefen: »Power!!!«

Schlechter Start im Café Lomo

Kim zögerte, bevor sie die Tür zum *Lomo* öffnete. Normalerweise betrat sie ihr Lieblingscafé immer voller Schwung und Vorfreude auf entspannte Stunden mit ihren Freundinnen, aber heute wäre sie am liebsten umgekehrt und zurück nach Hause gegangen.

»Stell dich nicht so an, Kim«, murmelte sie. »Es sind doch nur Michi und sein Bruder, die da drinnen auf dich warten.«

Ein Pärchen, das gerade das Café betreten wollte, warf Kim einen seltsamen Blick zu und Kim biss sich auf die Lippe. Na toll, jetzt fing sie schon an, Selbstgespräche zu führen! Das ging eindeutig zu weit. Sie hatte bereits ganz andere Situationen gemeistert, sie würde es auch schaffen, Frank gegenüberzutreten.

Kim atmete einmal tief durch und folgte dem Pärchen ins Café. Im Eingangsbereich blieb sie stehen und sah sich nach Michis braunem Haarschopf um. Die Inneneinrichtung des *Lomo* war vor einiger Zeit erneuert worden. Mit den Wandtattoos, den schicken Hockern und den bequemen Sitzsäcken sah es jetzt viel moderner aus. Aber zum Glück war das Café immer noch genauso gemütlich wie vorher. In der Sitzecke, dem Stammplatz der drei !!!, ließ sich gerade das Pärchen nieder. Der Biergarten im Innenhof war geschlossen, das weiße Sonnensegel, unter dem Kim und ihre Freundinnen im Sommer oft gesessen hatten, eingerollt. Michi war nirgendwo zu sehen.

Da ertönte eine Stimme hinter Kim. »Hallo, hier bin ich!«

Kim fuhr herum. »Michi! Musst du mich so erschrecken?«
»Sorry, war keine Absicht.« Michi drückte Kim einen Begrüßungskuss auf die Lippen.
Kim sah sich nervös um. »Wo ist Frank?«
»Er kommt etwas später, weil er noch einen Termin beim Arbeitsamt hat.« Michi nahm Kims Hand und führte sie zu einem Tisch am Fenster, auf dem bereits zwei dampfende Becher *Kakao Spezial* standen. »Ich hab dir schon mal einen Kakao bestellt.«
Seufzend ließ sich Kim auf einen orangefarbenen Lederhocker fallen. Sie merkte, wie ihre Anspannung vorübergehend nachließ. »Danke!« Sie griff nach dem Becher, nahm einen großen Schluck und genoss den süßen Kakaogeschmack mit der leichten Vanillenote, der sich auf ihrer Zunge ausbreitete. »Das ist genau das, was ich jetzt brauche!« Nicht umsonst war *Kakao Spezial*, den es im Sommer auch als eisgekühlte Variante gab, das Lieblingsgetränk der Detektivinnen.
Michi grinste. Dann wurde er ernst. »Danke, dass du gekommen bist.« Er sah Kim direkt an. »Ich weiß, es fällt dir nicht leicht, dich mit Frank zu treffen. Du hast immer noch Vorbehalte gegen ihn.« Kim wollte protestieren, aber Michi schüttelte den Kopf. »Ich kann das gut verstehen. Mir ging es anfangs auch so. Aber Frank ist nun mal mein Bruder, darum will ich ihm helfen. Und ich finde es toll, dass du mich dabei unterstützt.«
Michis Blick ging Kim durch und durch. In seinen blaugrünen Augen lag so viel Liebe, dass sie förmlich dahinschmolz.
»Das ist doch selbstverständlich«, murmelte sie etwas kleinlaut bei dem Gedanken, dass sie das Treffen beinahe abgesagt

hätte. Michi war so ein großherziger, hilfsbereiter Mensch und sie benahm sich wie eine kleinliche Zicke. Kim nahm sich vor, Frank so offen wie möglich zu begegnen. Sie würde ihm eine zweite Chance geben. Wenn Michi das konnte, konnte sie es auch.

»Nein, das ist nicht selbstverständlich.« Michi griff über den Tisch nach Kims Hand und drückte sie. »Aber du bist eben etwas ganz Besonderes. Das wusste ich schon immer!«

»Darf's bei euch noch etwas sein?«

Kim hatte Mühe, sich von Michis liebevollem Blick zu lösen. Widerstrebend sah sie auf. Sabrina, die Bedienung des *Lomo*, stand neben dem Tisch und grinste fröhlich.

»Hallo, Sabrina«, sagte Kim schwach. »Danke, wir sind noch versorgt.«

»Prima! Meldet euch einfach, wenn ihr was braucht.« Sabrina drehte sich um. Beim Weggehen stieß sie so heftig gegen den Nachbartisch, dass die zierliche Vase mit der hübschen Rose gefährlich schwankte. »Ups, sorry!« Kichernd verschwand Sabrina in Richtung Theke.

Kim schüttelte den Kopf. Sabrina passierten häufiger kleine Missgeschicke, aber Kim mochte sie trotzdem. Leider hatte sie das Talent, genau im falschen Moment aufzutauchen. Die romantische Stimmung, die gerade noch zwischen Kim und Michi geherrscht hatte, war verpufft. Michi zog seine Hand zurück, um einen Schluck Kakao zu trinken. Beim Anblick der blühenden Rose auf dem Tisch musste Kim an Oma Lottis Haus denken – und an ihren neuen Fall. Sie beschloss, die Zeit zu nutzen, bis Frank auftauchte, um Michi auf das Foto anzusprechen.

»Übrigens sind die Bilder, die du von Oma Lottis Haus gemacht hast, richtig toll geworden«, begann Kim.
»Findest du?« Michi lächelte geschmeichelt. »Ja, die Kamera ist nicht schlecht. Es macht richtig Spaß, damit zu fotografieren.«
»Auf einem der Fotos ist uns allerdings etwas Seltsames aufgefallen.« Kim zog einen vergrößerten Ausdruck des Geisterfotos aus ihrer Tasche und legte ihn auf den Tisch. »Kannst du dir das hier erklären?« Sie deutete auf den Schatten am Fenster.
Michi nahm das Foto in die Hand und betrachtete es eingehend. Er runzelte die Stirn. »Da steht jemand!«
Kim nickte. »Sieht so aus. Obwohl das eigentlich nicht sein kann. Hast du die Gestalt bemerkt, als du das Bild gemacht hast?«
Michi schüttelte den Kopf. »Nein, da war niemand. Sonst hätte ich euch sofort Bescheid gesagt. Könnte das ein Einbrecher sein?«
»Das glaube ich nicht, dafür ist der Schatten zu klein.«
»Stimmt, sieht mehr nach einem Kind aus.«
»Marie meint, es sei ein Geist.« Kim grinste schief.
Michi lachte. »Typisch Marie! Ich glaube eher, es ist eine Spiegelung in der Glasscheibe.«
Daran hatte Kim noch gar nicht gedacht. »Keine schlechte Idee! Der Spur werden wir auf jeden Fall nachgehen. Könnte eventuell auch beim Hochladen etwas schiefgelaufen sein?«
Michi schüttelte den Kopf. »Das glaube ich nicht. Allerdings hab ich mir die Bilder nur im Schnelldurchgang auf meinem PC angesehen, bevor ich sie Franzi gemailt habe.«

Nachdenklich betrachtete Kim das Foto. Der schwarze Schatten schien sie höhnisch anzugrinsen. Aber früher oder später würden sie sein Geheimnis lüften. Bisher hatten die drei !!! noch jeden Fall gelöst – und so sollte es auch bleiben!
»Seid ihr etwa schon auf der Suche nach einem kuscheligen Eigenheim?«
Frank stand plötzlich neben dem Tisch und betrachtete grinsend das Foto. Kim hatte ihn nicht kommen hören und verschüttete vor Schreck fast ihren Kakao.
Frank lachte. »Wie sagt man doch so schön? Trautes Heim, Glück allein.« Er zog einen cappuccinofarbenen Hocker heran und ließ sich zwischen Michi und Kim nieder.
Kim steckte das Foto schnell zurück in ihre Tasche. Sie hatte nicht die geringste Lust, mit Frank über ihre Ermittlungen zu sprechen. Dann erinnerte sie sich wieder an ihre guten Vorsätze und versuchte, ein freundliches Gesicht zu machen.
»Hallo, Frank.« Kim merkte selbst, dass ihr Lächeln etwas gequält ausfiel.
»Hallo, Kim. Lange nicht gesehen.« Frank musterte Kim aufmerksam. Er hatte dieselben blaugrünen Augen wie Michi. Aber Franks Blick hatte etwas Kühles und Hartes, das Kim frösteln ließ. Ansonsten hatte er sich äußerlich kaum verändert. Seine dunklen Haare trug er jetzt etwas länger und er war noch muskulöser als früher. Offenbar hatte er im Gefängnis regelmäßig Krafttraining gemacht.
»Wie … wie geht's dir denn so?«, erkundigte sich Kim in dem Versuch, höfliche Konversation zu machen. Mehr fiel ihr nicht ein. Was fragte man einen verurteilten Kriminellen, der gerade aus der Haft entlassen worden war?

»Bestens!« Frank machte eine ausladende Handbewegung, als wollte er die ganze Welt umarmen. »Freiheit ist etwas Herrliches. Das merkt man erst, wenn man sie nicht mehr hat.« Er lächelte bitter und Kim bemerkte die feinen Linien neben seinem Mund. Die waren früher nicht da gewesen. Bestimmt hatte er es im Gefängnis nicht leicht gehabt. »Und was macht der Detektivclub?«, erkundigte er sich, ohne Kim aus den Augen zu lassen. »Habt ihr mal wieder ein paar Verbrecher gefangen?«

»Wir tun, was wir können«, antwortete Kim ausweichend.

»Das ist die Untertreibung des Jahrhunderts!« Michi lehnte sich eifrig vor. »Die drei !!! haben schon jede Menge Fälle gelöst. Ihre Erfolgsquote liegt bei einhundert Prozent.«

Kim musste lächeln. Wie süß, dass Michi so stolz auf sie war. Frank schien allerdings nicht sonderlich beeindruckt. Seine Lippen kräuselten sich spöttisch.

»Ja, ihr wart schon damals drei ziemlich fixe Mädchen«, stellte er fest.

Meinte er das ernst oder ironisch? Eigentlich hatte Kim eine sehr gute Menschenkenntnis, aber Frank konnte sie einfach nicht einschätzen. Mal wirkte er verschlagen, mal verletzlich und dann wieder einfach nur plump. Jetzt war sein Blick in die Ferne gerichtet. Ob er auch an ihr letztes Zusammentreffen dachte? Damals war er nach einer wilden Verfolgungsjagd im Jakobipark in den Ententeich gefallen und dort von der Polizei festgenommen worden.

»Wie war's auf dem Arbeitsamt? Haben sie einen Job für dich?«, erkundigte sich Michi und Kim war froh über den Themenwechsel.

Frank winkte ab. »Vergiss es, so schnell geht das nicht. Erst musste ich ewig warten, dann haufenweise Formulare ausfüllen. Keine Ahnung, ob das jemals was wird.«
»Du bist auf Jobsuche?«, fragte Kim. »Willst du nicht mehr bei eurem Vater im Laden arbeiten? Ich dachte, du sollst das Geschäft übernehmen.«
»Das ist Schnee von gestern«, erklärte Frank. »Ich will auf eigenen Füßen stehen und nicht ständig an Vaters Rockzipfel hängen. Außerdem wirft der Laden nicht genug ab. Wenn ihr mich fragt, ist es nur noch eine Frage der Zeit, bis Papa aufgeben muss.«
»Was für einen Job suchst du denn?«, wollte Kim wissen.
Frank zuckte mit den Schultern. »Am liebsten würde ich als Elektriker arbeiten, das hab ich schließlich gelernt. Aber ich würde auch andere Sachen machen, Hauptsache, ich verdiene mein eigenes Geld und bin von niemandem abhängig.« Er seufzte. »Es wird sicher nicht leicht, etwas zu finden. Wer stellt schon einen Ex-Knacki ein?« Plötzlich sah er so bekümmert aus, dass er Kim beinahe leidtat.
Franks Entschluss, unabhängig zu sein und seinem Vater nicht auf der Tasche zu liegen, nötigte Kim Respekt ab. Vielleicht meinte er es ja doch ernst mit seinem neuen Leben.
»Ach was, das klappt schon«, tröstete Michi seinen Bruder. »Und wenn nicht, machst du eben eine Zusatzausbildung oder studierst Elektrotechnik. Das war doch früher immer dein Traum.«
Frank fuhr sich durch seine dunklen Haare und lächelte wehmütig. »Stimmt. Aber ich fürchte, der Traum ist ausgeträumt. Jetzt muss ich erst mal Geld verdienen.« Er sah mit

gerunzelter Stirn zur Theke. »Was ist eigentlich mit der Kellnerin los? Werden die Gäste hier nicht bedient?« Er winkte Sabrina zu, die eifrig lächelnd an ihren Tisch kam. »Na endlich, das wurde aber auch Zeit«, schnauzte Frank sie an. »Ich warte schon eine Ewigkeit.«

Sabrinas Lächeln gefror auf ihrem Gesicht. »Äh … t… tut mir leid«, stammelte sie. »Ich hab dich gar nicht gesehen. Was darf's sein?«

»Einen Kaffee«, antwortete Frank knapp. »Und ein bisschen zackig, wenn's geht.«

Sabrina wurde rot. »Klar. Kommt sofort.« Eilig verschwand sie hinter der Theke und machte sich am Kaffeeautomaten zu schaffen.

»Du könntest ruhig ein bisschen netter sein«, sagte Michi vorwurfsvoll. »Sabrina ist zwar manchmal etwas tollpatschig, aber sonst ist sie echt nett.«

»Was du nicht sagst.« Frank hatte wieder eine unnahbare Miene aufgesetzt. Er sah auf einmal unglaublich arrogant aus. Das bisschen Sympathie, das Kim zwischenzeitlich für ihn empfunden hatte, löste sich in Luft auf. Frank schien sich für etwas Besseres zu halten. Wenn er rief, hatten alle zu springen.

Kim sah verstohlen auf die Uhr. Am liebsten wäre sie gegangen, aber das konnte sie Michi nicht antun. Schließlich saßen sie noch nicht mal eine halbe Stunde hier.

Sabrina erschien in Rekordtempo mit dem Kaffee. Sie hatte sich offenbar extra beeilt. »So, hier ist der Kaffee. Heiß und schwarz.« Obwohl Frank sie gerade so angefahren hatte, blieb sie auch weiterhin freundlich, wofür Kim sie ehrlich bewun-

derte. Leider stellte sie die Tasse etwas zu schwungvoll auf den Tisch, sodass der Kaffee überschwappte. Ein paar Tropfen landeten auf Franks Jeans.
Er sprang so heftig auf, dass sein Hocker hintenüberkippte. »Verdammt noch mal!«, brüllte er. »Wie blöd bist du eigentlich?«
Sabrina starrte ihn mit offenem Mund an. »Entschuldigung«, flüsterte sie. »Das wollte ich nicht.«
»Diesen Saftladen hab ich heute zum ersten und letzten Mal betreten«, schimpfte Frank.
»Reg dich nicht auf«, versuchte Michi, seinen Bruder zu beschwichtigen. »Es ist doch nichts Schlimmes passiert.«
Gregor, der Besitzer des *Lomo*, eilte aus der Küche herbei. »Gibt es ein Problem?«, fragte er auf seine ruhige Art.
Frank polterte sofort wieder los. Inzwischen waren sämtliche Gespräche verstummt. Alle Gäste beobachteten Franks Ausraster und Kim hätte sich am liebsten in Luft aufgelöst. Wie konnte Michis Bruder sich nur dermaßen peinlich benehmen?
Schließlich schaffte es Gregor, Frank zu besänftigen, indem er versprach, die Kosten für die Reinigung der Hose zu übernehmen. Außerdem brachte er Michis Bruder höchstpersönlich einen frischen Kaffee und drei Schokomuffins für Frank, Michi und Kim. »Das geht natürlich aufs Haus.« Er lächelte in die Runde und Kim war kurz davor, im Erdboden zu versinken. Alle waren so nett, nur Frank benahm sich wie der letzte Idiot.
»Na also, war doch halb so wild«, sagte Michi, nachdem Frank sich wieder hingesetzt und einen Schluck Kaffee ge-

trunken hatte. Sein Ton war locker, aber Kim wusste, dass Michi das Verhalten seines Bruders mindestens genauso unangenehm war wie ihr.

Während Michi krampfhaft versuchte, das Gespräch in Gang zu halten, biss Kim lustlos in ihren Schokomuffin. Eigentlich liebte sie Muffins über alles, doch heute schmeckte es ihr überhaupt nicht. Franks Wutanfall hatte ihr den Appetit verdorben. Die Unterhaltung wollte nicht mehr so recht in Schwung kommen und Kim rutschte unruhig auf ihrem Hocker hin und her. Zehn Minuten hielt sie es noch aus, dann konnte sie nicht mehr.

»Sorry, ich muss jetzt los.« Sie erhob sich und griff nach ihrer Jacke.

»Jetzt schon?«, fragte Michi.

Die Enttäuschung auf seinem Gesicht versetzte Kim einen Stich. »Ja, ich muss noch Hausaufgaben machen.« Das war nicht mal gelogen, klang aber trotzdem ziemlich lahm. Sie drückte Michi einen schnellen Kuss auf die Lippen und nickte Frank zu, der sie mit einem lässigen »Ciao!« verabschiedete.

Draußen vor dem *Lomo* nahm Kim drei tiefe Atemzüge. Die klare Herbstluft floss prickelnd in ihre Lungen. Erst jetzt merkte sie, dass sie völlig verschwitzt war. Und so erschöpft, als hätte sie einen Zehn-Kilometer-Lauf hinter sich. Das Treffen mit Frank hatte sie unglaublich viel Kraft gekostet. Jetzt wollte sie nur noch nach Hause und ihre Ruhe haben. Müde und ziemlich frustriert machte sich Kim auf den Heimweg.

Detektivtagebuch von Kim Jülich
Dienstag, 20:56 Uhr

Es ist so weit: Wir haben einen neuen Fall! Und zwar einen sehr mysteriösen. Auf einem Foto von Oma Lottis Haus ist ein geheimnisvoller Schatten aufgetaucht, der vorher nicht da war. Was hat es mit der Gestalt am Fenster auf sich? Wir verfolgen verschiedene Spuren:

1. *Es handelt sich um einen Geist. (Dieser Vorschlag kommt von Marie. Ich persönlich kann damit gar nichts anfangen.) Marie will im Internet zum Thema Geistererscheinungen recherchieren und uns anschließend Bericht erstatten.*
2. *Der Schatten ist eine Spiegelung im Fenster (Michis Idee). Ist das möglich? Wir müssen diese Theorie vor Ort überprüfen.*
3. *Das Foto wurde absichtlich manipuliert. Aber von wem? Eigentlich kommt nur Michi infrage, doch er würde so etwas natürlich niemals tun. Wer könnte es dann gewesen sein?*

Morgen fahren wir noch mal nach Billershausen, um vor Ort nach Spuren zu suchen. Hoffentlich haben wir Glück und finden etwas, das uns weiterbringt!

Geheimes Tagebuch von Kim Jülich
Dienstag, 21:11 Uhr

Letzte Warnung: Finger weg von meinem Tagebuch! Wer sich nicht daran hält, wird mit Schokoladenentzug nicht unter zwei Jahren bestraft. Und mal ehrlich – was gibt es Schlimmeres?!

Bin völlig ausgelaugt. Das Treffen im Lomo *mit Michi und Frank hat mich meine letzten Kräfte (und Nerven) gekostet. Zu Hause musste ich mich erst mal hinlegen und bin glatt einge-*

schlafen. Fast hätte ich das Abendessen verpennt, doch meine liebreizenden Brüder haben mich freundlicherweise geweckt. Nicht gerade sanft, aber das nur nebenbei.
Unser Date zu dritt war ein totaler Reinfall. Dabei hab ich mir wirklich Mühe gegeben! Zwischendurch wirkte Frank auch fast sympathisch, doch jedes Mal, wenn ich gerade anfing, ihn nett zu finden, hat er den positiven Eindruck mit einem blöden Spruch wieder zunichtegemacht. Am schlimmsten war, wie er Sabrina behandelt hat. Frank ist total ausgerastet, nur weil sie ein bisschen Kaffee verschüttet hatte. Der Typ ist total jähzornig! Da kann man fast Angst bekommen. Aber nur fast. Von einem wie Frank lasse ich mich garantiert nicht ins Bockshorn jagen.
Was soll ich nur machen, wenn Michi demnächst häufiger etwas zu dritt unternehmen will? Darauf hab ich überhaupt keine Lust. Ich finde seinen Bruder einfach unsympathisch. Aber kann ich das Michi so direkt sagen? Eigentlich hatten wir uns ja versprochen, in Zukunft über alles zu reden, auch über unangenehme Dinge. Trotzdem habe ich Skrupel …
Bin zu müde, um diese Frage heute abschließend zu klären. Ich muss erst mal darüber schlafen. Gute Nacht!

Ortstermin mit Überraschungen

Über Nacht war das Wetter umgeschlagen. Die milde Sonne war kühlem Herbstwetter gewichen. Kim schlotterte, als sie neben Franzi und Marie von der Bushaltestelle zu Oma Lottis Haus marschierte.

»Igitt, ist das ungemütlich.« Franzi zog die Schultern hoch. »Gut, dass wir heute mit dem Bus gefahren sind.«

»Allerdings.« Marie sah besorgt nach oben. Graue Wolken jagten über den Himmel. »Hoffentlich fängt es nicht wieder an zu regnen.«

Hinter der nächsten Kurve tauchte das Haus auf. Es schien sich ängstlich vor dem schwarzen Wald zu ducken und wirkte bei dem trüben Wetter noch düsterer als beim letzten Mal.

»Ich mache die Fotos«, beschloss Kim, als sie vor dem Zaun standen. »Dann werden wir ja sehen, ob sich in den Scheiben etwas spiegelt.« Sie hatte Franzi und Marie von Michis Verdacht erzählt, nun wollten sie seine Theorie überprüfen.

»Ich finde Michis Erklärung total schlüssig«, sagte Franzi. »Vielleicht ist zufällig jemand auf dem Weg vorbeigekommen, als Michi fotografiert hat. Oder er hat sich selbst im Fenster gespiegelt.«

»Das werden wir gleich wissen.« Kim zog Michis Kamera, die sie sich für dieses Experiment extra noch einmal ausgeliehen hatte, aus ihrem Rucksack und begann, das Haus aus verschiedenen Perspektiven zu knipsen. Zu Testzwecken liefen Franzi und Marie währenddessen mehrmals auf dem Weg vor dem Haus auf und ab.

»Und?«, fragte Franzi schließlich.
Kim senkte die Kamera und hielt ihren Freundinnen das Display hin, damit sie sich die Fotos gemeinsam ansehen konnten. Sie gingen ein Bild nach dem anderen durch. Kim schüttelte enttäuscht den Kopf. »Nichts! Kein Schatten am Fenster, keine Spiegelung. Ich glaube, die Spur können wir vergessen.«
»Vielleicht liegt es an den Lichtverhältnissen«, meinte Franzi. »Sonntag hat die Sonne geschienen, heute ist es bewölkt.«
»Schon möglich.« Kim verstaute die Kamera wieder in ihrem Rucksack. »Aber das können wir erst herausfinden, wenn sich das Wetter bessert. So lange sollten wir die anderen Spuren verfolgen.«
»Und wenn das Foto doch manipuliert wurde?«, überlegte Franzi.
Kim biss sich auf die Unterlippe. Genau daran hatte sie auch gerade gedacht. Mit einem entsprechenden Programm war es überhaupt kein Problem, einen Geist auf ein Foto zu zaubern. Aber wer sollte das getan haben?
»Hast du Michi gefragt, ob er das Bild bearbeitet hat?«, erkundigte sich Marie vorsichtig.
Kim spürte, wie sie ärgerlich wurde. »Michi hat das Foto nicht manipuliert!«, sagte sie lauter als beabsichtigt. »Er hat sich die Bilder nur ganz kurz angesehen und sie dann sofort an Franzi gemailt. Da könntest du genauso gut Franzi fragen, ob sie es gewesen ist.«
»Na, hör mal!« Franzi stemmte empört die Hände in die Hüften. »Heißt das etwa, du verdächtigst *mich*?«
»Nein, natürlich nicht.« Kim scharrte verlegen mit der Fuß-

spitze im aufgeweichten Boden. »Sorry, war nicht so gemeint.«

»Das will ich aber auch hoffen!« Franzi sah immer noch ziemlich beleidigt aus.

Kim atmete einmal tief durch. Sie wusste selbst nicht genau, warum sie gerade so heftig reagiert hatte. Als Detektivin musste sie eigentlich immer objektiv bleiben und einen kühlen Kopf bewahren. Aber die Verdächtigungen gegen Michi trafen einen wunden Punkt bei ihr. Und allmählich dämmerte ihr auch, weshalb. War es möglich, dass sie Michi selbst nicht mehr hundertprozentig vertraute? Ein schrecklicher Gedanke! Doch seit Frank aufgetaucht war, erkannte Kim Michi manchmal kaum wieder. Er war so begeistert von seinem großen Bruder und hing förmlich an seinen Lippen, wenn er etwas erzählte … Kim schüttelte den Kopf. Das war doch Unsinn! Michi würde niemals ein Foto manipulieren, um den Detektivclub zu täuschen, und damit basta.

Franzi und Marie waren bereits zur nächsten Spur übergegangen.

»Ich habe im Internet zum Thema Geister recherchiert«, berichtete Marie. »Es gibt tatsächlich eine Menge Spukerscheinungen, die zum Teil sogar wissenschaftlich untersucht wurden.«

Kim schnaubte verächtlich. »Wissenschaftlich untersucht? Das glaubst du doch selbst nicht!«

»Du kannst es gerne nachlesen, wenn du willst«, gab Marie schnippisch zurück. »Außerdem habe ich ein parapsychologisches Informationsbüro ausfindig gemacht, das uns vielleicht weiterhelfen kann.«

Kim runzelte die Stirn. »Para-*was*?«
»Parapsychologie bedeutet so viel wie Seelenkunde«, dozierte Marie. »Es ist ein wissenschaftlicher Forschungszweig, der besondere Fähigkeiten bestimmter Menschen und ihre Ursachen sowie ein mögliches Leben nach dem Tod untersucht.« Sie war jetzt ganz in ihrem Element.
»Wow, klingt spannend.« Franzi verschränkte fröstelnd die Arme vor der Brust.
Auch Kim bekam allmählich kalte Füße. »Für mich klingt das eher nach einem riesengroßen Schwindel«, entgegnete sie. »Das ist doch bestimmt nicht seriös, oder?«
»Na ja, die meisten Wissenschaftler bezeichnen die Parapsychologie tatsächlich als Pseudowissenschaft«, gab Marie zu. »Aber in Amerika gibt es noch ein paar Universitäten, die systematisch parapsychologische Experimente durchführen.«
»Ehrlich? Cool!« Franzis Interesse war geweckt.
Kim verdrehte genervt die Augen.
»Was haltet ihr davon, wenn ich unser Foto an dieses parapsychologische Informationsbüro zur Begutachtung schicke? Vielleicht können die uns sagen, ob es sich um einen echten Geist handelt oder nicht.«
Franzi nickte. »Gute Idee!«
»Von mir aus.« Kim seufzte. »Auch wenn ich nicht glaube, dass etwas dabei herauskommt.«
»Das kann man nie wissen«, behauptete Marie, die mal wieder das letzte Wort haben musste.
Kim wollte das leidige Geisterthema endlich abschließen. »Lasst uns jetzt im Garten nach Spuren suchen. Wir fangen hier vorne an und arbeiten uns langsam nach hinten durch.«

Oma Lottis Garten sah noch vernachlässigter aus als beim letzten Mal. Der Wind hatte die Blütenblätter der Rosen abgepflückt und die Blumen ließen traurig die Köpfe hängen. Verwelktes Laub raschelte unter den Füßen der Detektivinnen, als sie über das feuchte Gras gingen. Kim ließ ihren Blick über den Boden gleiten und registrierte dabei jedes noch so kleine Detail: einen vertrockneten Zweig, rötlich braune Blätter, die von den umstehenden Bäumen herabgefallen waren, einen Maulwurfshügel mitten auf dem Rasen und ein paar Pilze, die ihre samtigen Köpfe zwischen den langen Grashalmen emporreckten. Nichts, was ihnen weiterhalf.

»Ich glaube, hier ist etwas!« Franzi hatte sich neben das Gemüsebeet gekniet. Bräunliche Strunke ragten aus dem Boden und Kim hätte nicht sagen können, ob es sich um Unkraut oder verfaultes Gemüse handelte. »Hier!« Franzi zeigte auf eine Stelle zwischen den Pflanzen.

»Ein Fußabdruck!«, stellte Marie überrascht fest.

Franzi nickte. »Leider ist er zu schlecht erhalten, um einen Gipsabdruck zu machen. Wie blöd, dass es letzte Nacht geregnet hat.«

»Fällt euch was auf?«, fragte Kim. »Schaut euch mal die Größe an.«

»Er ist ziemlich klein.« Marie strich sich eine Haarsträhne hinter das Ohr. »Könnte von einem Kind stammen.«

»Vielleicht ist ein Nachbarskind durch Oma Lottis Garten gelaufen«, überlegte Kim, doch Franzi schüttelte den Kopf.

»Oma Lotti hat keine direkten Nachbarn. Und im Dorf wohnen kaum noch Kinder, seit immer mehr junge Leute wegziehen.«

»Seltsam ...« Kim zog Michis Kamera hervor und fotografierte den Abdruck. Ein kräftiger Windstoß wehte ihr die kurzen Haare ins Gesicht. »Lasst uns schnell den hinteren Garten kontrollieren. Wenn wir uns beeilen, kriegen wir noch den nächsten Bus.«
Franzi erhob sich fröstelnd. »Am besten fahren wir direkt ins *Lomo* und wärmen uns mit einem heißen Früchtepunsch auf. Ich bin total durchgefroren.«
»Und ich erst.« Kim marschierte um das Haus herum. Leichter Nieselregen setzte ein und legte sich wie ein kalter Film auf ihr Gesicht. »Auch das noch«, murmelte sie und hielt sich dicht an der Fassade, um dem Regen zu entkommen. Da sah sie es.
Kim blieb wie angewurzelt stehen und Franzi, die direkt hinter ihr lief, stieß beinahe mit ihr zusammen. »He, was ist denn?«, schimpfte sie.
Kim ging in die Hocke. »Seht mal!« Sie hatte sich nicht getäuscht. Eins der Kellerfenster war nicht richtig geschlossen. Als sie es antippte, schwang es auf.
»Na, so was«, wunderte sich Franzi. »Wieso ist das Fenster offen?«
Kim untersuchte den Holzrahmen. »Es gibt keine Spuren von Gewaltanwendung. Aufgebrochen wurde es offenbar nicht.«
»Wahrscheinlich hat Papa vergessen, es zu schließen, als er das letzte Mal hier war«, vermutete Franzi. »Er lüftet regelmäßig im Keller, damit sich kein Schimmel bildet.«
»Ob das Fenster schon geöffnet war, als wir das letzte Mal hier waren?«, überlegte Marie.

Franzi zuckte mit den Schultern. »Keine Ahnung. Mir ist nichts aufgefallen, aber ich hab auch nicht drauf geachtet.«

»Ich auch nicht.« Kim sah von Franzi zu Marie. »Wisst ihr, was das heißt? Es könnte jemand im Haus sein.«

Franzi sog scharf die Luft ein. »Ein Einbrecher?«

»Auszuschließen ist das nicht«, antwortete Kim. »Vielleicht ein Gelegenheitstäter, der das geöffnete Fenster genutzt hat, um bei Oma Lotti einzusteigen.«

»Wozu?«, fragte Franzi. »Hier gibt es doch nichts zu holen. Die Wertgegenstände und alle wichtigen Unterlagen haben Mama und Papa kurz nach Omas Schlaganfall aus dem Haus geholt.«

»Aber das kann der Einbrecher ja nicht wissen«, erinnerte sie Marie. »Falls es überhaupt einen Einbrecher gibt.«

»Wir sollten auf jeden Fall nachsehen«, beschloss Kim. »Hast du einen Schlüssel dabei?«

Franzi nickte. »Klar. Kommt mit.«

Sie gingen zurück zur Haustür und Franzi steckte den Schlüssel ins Schloss. Erst klemmte er, als wollte er den Mädchen den Zutritt verweigern, doch dann gab er nach und drehte sich mit einem metallischen Knirschen herum. Die Tür knarrte leise, als Franzi sie vorsichtig aufstieß. In Kims Ohren klang es wie eine Warnung. Sie zögerte. Sollten sie nicht lieber die Polizei rufen, statt allein ins Haus zu gehen? Was, wenn sie wirklich einen Einbrecher überraschten?

Doch Franzi und Marie waren schon durch den Türspalt geschlüpft. Kim seufzte. Sie durfte ihre Freundinnen nicht im Stich lassen. Mit klopfendem Herzen folgte sie ihnen in das dunkle Haus.

Auf Spurensuche im Geisterhaus

Die Luft im Flur war abgestanden und roch nach Staub und Einsamkeit. Es herrschte düsteres Zwielicht. Die Holzdielen knarrten, als Kim hinter Franzi und Marie in die Küche huschte. Draußen hatte der Wind aufgefrischt und rüttelte an den Fensterläden, als wäre er wütend, weil die Mädchen in das verlassene Haus eingedrungen waren. Kim bekam eine Gänsehaut.

»Lasst uns erst mal nachsehen, ob die Luft rein ist«, flüsterte Marie. Schnell überprüften sie das Erdgeschoss – Küche, Esszimmer, Wohnzimmer und Gäste-WC.

»Hier ist niemand«, stellte Kim erleichtert fest.

Die Detektivinnen gingen ins Wohnzimmer und Franzi drückte auf den Schalter neben der Tür. Licht flutete aus der altmodischen Deckenlampe. Kim atmete auf. Im Hellen wirkte die Situation gleich nicht mehr ganz so gruselig.

Franzi sah sich um und seufzte. »Kaum zu glauben, dass wir hier vor noch gar nicht so langer Zeit mit Oma Lotti gemütlich ferngesehen, geredet und gelacht haben.«

Kim nickte. Der Raum wirkte irgendwie trostlos, obwohl fast alle Möbel noch da waren. Nur Oma Lottis Lieblingssessel fehlte. Er stand jetzt in Franzis ehemaligem Zimmer, damit die alte Frau Winkler dort bequem sitzen konnte. Auch das Bild über dem Sofa war ins winklersche Bauernhaus gewandert. Die Wand wirkte kahl, und dort, wo das Bild gehangen hatte, war ein helles Rechteck zurückgeblieben, wie eine traurige Erinnerung an glücklichere Zeiten.

Über das Sofa mit dem Plüschbezug hatte jemand ein weißes Bettlaken geworfen. Auf allen anderen Möbeln lag eine dicke Staubschicht. Auch im Schein der Lampe tanzten Millionen winziger Staubkörner. Kim musste niesen.
»Sei nicht traurig.« Marie drückte tröstend Franzis Arm. »Die schönen Erinnerungen an dieses Haus und die Zeit mit Oma Lotti kann dir niemand nehmen.«
»Du hast recht.« Franzi versuchte zu lächeln. »Und jetzt lasst uns nachsehen, ob der mysteriöse Schatten hier drinnen irgendwelche Spuren hinterlassen hat.«
Sie begannen am Fenster, hinter dem die Gestalt auf dem Foto zu sehen gewesen war, und wurden tatsächlich fündig.
»Hier sind jede Menge Fingerabdrücke auf der Scheibe!«, rief Marie aufgeregt.
Kim zog ihre Lupe aus dem Rucksack mit den Detektiv-Utensilien und begutachtete das Fenster. »Tatsächlich! Sie sind ziemlich klein, könnten von einer Kinderhand stammen.«
»Erst der Fußabdruck im Garten, jetzt die Fingerabdrücke – alles deutet auf ein Kind hin«, fasste Franzi zusammen.
»Genau! Und der Schatten auf dem Foto hatte auch die Größe eines Kindes.« Kim holte das Fingerabdruckset hervor. Geschickt verteilte sie mit einem kleinen Pinsel graues Grafitpulver auf der Fensterscheibe, nahm die Abdrücke mit einem Klebestreifen ab und klebte ihn in ein kleines Notizbuch, das dem Detektivclub als Fingerabdruckkartei diente.
Franzi starrte auf die Stelle am Fenster. »Hier hat also tatsächlich jemand gestanden und hinausgesehen.«
»Vielleicht sind das die Abdrücke einer Geisterhand.« Maries Augen blitzten. »Das wäre eine Sensation!«

Kim schüttelte den Kopf. »Quatsch! Das war ein Kind aus Fleisch und Blut, wahrscheinlich ein Junge.«
»Aber wie ist er hier hereingekommen?«, fragte Franzi.
Kim überlegte. »Er könnte durch das offene Kellerfenster geschlüpft sein. Als Mutprobe zum Beispiel. Oder die Abdrücke sind schon älter und stammen aus der Zeit vor Oma Lottis Schlaganfall.«
Die Detektivinnen untersuchten das restliche Wohnzimmer Zentimeter für Zentimeter. Marie überprüfte mit der Lupe, ob sich auf den anderen Fensterscheiben auch Fingerabdrücke befanden, während Kim auf Knien über den Boden rutschte und nach Fußspuren oder anderen Hinweisen Ausschau hielt. Unter dem Sofa gaben sich die Staubmäuse ein Stelldichein. Dazwischen leuchtete Kim etwas Weißes entgegen. Ein Zettel. Kim hob ihn auf und warf einen schnellen Blick darauf, aber er war leer.
»Merkwürdig …« Franzi war vor Oma Lottis Kommode stehen geblieben und betrachtete nachdenklich die Fotos, die darauf drapiert waren.
»Was ist denn?« Kim steckte den Zettel in ihre Jackentasche und stand auf. Sie wischte sich den Staub von der Jeans und stellte sich neben Franzi.
»Irgendetwas ist hier anders.« Franzi kniff die Augen zusammen, als könnte sie so ihrem Gedächtnis auf die Sprünge helfen.
Kim konnte nichts Verdächtiges entdecken. Die Familienfotos in den silbernen Rahmen hatten schon immer dort gestanden. Sie zeigten Franzi, Stefan und Chrissie in verschiedenen Lebenslagen und Altersstufen. Es war ein Baby-

foto von Chrissie dabei, auf dem Franzis nervige Schwester noch süß und unschuldig aussah, und ein Bild von Franzis Einschulung, auf dem Franzi stolz lächelnd ihre Schultüte im Arm hielt und dabei eine riesige Zahnlücke präsentierte.
Kim grinste. »Schicke Zahnlücke«, stellte sie fest. »Du siehst aus wie ein Boxer nach verlorenem Kampf.«
Franzi ging nicht auf den spöttischen Kommentar ein. »Dieses Bild stand sonst weiter hinten.« Sie deutete auf ein Foto, das Franzi und ihre Geschwister vor Oma Lottis Haus zeigte. Es war Sommer, die Sonne schien, die Rosen blühten und alle drei lachten fröhlich in die Kamera.
Kim runzelte die Stirn. »Bist du sicher?«
Franzi zögerte. »Ziemlich. Ich war immer froh darüber, dass es hinter den anderen Fotos versteckt war, weil ich auf dem Bild so ein blödes Gesicht mache.«
Das fand Kim überhaupt nicht, aber darum ging es jetzt nicht. »Wieso steht das Bild jetzt ganz vorne?«, überlegte sie. »Hat es sich jemand angesehen? Aber wer?«
»Das war der Geist.« Marie war hinter Kim und Franzi aufgetaucht. »Er scheint neugierig zu sein.«
Kim verdrehte die Augen, konnte aber nicht verhindern, dass sich ihre Nackenhaare aufstellten. In diesem verlassenen Haus, wo es überall knackte und knarrte und der Wind gegen die Fensterscheiben klopfte, kam ihr Maries Theorie auf einmal nur noch halb so abwegig vor. Plötzlich stutzte sie. »Seht mal!« Sie zeigte auf die Oberfläche der Kommode. An einer Stelle war der Staub verwischt.
Marie zückte die Lupe und untersuchte die Stelle. »Könnte ein Handabdruck sein. Leider ist er ziemlich undeutlich.«

Die drei !!! sahen sich an. Kim wusste, dass ihren Freundinnen genauso mulmig zumute war wie ihr selbst. War tatsächlich jemand im Haus gewesen? Jemand, der sich für Franzis Familienfotos interessierte? Der am Fenster gestanden und sie am Sonntag beobachtet hatte? Bei dem Gedanken wurde Kim eiskalt. Wer war der unheimliche Schatten, das geheimnisvolle Phantom? Ein Kind, das auf Abenteuer aus war? Ein Einbrecher? Oder tatsächlich ein Geist?
»Wir sollten hier verschwinden«, sagte Franzi mit heiserer Stimme. »Die Spuren können wir auch zu Hause auswerten.«
Dagegen hatte Kim absolut nichts einzuwenden. Sie konnte es kaum erwarten, der unheimlichen Atmosphäre des alten Hauses zu entkommen. Doch als sich die Detektivinnen zum Gehen wandten, ertönte plötzlich lautes Poltern. Alle drei blieben wie angewurzelt stehen. Die nachfolgende Stille dröhnte Unheil verkündend in Kims Ohren.
»Was war das?«, flüsterte Marie.
Franzi zuckte mit den Schultern. Sie war kalkweiß im Gesicht. »Es kam von oben, glaube ich.«
Kim schluckte. Am liebsten wäre sie auf der Stelle hinausgerannt und mit dem nächsten Bus nach Hause gefahren. Zurück in eine Welt ohne Geister und unheimliches Gepolter. Aber das ging nicht. Eine Detektivin rannte nicht davon, sondern stellte sich der Gefahr. Kim straffte die Schultern. »Wir müssen nachsehen, was da los ist.« Sie war selbst überrascht, wie ruhig und entschlossen sie klang.
Franzi und Marie nickten. Hintereinander schlichen sie die Treppe hinauf. Die Holzstufen knarrten leise und Kim fluchte innerlich. Sie mussten so schnell und so leise wie möglich

handeln. Wer oder was auch immer sich dort oben versteckte, durfte auf keinen Fall gewarnt werden. Wenn sie das Überraschungsmoment auf ihrer Seite hatten, würde es leichter sein, den Eindringling zu überwältigen.

Am oberen Treppenabsatz angelangt, verständigten sich die Detektivinnen ohne Worte über das weitere Vorgehen. Jetzt kam es ihnen zugute, dass sie ein eingespieltes Team waren. Kim ging auf Zehenspitzen zu Oma Lottis Schlafzimmer und riss mit einem Ruck die Tür auf. Nichts. Währenddessen kontrollierten Marie und Franzi Bad und Ankleidezimmer, aber dort war ebenfalls niemand. Blieb nur noch das Gästezimmer.

Kim nickte Franzi und Marie zu. Sie verstanden sofort. Auf leisen Sohlen näherten sie sich der geschlossenen Tür. Kims Herz hämmerte gegen ihre Brust. Was erwartete sie dort drinnen? Sie legte die Hand auf die Klinke, nahm einen tiefen Atemzug und stieß die Tür auf.

Marie schnappte nach Luft. »Das … das ist doch …«

Franzi prustete los. »Eine Katze!«

Kim atmete seufzend aus. Angst und Anspannung fielen von ihr ab. »Tatsächlich!« Sie betrachtete die schwarz-weiß getigerte Katze, die sich auf einem der beiden Gästebetten zusammengerollt hatte und die Mädchen aus großen Augen leicht vorwurfsvoll ansah.

»Hallo, du Schöne, was machst du denn hier?« Franzis Stimme wurde ganz sanft. Sie liebte Tiere über alles. Zu Hause hatte sie ein eigenes Pony namens Tinka und ein hinkendes Huhn, das Polly hieß. Mit langsamen Bewegungen näherte sie sich der Katze, um sie nicht zu erschrecken. »Wolltest du

gerade ein Nickerchen machen?« Franzi setzte sich auf die Bettkante und kraulte das Tier zwischen den Ohren. Die Katze begann wohlig zu schnurren. Franzi hatte ihr Herz im Handumdrehen gewonnen.
»Wahrscheinlich ist sie durch das geöffnete Kellerfenster ins Haus gelangt«, vermutete Kim.
Marie nickte. »Und dann hat sie sich aus Versehen im Gästezimmer eingeschlossen und ist nicht mehr herausgekommen.«
»Du Arme!« Franzi hörte nicht auf, die Katze zu kraulen. »Gut, dass wir gekommen sind, um dich zu retten.« Sie nahm die Katze auf den Arm. »Wir lassen sie draußen frei, dann kann sie nach Hause laufen. Bestimmt wohnt sie irgendwo im Dorf.«
Die drei !!! kehrten ins Erdgeschoss zurück. Marie lief schnell in den Keller, um das Fenster zu schließen, dann verließen sie das Haus.
Kim seufzte erleichtert, als sie wieder draußen standen und Franzi die Tür abschloss. Es dämmerte und der Mond war bereits aufgegangen. Kalt und weiß stand er über dem Märchenwald und tauchte die Bäume in milchiges Licht.
Franzi setzte die Katze auf dem Boden ab. Das Tier strich ihr noch einmal um die Beine, als wollte es sich bedanken, dann verschwand es mit geschmeidigen Bewegungen im Wald.
Kim warf einen Blick auf ihre Uhr. »Beeilung, Mädels, in fünf Minuten fährt der Bus!«
Zügig machten sich die Detektivinnen auf den Weg. Bevor sie in die Dorfstraße einbogen, warf Kim noch einen Blick über die Schulter zurück. Oma Lottis Haus lag still und düster in der Herbstdämmerung. Alle Fenster waren dunkel.

Trotzdem hatte Kim das ungute Gefühl, beobachtet zu werden. Schaudernd zog sie die Schultern hoch.
»Da kommt der Bus!«, rief Franzi.
Kim wandte sich ab und rannte los.

Babys und andere Katastrophen

Am nächsten Tag um kurz nach vier klingelten Kim und Franzi bei Marie. Familie Grevenbroich lebte in einer großen alten Villa im schicken Ostviertel. Im Gegensatz zu Oma Lottis Garten wirkte hier alles ausgesprochen gepflegt. Ein Gärtner sorgte dafür, dass der mit Kies bestreute Vorplatz immer ordentlich geharkt war, die Beete frei von Unkraut waren und der Rasen gemäht. In der Mitte des kreisrunden Vorplatzes stand ein alter Springbrunnen mit einer steinernen Statue in Form eines lächelnden, pausbackigen Engels, aus dessen Füllhorn sich plätschernd Wasser in die Brunnenschale ergoss. Bei einem ihrer letzten Fälle hatte dieser Engel eine Schlüsselrolle gespielt, seitdem hatte er eine ganz besondere Bedeutung für die Detektivinnen.

Im Inneren der Villa ertönten Schritte, dann wurde die Tür geöffnet.

»Hallo, ihr zwei!« Tessa, die Lebensgefährtin von Maries Vater, begrüßte die Mädchen mit einem müden Lächeln. Unter ihrem weiten Shirt wölbte sich ein großer, kugelrunder Bauch. Tessa war hochschwanger, bald würde Marie ein Geschwisterchen bekommen. »Ihr wollt bestimmt zu Marie, oder?«

Kim und Franzi nickten.

»Wie geht es dem Baby?«, erkundigte sich Franzi, als sie die große, repräsentative Eingangshalle betraten. »Ist denn inzwischen klar, was es wird?«

Tessa schüttelte den Kopf. »Das Baby macht es wirklich spannend. Was soll's, wir lassen uns einfach überraschen. Ich habe alle Sachen für die Erstausstattung vorsichtshalber in neutralen Farben gestrickt.« Sie verzog das Gesicht und rieb sich mit beiden Händen das Kreuz. »Ich hoffe nur, das Baby lässt nicht mehr allzu lange auf sich warten. Mein Rücken bringt mich noch um! Außerdem hopst der kleine Frechdachs ständig auf meiner Blase herum, sodass ich alle fünf Minuten aufs Klo muss.«

Franzi und Kim wechselten einen peinlich berührten Blick. So genau hatten sie es eigentlich gar nicht wissen wollen. Zum Glück kam in diesem Moment Marie die Treppe hinunter. Sie trug ein graues Wollkleid und hatte ihre langen blonden Haare zu einem Pferdeschwanz frisiert. In ihren Ohren funkelten Perlenohrringe. Kim sah von Marie zu Tessa. Der Kontrast hätte nicht größer sein können. Gegen die unförmige Tessa in ihrer schlabberigen Jogginghose, dem ausgeleierten Shirt und den alten Gesundheitslatschen wirkte Marie richtig seriös. Als wäre sie die Hausherrin und nicht Tessa.

»Da seid ihr ja!«, begrüßte Marie ihre Freundinnen. »Dann kann das Clubtreffen ja losgehen.«

Kim und Franzi folgten Marie die Treppe hinauf in ihr Zimmer. Sie ließen sich in der gemütlichen Sitzecke im Erker nieder, die Marie mit einem flauschigen Teppich und bequemen Kissen ausgestattet hatte. Auf der Fensterbank brannten Kerzen und erhellten mit ihren flackernden Flammen den trüben Herbstnachmittag.

Kims Blick fiel auf das Wandtattoo, das Marie vor einiger Zeit über ihrem Bett angebracht hatte. Dort stand zwischen

pinkfarbenen Rosen und glitzernden Sternen in fließender hellblauer Schrift: *Freunde sind wie Sterne. Du kannst sie nicht immer sehen, aber du weißt, sie sind immer für dich da!* Kim lächelte. Diesen Spruch konnte sie nur unterschreiben. Er passte hundertprozentig auf die drei !!!. Auch Kim, Marie und Franzi waren immer füreinander da.
»Tee?«, fragte Marie und schenkte dampfenden Erdbeer-Vanille-Tee in drei Becher.
»Danke!« Kim nahm ihren Becher in Empfang und nippte an dem heißen Getränk.
»Tessa sah ganz schön fertig aus.« Franzi zog ihre Turnschuhe aus und machte es sich im Schneidersitz auf einem großen Kissen bequem. »Wann kommt denn das Baby?«
»In ein paar Wochen.« Marie setzte sich zu ihren Freundinnen. Sie seufzte. »Ich bin wirklich froh, wenn es endlich so weit ist. Tessa watschelt nur noch wie eine lahme Ente durchs Haus und stöhnt über Rückenschmerzen, Harndrang und Schlafstörungen. Nicht auszuhalten!«
Kim grinste. »Ja, uns hat sie auch gerade davon erzählt.«
»Ehrlich?« Marie verzog das Gesicht. »Wie peinlich! Warum muss sie das eigentlich jedem auf die Nase binden? Außerdem lässt sie sich total gehen, was ihr Äußeres betrifft. Habt ihr gesehen, wie sie rumläuft?«
Franzi musste lachen. »Also, das finde ich jetzt nicht so schlimm.«
»Ich schon!« Marie sah ehrlich empört aus. »Sie könnte sich wirklich etwas mehr zusammenreißen.«
»Sei nicht so streng mit Tessa«, riet Kim. »Nach der Geburt wird sich schon alles wieder einrenken.« Sie stellte den Tee-

becher zur Seite und wechselte das Thema. »Und nun zu unserem Fall: Was haltet ihr von der aktuellen Spurenlage?«

»Wir haben zwar eine Menge Spuren gefunden, aber keine einzige ist wirklich eindeutig«, fasste Marie zusammen.

Kim nickte. »Leider können wir nicht beweisen, dass tatsächlich jemand im Haus war, auch wenn alle Indizien darauf hindeuten.«

»Trotzdem – irgendetwas stimmt dort nicht.« Franzis grüne Augen blickten ungewohnt ängstlich. »Da bin ich mir hundertprozentig sicher.«

»Das sehe ich genauso.« Auch Kim beschlich sofort wieder ein mulmiges Gefühl, als sie an die unheimliche Stimmung gestern dachte. »Dummerweise sind wir in einer Sackgasse gelandet. Alle Spuren sind im Sande verlaufen. Wir brauchen dringend einen neuen Ermittlungsansatz.«

»Ich hab das Foto gestern noch an den Experten für Parapsychologie gemailt«, berichtete Marie. »Und stellt euch vor, er hat schon geantwortet!«

»Und?«, fragte Franzi neugierig.

»Leider konnte er nicht mit Sicherheit sagen, ob die Erscheinung auf dem Foto ein Geist ist oder nicht.« Marie zupfte verlegen an einer Haarsträhne herum, die sich aus ihrem Zopf gelöst hatte. »Er meinte allerdings, dass die meisten angeblichen Geisterfotos, die im Internet kursieren, nur billige Fälschungen seien.«

»Na also«, trumpfte Kim auf. »Hab ich doch gleich gesagt! Dann können wir die Geisterspur also abhaken.«

»Können wir nicht!«, widersprach Marie. »Ich glaube nach wie vor, dass der Junge auf dem Foto ein Geist sein könnte.«

Kim verdrehte die Augen. Was sollte man dazu noch sagen?
»Ein Vorschlag zur Güte«, mischte sich Franzi ein. »Wir schicken das Bild an ein Fotolabor und lassen überprüfen, ob es manipuliert wurde. Einverstanden?«
Marie nickte. »Einverstanden!«
»Von mir aus.« Kim versuchte, sich ihr Unbehagen nicht anmerken zu lassen. Was, wenn sich tatsächlich herausstellte, dass jemand das Foto bearbeitet hatte? Dann würde der Verdacht sofort wieder auf Michi fallen und Kim musste sich ernsthaft damit auseinandersetzen, ob sie ihm noch hundertprozentig vertraute. Keine angenehme Vorstellung …
Maries Handy piepste. Sie sprang auf und nahm das Smartphone vom Schreibtisch. Eine feine Röte überzog ihre Wangen. »Eine SMS von Holger!«
»Was schreibt er denn?«, erkundigte sich Franzi.
»Er kommt gerade vom Training.« Marie kicherte. »Heute stand ein Waldlauf auf dem Programm und jetzt ist Holger total platt. Die Trainer im Camp müssen ziemlich gnadenlos sein.« Sie seufzte. »Ich vermisse ihn so!«
»Er ist ja bald wieder da«, sagte Kim tröstend.
»Ich wünschte, das könnte ich von Felipe auch sagen.« Franzi spielte gedankenverloren mit dem kleinen, oval geschliffenen Rosenquarzstein herum, der an einem geflochtenen Lederarmband an ihrem Handgelenk hing. Felipe hatte ihr das Armband geschenkt. »Wenigstens sind wir durch unseren Liebeszauber immer miteinander verbunden.«
Marie legte ihr Handy zur Seite. »Was haltet ihr von einer kleinen Stärkung? Tessa hat vorhin gebacken. Ein Stück Kürbiskuchen wird uns bestimmt aufmuntern.«

Kim lief das Wasser im Mund zusammen. Kuchen liebte sie fast genauso sehr wie Süßigkeiten. »Gute Idee!«
»Finde ich auch.« Franzi schob das Lederarmband unter ihren Pullover und erhob sich.
Die Detektivinnen verließen Maries Zimmer und gingen nach unten. Als sie die große offene Küche betraten, blieben sie wie angewurzelt stehen.
»Was soll das denn?«, fragte Marie pikiert.
Tessa saß im Schneidersitz mitten auf dem flauschigen Teppich, ihren Bauch wie einen prall gefüllten Ballon vor sich. Sie hatte die Augen geschlossen und hechelte.
Die drei !!! wechselten einen ratlosen Blick.
»Sie scheint keine Luft mehr zu bekommen«, sagte Kim beunruhigt. »Vielleicht sollten wir deinen Vater anrufen, Marie.«
»Oder gleich einen Krankenwagen«, fügte Franzi nervös hinzu. »Manchmal kommen Babys ja auch früher als geplant.«
Doch in diesem Moment öffnete Tessa die Augen. »Oh, hallo!« Sie lächelte. »Ich war so in meine Atemübung vertieft, dass ich gar nicht gehört habe, wie ihr reingekommen seid.«
»Das war eine Atemübung?« Marie runzelte die Stirn. »Wie heißt sie denn? ›Hechelnder Hund‹?«
Tessa lachte. »Keine Ahnung. Meine Hebamme hat sie mir empfohlen. Bei der Geburt ist die Atmung sehr wichtig. Und seit ich Lina bekommen habe, sind schon so viele Jahre vergangen, dass ich ziemlich aus der Übung bin.«
Wie aufs Stichwort erschien Maries Stiefschwester in der Tür. Tessas Tochter war etwas jünger als die drei !!! und konnte mindestens genauso nervig sein wie die Zwillinge. Marie hatte schon einige Kämpfe mit ihr ausgefochten.

»Was ist denn hier los?« Lina verzog das Gesicht, als sie ihre Mutter auf dem Teppich sitzen sah, und marschierte schnurstracks zum Fernseher. Sie schnappte sich die Fernbedienung und warf sich auf das große cremefarbene Sofa.
»Darf man fragen, was du vorhast?«, fragte Tessa.
Lina sah sie an, als wäre sie von einem anderen Stern. »Fernsehen natürlich. Was sonst? Gleich läuft meine Lieblingsserie.«
Tessa schüttelte den Kopf und erhob sich schwerfällig. »Daraus wird nichts, mein Schatz. In ein paar Minuten kommen die Frauen von meinem Geburtsvorbereitungskurs.«
Lina stöhnte. »Schon wieder?«
Tessa nickte. »Wir wollen die verschiedenen Geburtsstellungen noch einmal gemeinsam üben. Du kannst deine Serie ja aufnehmen und später anschauen.«
Leise vor sich hin schimpfend verließ Lina das Sofa und programmierte den Festplattenrekorder. »Warum müssen diese Schwangeren eigentlich ständig bei uns herumhängen? Seit du im Mutterschutz bist, ist andauernd das Wohnzimmer blockiert. Mir reicht's langsam!«
Marie nickte. »Lina hat recht. Ihr könntet euch doch auch mal woanders treffen.«
»Genau!« Lina stellte sich mit vor der Brust verschränkten Armen neben Marie.
Tessa grinste. »Schön, dass ihr euch ausnahmsweise einmal einig seid. Aber wir haben einfach am meisten Platz, darum treffen wir uns lieber hier.« Es klingelte an der Haustür. »Das werden die ersten Frauen sein.« Tessa watschelte in die Eingangshalle.

»Hilfe, die Schwangeren kommen, nichts wie weg!« Lina drehte sich auf dem Absatz um und verschwand blitzartig in ihr Zimmer.
Marie rümpfte die Nase. »Am besten, wir verziehen uns auch. Ich hab keine Lust, gleich von lauter hechelnden Hunden umzingelt zu werden.«
»Und was ist mit dem Kuchen?«, fragte Kim enttäuscht.
»Keine Sorge, den nehmen wir mit nach oben.« Marie schnitt schnell drei große Stücke von dem Kürbiskuchen ab, der auf der Anrichte in der Küche stand, verteilte sie auf drei Teller und drückte ihren Freundinnen jeweils einen Teller in die Hand. »Und jetzt nichts wie weg.«
In der Eingangshalle hatte sich schon eine kleine Gruppe Frauen mit unterschiedlich dicken Bäuchen versammelt. Während sie ihre Mäntel auszogen, unterhielten sie sich gut gelaunt mit Tessa. Kim, Marie und Franzi schlängelten sich zwischen den Besucherinnen hindurch und liefen mit ihren Kuchentellern die Treppe hinauf. Leider konnte Kim nicht verhindern, dass sie ein paar Stichworte aufschnappte: Kaiserschnitt, Rückenmarksspritze, geplatzte Fruchtblase … Kim war heilfroh, als sie außer Hörweite war. Davon konnte einem glatt der Appetit vergehen!
Franzi und Marie schien es ähnlich zu gehen.
»Das ist ja ekelhaft!«, murmelte Franzi, als sie sich wieder in Maries Sitzecke niederließ.
Marie nickte. »Allerdings! Und dieses Gerede muss ich mir jetzt ständig anhören.« Sie seufzte. »Wenn das Baby doch nur schon da wäre! Ich wette, es wird ein Mädchen.«
»Wie kommst du denn darauf?«, nuschelte Kim, die sich ge-

rade einen großen Bissen Kürbiskuchen in den Mund gesteckt hatte. Er schmeckte köstlich.
Marie zuckte mit den Schultern. »Nur so ein Gefühl. Außerdem sind kleine Mädchen tausendmal niedlicher als Jungs. Man kann ihnen hübsche Kleidchen anziehen und ihre seidigen Haare kämmen …«
»Die meisten Babys haben Glatzköpfe«, bemerkte Franzi trocken.
Marie warf ihr einen ärgerlichen Blick zu. »Ich meine doch später, wenn das Baby etwas älter ist. Es gibt total süße Kleinkind-Frisuren.«
Kim schluckte den Kuchen hinunter. »Wahrscheinlich wirst du das arme Kind auch noch schminken und seine Nägel rosa lackieren.« Sie grinste.
»Warum nicht?« Marie schien die Idee keineswegs abwegig zu finden. »Es ist nie zu früh, sich um ein gepflegtes Äußeres zu bemühen.«
Kim und Franzi sahen sich an und verdrehten synchron die Augen. Eins war sicher: Wenn Marie wirklich eine Schwester bekam, würde sie das am besten gestylte Baby der ganzen Stadt werden!

Schock beim Frühstück

Kim gähnte, als sie morgens zum Frühstück nach unten ging. Sie hatte gestern im Bett noch lange gelesen – zu lange. Aber der Krimi war so spannend gewesen, dass sie ihn einfach nicht hatte weglegen können. Jetzt bekam sie die Quittung: Vor lauter Müdigkeit schlief sie fast im Stehen ein. Zum Glück war Freitag und sie musste nur noch sechs Schulstunden bis zum Wochenende überstehen.
»Achtung, Planschkuh auf zwölf Uhr«, raunte Ben seinem Bruder zu, als Kim die Küche betrat. Kim ignorierte die Beleidigung. Seit Marie den Zwillingen den Floh mit James Bond ins Ohr gesetzt hatte, unterhielten sie sich nur noch in einer merkwürdig verschlüsselten Agentensprache.
Kim ließ sich auf ihren Platz fallen. Beim Anblick ihrer Brüder musste sie trotz ihres Schlafmangels grinsen. Obwohl es draußen noch nicht richtig hell war, saßen Ben und Lukas mit dunklen Sonnenbrillen am Frühstückstisch wie zwei zu klein geratene James-Bond-Doppelgänger und schlürften lautstark ihren Kakao.
»Geht das auch etwas leiser?«, fragte Frau Jülich vorwurfsvoll. Kims Vater war hinter der Zeitung verschwunden, wie jeden Morgen.
Kim griff nach einer Scheibe Brot, die sie dick mit Nutella bestrich. Sie brauchte jetzt unbedingt eine Extraportion Zucker, um ihren Kreislauf in Schwung zu bringen.
»Habt ihr den Vokabeltest schon zurückbekommen?«, erkundigte sich Frau Jülich.

Kim biss von ihrem Brot ab und schüttelte stumm den Kopf. Sie hasste es, ihrer Mutter schon beim Frühstück Rede und Antwort stehen zu müssen. Frau Jülich war eine sehr engagierte Grundschullehrerin und legte großen Wert darauf, dass ihre Kinder gute Noten schrieben. Für Kim war das kein Problem, sie gehörte sowieso immer zu den Klassenbesten. Bei Ben und Lukas sah das schon etwas anders aus. Sie interessierten sich mehr für Fußball und Geheimagenten als fürs Lernen.

Herr Jülich ließ die Zeitung sinken, um einen Schluck Kaffee zu trinken. Er lächelte Kim zu. »Guten Morgen, meine Große. Alles klar bei dir? Du siehst etwas müde aus.«

»Alles bestens«, murmelte Kim. Ihre Eltern brauchten nicht zu wissen, dass sie gestern viel zu spät das Licht ausgemacht hatte. Während sie noch einen Bissen von ihrem Nutellabrot nahm, fiel ihr Blick auf die Zeitung, die neben ihrem Vater auf dem Tisch lag. Vor Schreck fiel Kim fast das Brot aus der Hand. Mit einem Schlag war sie hellwach. »Darf ich mal?«, nuschelte sie mit vollem Mund und schnappte sich die Zeitung. Es war der Lokalteil und auf der ersten Seite prangte ein großes Foto. Kim starrte es entsetzt an.

»Was ist denn?«, fragte ihr Vater. »Du bist plötzlich ganz blass.«

Kim konnte den Blick nicht von der Zeitung abwenden. »Das … das ist Oma Lottis Haus«, murmelte sie fassungslos. Das Geisterfoto war der Aufmacher des Tages. Es handelte sich ohne jeden Zweifel um genau dasselbe Bild, das seit Tagen im Mittelpunkt der Detektivclub-Ermittlungen stand. Es war stark vergrößert und deshalb etwas grobkörnig, aber der Schatten am Fenster war deutlich zu erkennen. Darüber prangte in fetten Lettern eine reißerische Überschrift.

SPUKT ES IN BILLERSHAUSEN?

Kim schnappte nach Luft. Sie zog die Zeitung näher zu sich heran, um den ganzen Artikel lesen zu können.

Billershausen im Oktober. *Der Herbst hat die Region fest im Griff. Trübes Wetter, Dunkelheit und Nebel sind an der Tagesordnung. Die perfekten Bedingungen für Geister und übersinnliche Erscheinungen. Sie glauben nicht an Gespenster? Dann schauen Sie sich dieses Foto einmal ganz genau an. Es zeigt ein Haus in dem kleinen und idyllischen Dorf Billershausen, das ein aufmerksamer Leser unserer Zeitung zur Verfügung gestellt hat. Sieht die Gestalt am Fenster nicht wie ein echter Geist aus? In unserer Redaktion hat das Bild jedenfalls für ordentlich Gänsehaut-Feeling gesorgt. Vielleicht ist es ja auch für Sie eine willkommene Ablenkung vom ungemütlichen Oktoberwetter. Haben Sie auch übersinnliche Untermieter? Schicken Sie uns Ihre Geisterfotos! Das beste Bild wird prämiert und der Einsender erhält zwei Freikarten für den Freizeitpark* Sugarland *in Billershausen. Viel Erfolg und viel Spaß beim Gruseln! KL*

Kim sprang auf. »Ich muss los!«
»Jetzt schon?«, fragte ihre Mutter überrascht.
Kim dachte blitzschnell nach. »Ja, ich … äh … ich muss noch was besprechen. Wegen einer Gruppenarbeit, die wir gerade in Deutsch machen.«

Zum Glück hakte Frau Jülich nicht weiter nach. Kim spurtete in den Flur, schlüpfte in ihre Jacke, griff nach ihrem Schulrucksack und dem Sportbeutel und verließ im Eiltempo das Haus.

»Hast du das gesehen?«
Kaum hatte Kim ihr Fahrrad auf dem Schulhof abgestellt, stürmte Franzi auf sie zu und wedelte mit dem Zeitungsartikel vor ihrer Nase herum. Sie musste schon in aller Herrgottsfrühe von zu Hause aufgebrochen sein.
Kim nickte. »Ich konnte es kaum glauben.«
»So eine Unverschämtheit!«, schimpfte Franzi. »Wie kommt das Foto in die Zeitung? Und wer ist dieser ominöse ›aufmerksame Leser‹, der es der Redaktion angeblich ›zur Verfügung gestellt‹ hat?«
»Das kann ich mir auch nicht erklären.« Kim schüttelte verwirrt den Kopf. »Noch nicht. Aber wir werden es herausfinden.«
Sie schlang sich ihren Schal fester um den Hals. Es war ein kalter und windiger Morgen. Der Himmel hing grau und schwer über ihren Köpfen. Da die erste Stunde erst in zehn Minuten begann, war auf dem Schulhof noch nicht besonders viel los. Doch das war Kim ganz recht, so hatten sie wenigstens keine unerwünschten Zuhörer.
Franzi faltete den Artikel zusammen und steckte ihn in ihre Jackentasche. »Meine Eltern sind total ausgerastet, als sie das Foto gesehen haben«, berichtete sie etwas ruhiger.
»Kann ich mir vorstellen.« Kim zog fröstelnd die Schultern hoch. »Und wie hat deine Oma reagiert?«

»Sie hat noch geschlafen und zum Glück nichts davon mitbekommen. Wir werden es ihr auch nicht erzählen.«
Kim nickte. »Das ist bestimmt eine gute Idee. Sonst regt sie sich nur unnötig auf.«
»Mein Vater ist stinksauer«, erzählte Franzi. »Er befürchtet, dass sich das Haus jetzt nicht mehr so gut verkaufen lässt. Wer will schon in einem Spukhaus wohnen?«
»Ach was, das ist doch ganz schnell wieder vergessen«, behauptete Kim. »Außerdem ist der Artikel ja auch nicht richtig ernst gemeint.«
»Trotzdem!« Franzi machte ein düsteres Gesicht. »Meine Eltern glauben, jemand hat das Bild von der Immobilien-Seite im Internet heruntergeladen und manipuliert. Sie haben sogar überlegt, Anzeige zu erstatten, aber ich konnte sie zum Glück davon abbringen. Stattdessen will sich Papa jetzt bei der Zeitungsredaktion beschweren.«
»Gut!« Kim atmete auf. Erfahrungsgemäß verkomplizierte es die Ermittlungen beträchtlich, wenn sich die Polizei einmischte. Kommissar Peters, ein guter Freund von Maries Vater und inzwischen auch von den drei !!!, hatte ihnen zwar schon oft geholfen, aber er neigte leider dazu, den Detektivclub zu unterschätzen und ihnen mit seinen ständigen Ermahnungen, sich nur ja nicht in Gefahr zu begeben, auf die Nerven zu gehen. »Wir wissen jedenfalls, dass das Foto nicht von der Immobilienseite stammt«, stellte Kim fest. »Und wir müssen schnellstens klären, wie es an die Redaktion gelangt ist. Es scheint irgendwo eine undichte Stelle zu geben.«
Franzi seufzte. »Zu blöd, dass wir erst noch Unterricht haben. Am liebsten würde ich sofort mit den Ermittlungen loslegen.«

»Ich auch, aber das geht leider nicht.« Kim holte ihr Handy hervor. »Gleich nach der Schule fahren wir zur Redaktion. Ich schreibe Marie eine SMS.«

Marie, die eine andere Schule besuchte als Kim und Franzi, reagierte prompt. Wenige Sekunden später antwortete sie mit einem knappen *Okay*. Kim lächelte. Auf ihre Freundinnen war eben hundertprozentig Verlass.

Es klingelte zur ersten Stunde und Franzi seufzte. »Auf geht's! Ich hab jetzt eine Doppelstunde Mathe. Und du?«

»Sport.« Kim verzog das Gesicht. Sie hätte liebend gerne mit Franzi getauscht.

Die Detektivinnen verabschiedeten sich voneinander und Kim trottete lustlos in Richtung Turnhalle. In diesem Moment hätte sie einiges für einen echten Geist gegeben, der in die Turnhalle flog und mit einer kleinen Spukeinlage dafür sorgte, dass der Sportunterricht ausfiel.

»Typisch«, murmelte Kim. »Wenn man mal ein Gespenst braucht, ist natürlich keins da!«

Ein schrecklicher Verdacht

»Huhu, hier bin ich!« Marie stand schon vor dem Pressehaus, als Kim und Franzi von ihren Rädern stiegen.
»Hast du den Artikel gesehen?«, rief Franzi, ohne sich mit einer Begrüßung aufzuhalten.
Marie nickte. »Ich hab ihn mir heute Morgen gleich auf mein Smartphone geladen, nachdem ich Kims SMS bekommen hatte.« Sie schüttelte den Kopf. »Wirklich unglaublich! Habt ihr eine Idee, wer der Presse das Foto zugespielt haben könnte?«
»Nein, aber genau das sollten wir den zuständigen Redakteur fragen«, sagte Kim grimmig.
Marie straffte die Schultern. »Dann nichts wie rein in die Höhle des Löwen!«
Die Redaktion befand sich in einem schmucklosen, mehrstöckigen Gebäude an einer viel befahrenen Hauptverkehrsstraße. Marie trat als Erste durch die gläserne Schwingtür und durchquerte mit energischen Schritten die Eingangshalle. Kim und Franzi folgten ihr.
Hinter dem Empfangstresen saß eine junge Frau mit streng zurückgekämmten Haaren und dunkelbrauner Hornbrille.
»Was kann ich für euch tun?«, fragte sie kühl.
»Wir möchten zum Chef der Lokalredaktion«, antwortete Marie. Doch ihr gewinnendes Lächeln prallte an der Empfangsdame ab.
»In welcher Angelegenheit?«, erkundigte sie sich mit Eiswürfel-Stimme.

»Das würden wir gerne persönlich mit dem zuständigen Redakteur besprechen«, gab Marie selbstbewusst zurück.
Die Frau zuckte mit keiner Wimper. »Frau Wechloy empfängt heute keine Besucher«, erklärte sie. »Am besten, ihr ruft das nächste Mal vorher an und vereinbart einen Termin.«
»Es ist wirklich dringend!«, mischte sich Franzi ein.
»Schon möglich, aber Frau Wechloy ist leider beschäftigt«, sagte die Empfangsdame bestimmt. »Kommt nächste Woche wieder.«
»Für wen halten Sie sich eigentlich?«, schimpfte Franzi. Ihre grünen Augen blitzten wütend. Kim wusste, dass sie kurz davor war zu explodieren.
»Komm, das bringt doch nichts«, sagte Kim leise. Sie griff nach Franzis Arm und zog sie vom Empfangstresen weg.
»Vielen Dank für Ihre ausgesprochen *freundliche* Hilfe«, verabschiedete sich Marie ironisch.
Die drei !!! traten den Rückzug an. Doch als sie das Gebäude gerade verlassen wollten, wurde die Empfangsdame von einer Kollegin gerufen. Sie erhob sich und verschwand im Hinterzimmer.
»Das ist unsere Chance!«, zischte Marie.
Kim und Franzi schalteten sofort. Die Detektivinnen rannten zurück, am Empfangstresen vorbei zum Aufzug. Kim drückte hektisch auf den Knopf.
»Komm schon!«, murmelte sie und warf einen nervösen Blick zu der Tür hinüber, hinter der die Empfangsdame verschwunden war. Sie konnte jede Sekunde zurückkommen. Und wenn sie entdeckte, dass die drei !!! immer noch da waren, würde sie sie garantiert auf die Straße setzen.

»Na endlich!« Marie seufzte erleichtert, als sich die Fahrstuhltüren öffneten.
Die Detektivinnen stürzten in den Lift und Marie drückte auf den Knopf mit der Ziffer Fünf. Daneben stand in kleinen, verblichenen Buchstaben *Lokal- und Sportredaktion.* Es blieb keine Zeit, um eine Strategie zu besprechen. Im Nu waren sie in der 5. Etage und der Fahrstuhl spuckte sie wieder aus.
Kim sah sich um. Sie standen auf einem schmalen Flur, der mit grauem, abgewetztem Teppich ausgelegt war und von dem viele kleine Büros abgingen, die mit Glaswänden vom Flur abgetrennt waren.
»Mist, hier werden wir kaum ungesehen vorbeikommen«, fluchte Franzi leise.
Kim nickte. »Dann müssen wir eben schnell sein und die Redaktionsleiterin finden, bevor uns jemand entdeckt und rausschmeißt.«
So unauffällig wie möglich gingen die Detektivinnen an den Büros vorbei und kontrollierten die Türschilder. »Felix Bäumler, Miriam Lesch, Kurt Lindner …« Marie schüttelte den Kopf. »Verflixt, wo steckt denn diese Frau Wechloy?«
»Sucht ihr mich?«, fragte jemand hinter ihnen.
Die drei !!! fuhren herum. Sie standen einer Frau in den Fünfzigern gegenüber, die mit ihren streng zurückgekämmten grauen Haaren, dem strengen Blick und der schwarzen Brille auf der Nase wie eine ältere Version der Empfangsdame wirkte.
»Frau Wechloy?«, vergewisserte sich Marie.
Die Redaktionsleiterin nickte. »Das bin ich. Was kann ich für euch tun?«

»Wir haben eine Frage.« Franzi zog den Zeitungsartikel hervor. »Wer hat diesen Bericht geschrieben? Und wie sind Sie an das Foto gekommen?«
Frau Wechloys Gesichtsausdruck verdunkelte sich. »Warum wollt ihr das wissen?«
»Wir sind Detektivinnen und dieses Foto ist Gegenstand unserer Ermittlungen.« Kim kramte in ihrem Rucksack nach einer Visitenkarte und reichte sie der Journalistin, die einen skeptischen Blick darauf warf.

»Ihr seid die drei !!!?«, fragte sie überrascht. »Wir haben doch schon über euch berichtet, oder?«
Marie nickte stolz und ergänzte: »Sogar mehrfach. Schließlich haben wir bereits über vierzig Fälle erfolgreich gelöst. Übrigens stehen wir auch für Interviews zur Verfügung, falls Sie mal ein Detektiv-Special für Ihre Zeitung planen.«
»Nein, tun wir nicht!« Kim warf Marie einen ärgerlichen Blick zu. Sie hasste es, im Mittelpunkt zu stehen, und war außerdem der Meinung, dass es ihre Ermittlungsarbeit nur

behindern würde, wenn sie zu bekannt wurden. Marie war da leider ganz anderer Ansicht …
»Darum geht es jetzt doch gar nicht!« Franzi wedelte mit dem Artikel. »Woher haben Sie dieses Foto?«
Die Redaktionsleiterin schüttelte den Kopf. »Das kann ich euch nicht sagen. Pressegeheimnis.«
»Und wer hat den Artikel geschrieben?«, fragte Marie.
Erneutes Kopfschütteln.
Kim seufzte. So kamen sie nicht weiter. An dieser Frau würden sie sich die Zähne ausbeißen, das spürte sie. Am besten traten sie einen geordneten Rückzug an. Doch Frau Wechloy kam ihr zuvor.
»Ich muss euch jetzt bitten zu gehen«, sagte sie. »Ich habe noch zu tun. Ihr findet alleine hinaus?« Ohne eine Antwort abzuwarten, ließ sie die Detektivinnen stehen und verschwand in einem Büro am Ende des Flurs.
Franzi sah ihr wütend nach. »Ich fasse es nicht! Warum will hier niemand mit uns reden?«
»Diese Frau Wechloy versucht, etwas zu vertuschen«, vermutete Kim. »Sonst hätte sie uns doch sagen können, wer den Artikel geschrieben hat.« Plötzlich fiel ihr etwas ein. »Darf ich den Zeitungsausschnitt noch mal sehen?« Franzi reichte ihr die Seite und Kim studierte mit gerunzelter Stirn den Text. »Da! Ich hab's doch gewusst!« Sie deutete auf zwei Buchstaben ganz am Ende des Berichts.
»Was ist das?«, fragte Franzi.
»Ein Kürzel«, erklärte Kim. »Es steht für den Verfasser des Artikels.«
»KL«, las Marie vor. »Das kommt mir irgendwie bekannt

vor …« Plötzlich hellte sich ihr Gesicht auf. »Die Buchstaben könnten die Initialen von Kurt Lindner sein! Den Namen hab ich vorhin an einer Bürotür gelesen.«
»Gut kombiniert, Marie!« Kim nickte anerkennend. »Wir sollten diesem Kurt Lindner gleich mal auf den Zahn fühlen. Vielleicht ist er ja etwas gesprächiger als seine Chefin.«
Marie führte die Detektivinnen zu dem Büro direkt neben dem Fahrstuhl. Tatsächlich! Auf dem Türschild stand der Name *Kurt Lindner*. Kim warf einen schnellen Blick in das kleine Büro. Es war spärlich möbliert mit einem schäbigen Schreibtisch und einem vollgestopften Bücherregal. Auf der Fensterbank fristete ein staubiger Gummibaum ein trostloses Dasein. Ein junger Mann saß am Schreibtisch und tippte eifrig etwas in seinen Computer. Neben ihm stand ein Kaffeebecher mit der Aufschrift ICH BIN DER BOSS.
»Showtime!«, zischte Marie und öffnete schwungvoll die Tür. »Guten Tag, Herr Lindner!«, rief sie und betrat das Büro. Kim und Franzi folgten ihr. »Dürfen wir kurz stören? Wir hätten ein paar Fragen an Sie.« Die drei !!! bauten sich neben dem Schreibtisch auf.
Kurt Lindner zuckte zusammen und starrte die Detektivinnen verdutzt an. »Wer … wer seid ihr? Und was wollt ihr hier?«
»Wir sind Detektivinnen und würden gerne wissen, von wem Sie dieses Foto haben.« Franzi hielt den Artikel hoch.
Der junge Mann wurde blass und fuhr sich nervös durch seine braunen Locken. Kim schätzte ihn auf höchstens Anfang zwanzig. Bestimmt arbeitete er noch nicht lange als Journalist.

»Sie haben diesen Artikel doch geschrieben, oder?«, hakte Marie nach.
Kurt Lindner nickte. Seine Schultern sackten herab und er starrte betreten auf die Tastatur seines Computers. »Und ich habe es bereits bitter bereut.«
Kim kombinierte blitzschnell. »Sie haben Ärger bekommen, stimmt's? Weil Sie das Foto ohne Genehmigung veröffentlicht haben.«
Kurt Lindner seufzte. »Ich konnte doch nicht wissen, dass das Haus zum Verkauf steht! Davon hat mir mein Informant nichts gesagt. Ich wollte nur einen guten Aufmacher für die heutige Ausgabe. Erst waren auch alle aus der Redaktion ganz begeistert – bis vorhin dieser Typ angerufen und sich furchtbar aufgeregt hat.«
Kim unterdrückte ein Grinsen. »Dieser Typ« musste Herr Winkler gewesen sein. Offenbar hatte er sein Vorhaben, sich bei der Zeitung zu beschweren, bereits in die Tat umgesetzt.
»Und deshalb haben Sie Stress mit Ihrer Chefin gekriegt«, folgerte Kim.
Kurt Lindner nickte. »Frau Wechloy war ganz schön sauer. Dabei kann doch jeder mal einen Fehler machen, oder? Schließlich bin ich erst seit drei Monaten Volontär bei der Zeitung.«
Kims Mitleid hielt sich in Grenzen. Sie sah den jungen Mann eindringlich an. »Wer ist Ihr Informant?«
Kurt Lindner schüttelte den Kopf. »Das … das kann ich nicht sagen. Er will anonym bleiben. Ich weiß selbst nicht, wie er heißt.« Er mied Kims Blick und spielte nervös mit einem Kugelschreiber herum, der auf dem Tisch lag.

Kim war sich ziemlich sicher, dass er log. »Ich glaube Ihnen nicht«, sagte sie. »Sie kennen Ihren Informanten persönlich, aber Sie wollen seine Identität nicht preisgeben.«
Kurt Lindner sah sie trotzig an. »Das ist meine Sache. Und jetzt sage ich kein Wort mehr.«
»Also, *ich* glaube Ihnen, Kurt. Ich darf Sie doch so nennen, oder?« Marie schenkte dem jungen Mann ein strahlendes Lächeln. »Und ich bin mir sicher, dass Sie später einmal ein hervorragender Journalist werden. Dieser Artikel über das Spukhaus ist einfach *großartig* geschrieben! Ich habe eine richtige Gänsehaut beim Lesen bekommen.« Marie erschauderte.
Kim musste sich das Lachen verbeißen. Marie zog mal wieder alle Register ihrer Schauspielkunst. Aber ihre Strategie schien aufzugehen, denn die Miene des Volontärs hellte sich augenblicklich auf.
»Danke!« Er erwiderte Maries Lächeln. »Ich habe auch ziemlich lange daran gefeilt.«
»Das kann ich mir vorstellen.« Marie nickte verständnisvoll. »Und ich bin mir sicher, dass Sie nicht nur Schreibtalent, sondern auch eine hervorragende Beobachtungsgabe besitzen. Könnten Sie uns vielleicht eine Personenbeschreibung Ihres Informanten liefern? Das würde uns wirklich sehr weiterhelfen!« Sie klimperte kokett mit ihren langen Wimpern.
Kurt Lindner schmolz dahin. »Natürlich! Kein Problem. Der Typ war noch ziemlich jung …«
»Wie jung?«, wollte Franzi wissen.
»Keine Ahnung.« Der Volontär überlegte. »Vielleicht sechzehn oder siebzehn.«

Kim zückte das abgegriffene Heft, das sie als Detektivtagebuch für unterwegs benutzte, und machte sich Notizen. »Haarfarbe?«
»Äh – braun.« Kurt Lindner runzelte die Stirn. »An die Augenfarbe kann ich mich nicht erinnern. Er war mittelgroß und trug Jeans und ein Kapuzensweatshirt.«
»Vielen Dank!« Marie warf ihre Haare über die Schulter zurück. »Das war wirklich großartig. Jetzt müssen wir leider gehen. Falls Ihnen noch etwas einfällt, melden Sie sich gerne jederzeit bei uns.« Sie zog eine Visitenkarte aus ihrem silbernen Etui und reichte sie Kurt Lindner.
»Klar, mach ich.« Er strahlte über das ganze Gesicht. »War nett, dich kennenzulernen.«
Kim klappte langsam das Detektivtagebuch zu. Sie bekam kaum mit, wie sich Franzi und Marie von dem Volontär verabschiedeten. In ihren Ohren rauschte es und das Büro verschwamm vor ihren Augen.
Denn soeben war ihr ein schrecklicher Verdacht gekommen.

Herzensqualen

Detektivtagebuch von Kim Jülich
Freitag, 15:47 Uhr
Der Fall hat eine ungeahnte Wendung genommen. Unser Geisterfoto war heute in der Zeitung der Aufmacher des Lokalteils! Das hat die Ermittlungen ordentlich durcheinandergewirbelt. Ich komme gerade aus der Zeitungsredaktion, wo wir den Volontär befragt haben, der für den Artikel verantwortlich ist. Angeblich hat ihm ein großer Unbekannter das Foto zugespielt. Das ist natürlich Unsinn, aber Marie hat dem Volontär mit ihrem unnachahmlichen Charme zumindest eine halbwegs brauchbare Personenbeschreibung entlockt. Der anonyme Informant soll sechzehn bis siebzehn Jahre alt sein, braune Haare haben und Jeans und einen Kapuzenpullover getragen haben.
Bei mir haben sofort sämtliche Alarmglocken geläutet. Denn ich kenne eine Person, auf die diese Beschreibung hundertprozentig zutrifft. Ich kenne sie sogar sehr gut.
MICHI MILLBRANDT!!!

Geheimes Tagebuch von Kim Jülich
Freitag, 16:06 Uhr
Wer diese Zeilen liest, den soll meine Verzweiflung treffen wie ein Blitz aus heiterem Himmel, sodass er seines Lebens nie mehr froh wird – genau wie ich.
Hilfe, was soll ich nur tun? Meine schlimmsten Befürchtungen sind Wirklichkeit geworden: Michi ist zu unserem Hauptverdächtigen geworden! Eigentlich müsste ich die Ermittlungen ab

sofort Franzi und Marie überlassen, weil ich eindeutig befangen bin. Aber es würde mich umbringen, nur untätig herumzusitzen und nichts tun zu können. Ich muss wissen, was passiert ist! Hat Michi das Foto von Oma Lottis Haus manipuliert? Und hat er sein selbst gebasteltes Geisterfoto dann der Zeitung zugespielt? Aber warum sollte er so etwas tun?
Ich bin hin- und hergerissen. Ich würde Michi so gerne vertrauen, aber ich schaffe es nicht. Seit Frank aus dem Gefängnis entlassen wurde, hat Michi sich verändert. Und Frank hat ihn schließlich schon einmal negativ beeinflusst und in seine kriminellen Machenschaften hineingezogen. Was, wenn er wieder einen schlechten Einfluss auf Michi hat? Ich habe das Gefühl, dass Michi mir mehr und mehr entgleitet.
Es gibt nur einen Weg, dieser schrecklichen Ungewissheit zu entkommen: Ich muss Michi zur Rede stellen. Ich muss wissen, ob er der anonyme Informant ist.
Und wenn sich meine Befürchtungen bestätigen? Dann wird mein Herz in tausend winzige Stücke zerbrechen und vom Winde verweht werden.
Ach, Michi, warum sind wir uns plötzlich so fern?

Kims Mund war trocken, als sie Michis Nummer wählte, und ein Teil von ihr hoffte inständig, nur die Mailbox zu erreichen. Leider vergeblich.
»Hallo, Kim, schön, dass du anrufst!« Michi klang so gut gelaunt und unbeschwert, dass es Kim einen Moment glatt die Sprache verschlug.
Sie räusperte sich und musste zweimal ansetzen, bevor sie ein »Hallo« hervorbrachte.

»Ich bin auf dem Sprung«, erzählte Michi. »Frank und ich wollen nach Billershausen fahren und die Indoor-Minigolfanlage ausprobieren. Willst du mitkommen?«
»Nein.« Kims Stimme klang rau. »Wir stecken gerade mitten in den Ermittlungen.«
»Schade.« Michis Enttäuschung war nicht zu überhören. »Wie läuft es denn mit eurem neuen Fall?«
»Geht so.« Kim holte tief Luft. »Hast du heute schon Zeitung gelesen?«
Michi zögerte. »Nein. Wieso? Was ist denn los? Du klingst irgendwie komisch.«
»Das Geisterfoto ist der Aufmacher des Tages.«
»Was?«, rief Michi. »*Mein* Foto? Wie kommt das denn in die Zeitung?«
Seine Überraschung schien echt zu sein. Kim hätte ihm jetzt gerne in die Augen gesehen und ärgerte sich, dass sie zu feige gewesen war, ihm persönlich gegenüberzutreten.
»Das wüssten wir auch gern.« Kim biss sich auf die Lippe. Es war nicht leicht, den eigenen Freund, den man über alles liebte, als Verdächtigen zu verhören. Wie sollte sie weiter vorgehen? Aber Michi nahm ihr die Entscheidung ab.
»Ihr glaubt doch nicht etwa, dass ich es war, oder?«
Kim zögerte. »Na ja … also … wir …«
Michi unterbrach sie. »Ich fass es nicht! Bin ich jetzt etwa ein Verdächtiger?«
Kim schluckte. »Wir haben eine Personenbeschreibung, die ziemlich gut auf dich passt.«
Michi lachte auf. Aber es klang alles andere als fröhlich. »Das ist doch völlig absurd! Warum sollte ich so etwas tun?«

»Ich weiß es nicht«, flüsterte Kim.
»Traust du mir das wirklich zu?«, fragte Michi jetzt etwas ruhiger. »Komm schon, Kim, du kennst mich doch!«
»Das ist es ja gerade …« Kim seufzte. »Manchmal bin ich mir nicht mehr sicher, ob ich dich wirklich kenne.«
»Was soll das denn jetzt heißen?«
»Du steckst nur noch mit Frank zusammen«, erklärte Kim. »Ihr unternehmt jeden Tag etwas, für mich hast du kaum noch Zeit. So kann es doch nicht weitergehen!« Sie hasste sich dafür, dass ihre Stimme zitterte. Sie wollte stark und überlegen klingen, nicht wie eine weinerliche Sechsjährige.
»Ich dachte, das Thema hätten wir ausführlich diskutiert«, erwiderte Michi ziemlich ungehalten. »Du warst doch damit einverstanden, dass ich Frank nach seiner Haftentlassung unterstütze. Komm doch einfach öfter mit, dann würden wir uns auch häufiger sehen.«
Kim seufzte. »Es ist nicht dasselbe, wenn Frank dabei ist, das weißt du genau. Außerdem …« Sie zögerte.
»Was?«
»Außerdem ist mir Frank nicht besonders sympathisch«, gab Kim zu.
»Du kennst ihn ja gar nicht richtig.« Michi klang plötzlich so bitter, dass Kim ganz kalt wurde. »Und ich dachte, du würdest dich ehrlich bemühen, ein gutes Verhältnis zu Frank aufzubauen. Schließlich ist er mein Bruder!«
»Das hab ich doch versucht!«, rief Kim. »Wirklich!«
»Ja, klar.« Michis Stimme triefte vor Ironie. »In der halben Stunde, die du uns im *Lomo* von deiner kostbaren Zeit geschenkt hast.« Im Hintergrund war eine Stimme zu hören.

»Ich muss los, Kim. Tu mir einen Gefallen und denk noch mal gründlich über alles nach. Denn wenn du mir nicht mehr vertraust, frage ich mich ernsthaft, ob unsere Beziehung noch einen Sinn hat.«
Kim hatte plötzlich einen dicken Kloß im Hals. Sie schaffte es nicht, etwas zu erwidern, aber das war auch nicht nötig. Michi hatte bereits aufgelegt.

»Hiermit erkläre ich die Clubsitzung für eröffnet!«, verkündete Franzi, während sie den selbst gebackenen Kirschkuchen ihrer Mutter auf drei Teller verteilte.
Der Kuchen war noch ganz frisch und duftete köstlich, aber Kim hatte keinen Appetit. Das Telefonat mit Michi lag ihr immer noch schwer im Magen. Direkt danach war sie aufgebrochen, um es noch pünktlich zum Clubtreffen ins Hauptquartier zu schaffen. Nun saß sie mit Franzi und Marie in dem ehemaligen Pferdeschuppen neben Franzis Haus, der dem Detektivclub als Treffpunkt diente, und musste immer wieder an das Gespräch mit Michi denken. Seine Worte hallten in ihrem Kopf wider.
Wenn du mir nicht mehr vertraust, frage ich mich ernsthaft, ob unsere Beziehung noch einen Sinn hat.
Er hatte so bitter geklungen, so hart. Aber eigentlich hatte er ja recht: Vertrauen war die Grundlage jeder Beziehung. War sie gerade dabei, sich Michis Liebe zu verscherzen? Was sollte sie nur tun?
»Erde an Kim, Erde an Kim!«, rief Marie.
Kim schreckte auf. »Was ist los?«, fragte sie verwirrt. »Sorry, ich war gerade mit meinen Gedanken woanders.«

»Das haben wir gemerkt.« Franzi grinste. »Marie wollte wissen, ob du schon Nachricht vom Fotolabor hast.«
Kim nickte. »Ja, sie waren sehr schnell.«
»Und?«, fragte Marie gespannt.
»Das Foto wurde nicht manipuliert«, berichtete Kim.
»Ich wusste es!«, jubelte Marie. »Also ist der Schatten auf dem Bild doch ein echter Geist.«
»Es gibt bestimmt noch andere Möglichkeiten«, erwiderte Kim automatisch.
»Ach ja?« Marie zog eine Augenbraue hoch. »Und welche?«
»Was weiß denn ich!«, antwortete Kim ziemlich unwirsch. »Ihr könnt euch ja auch mal selbst Gedanken machen.« Sie stocherte lustlos in ihrem Kuchen herum.
Franzi runzelte die Stirn. »Welche Laus ist dir denn über die Leber gelaufen?«
»Gar keine, ich hatte gerade nur etwas Stress mit Michi«, murmelte Kim.
»Was war denn los?«, erkundigte sich Marie.
Kim gab sich einen Ruck und erzählte ihren Freundinnen von dem unangenehmen Telefonat.
»Du hast ihn tatsächlich mit deinem Verdacht konfrontiert?«, fragte Franzi. »Alle Achtung, ganz schön mutig.«
»Nein, ganz schön bescheuert.« Kim zerquetschte eine Kirsche mit der Gabel, bis nur noch roter Matsch übrig war. »Jetzt ist Michi sauer auf mich und stellt sogar unsere Beziehung infrage. Das wollte ich doch gar nicht!«
»Michi beruhigt sich bestimmt wieder«, sagte Franzi tröstend.
»Traust du ihm wirklich zu, hinter deinem Rücken das Foto an die Zeitung gegeben zu haben?«, fragte Marie.

Kim zuckte mit den Schultern. »Ich weiß es nicht. Die Beschreibung von diesem Volontär passt doch genau auf Michi, findet ihr nicht?«
»Die Personenbeschreibung war so allgemein, dass sie auf jeden zweiten Jungen aus meiner Klasse passt«, stellte Franzi fest. »Das bedeutet gar nichts.«
»Wenn sie überhaupt stimmt«, gab Marie zu bedenken. »Vielleicht hat dieser Kurt Lindner sie sich auch nur ausgedacht.«
»Stimmt, sehr glaubwürdig wirkte er nicht«, gab Kim zu.
»Auf jeden Fall hat Michi das Foto nicht manipuliert«, sagte Franzi. »Dieser Verdacht wäre also ausgeräumt. Und ich glaube auch nicht, dass er es der Zeitung zugespielt hat.«
»Wirklich?« Kim wurde plötzlich etwas leichter ums Herz. Vielleicht hatte sie sich da in etwas hineingesteigert, weil sie wegen der Sache mit Frank sowieso gerade ziemlich durcheinander war.
»Ganz sicher.« Marie nickte. »Aber wer der geheimnisvolle Informant ist, werden wir so schnell leider nicht herausfinden.«
Kim seufzte. »Ich fürchte, wir sind mit unseren Ermittlungen mal wieder in einer Sackgasse gelandet.«
»Keineswegs!« Maries Augen glänzten. »Jetzt können wir uns endlich auf die Geister-Spur konzentrieren.«
»Muss das sein?« Kim verzog das Gesicht.
»Ja, das muss sein«, sagte Marie bestimmt. »Wir haben doch sowieso gerade keine andere Fährte.«
»Stimmt«, gab Kim zu. »Also gut. Hast du schon eine Idee, wie wir vorgehen sollen?«

Marie dachte nach. »Es könnte sich um den ruhelosen Geist eines toten Jungen handeln. Wir müssen herausfinden, ob in dem Haus mal jemand gestorben ist. Geister gehen nämlich meistens dort um, wo sie früher gelebt haben.«
Kim bekam eine Gänsehaut. »Igitt, das klingt ja gruselig!«
Marie ging nicht darauf ein. »Weißt du irgendetwas über frühere Todesfälle in Oma Lottis Haus?«, fragte sie Franzi.
Franzi zuckte mit den Schultern. »Keine Ahnung. Das Haus ist sehr alt. Gut möglich, dass dort schon mal jemand gestorben ist. Aber Genaueres weiß ich leider nicht.«
»Es gibt nur eine Person, die uns weiterhelfen kann.« Marie sah von Franzi zu Kim. »Oma Lotti!«
Franzi nickte. »Wenn jemand etwas über die Vergangenheit des Hauses weiß, dann sie.«
»Aber regen wir sie mit solchen Fragen nicht zu sehr auf?« Kim machte ein besorgtes Gesicht. »Sie soll sich doch schonen.«
»Ach was, Oma Lotti freut sich bestimmt über die Abwechslung.« Franzi erhob sich. »Und wenn es ihr zu viel wird, machen wir einfach eine Pause.«
Marie klatschte unternehmungslustig in die Hände. »Dann nichts wie los!«

Viktors Geschichte und ein geheimnisvoller Duft

Als die Detektivinnen das Wohnzimmer betraten, hielt Oma Lotti gerade ein Nickerchen in einem Sessel am Fenster. Ein Sonnenstrahl, der sich zwischen den Wolken hindurchgekämpft hatte, ließ ihr silberweißes Haar aufleuchten. Sie wirkte sehr friedlich. Trotzdem bekam Kim einen Schreck, als sie sah, wie schmal Franzis Oma geworden war. In dem großen Sessel wirkte sie so klein und schwach wie ein Kind. Kein Vergleich zu der dynamischen und selbstständigen alten Dame, die sie vor dem Schlaganfall gewesen war. Kim schluckte. Es musste schwer für Franzi sein, ihre Oma so verändert zu sehen.

Franzi ging auf Zehenspitzen zum Fenster hinüber und berührte Oma Lotti sanft an der Schulter. Sie schlug sofort die Augen auf. Als sie ihre Enkelin erkannte, lächelte sie. »Hallo, Franzi! Ich muss wohl einen Moment eingenickt sein.«

»Dürfen wir dich kurz stören?«, fragte Franzi. »Marie, Kim und ich würden gerne mit dir sprechen.«

Oma Lottis Lächeln vertiefte sich. »Aber natürlich! Wie schön, den ganzen Detektivclub mal wieder versammelt zu sehen. Wie geht es euch?«

»Danke, gut«, sagte Marie höflich. »Und Ihnen?«

Oma Lotti seufzte. »Es ist nicht leicht, nach einem Schlaganfall wieder auf die Beine zu kommen. Aber ich will nicht klagen. Mit dem Laufen klappt es schon wieder ganz gut, oder, Franzi?«

Franzi nickte. »Du musst nur immer schön üben, dann bist du bald so schnell wie Tinka.«
Oma Lotti lachte. »Das glaube ich kaum. Zurzeit humple ich eher wie deine Polly durch die Gegend.« Sie setzte sich auf und ordnete ihr weißes Haar. »Was kann ich für euch tun?«
»Wir würden Ihnen gerne ein paar Fragen stellen«, begann Marie.
»Gerne.« Oma Lottis blaue Augen funkelten interessiert. Sie schien sich tatsächlich über die Abwechslung zu freuen. »Worum geht es?«
»Um dein Haus.« Franzi zog das Geisterfoto hervor. »Wir haben etwas Merkwürdiges auf einem der Fotos entdeckt, die Michi letzte Woche gemacht hat.«
Oma Lottis Blick wurde wehmütig, als sie das Bild betrachtete. »Ach ja, mein schönes Haus! Es bricht mir fast das Herz, dass ich es verkaufen muss. Ich habe mich dort immer so wohl gefühlt …« Sie stutzte, als ihr Blick auf den Schatten am Fenster fiel. »Was ist denn das?«
»Das versuchen wir gerade herauszufinden«, antwortete Kim.
»Es könnte ein Geist sein«, sagte Marie eifrig.
Oma Lotti runzelte die Stirn. »Ein Geist?«
Marie nickte. »Ja, der Geist eines toten Jungen. Wissen Sie, ob in Ihrem Haus schon mal jemand gestorben ist?«
Oma Lotti wurde blass. »Wie kommst du denn darauf?«
»Geister zeigen sich gerne an Orten, die ihnen vertraut sind«, erklärte Marie. »Zum Beispiel dort, wo sie vor ihrem Tod gelebt haben.«
Franzis Oma ließ das Foto sinken. »Es ist merkwürdig, dass

du danach fragst«, sagte sie langsam. »Denn es hat tatsächlich einen Todesfall in meinem Haus gegeben.«
»Was?« Franzi riss die Augen auf. »Warum hast du mir nie davon erzählt?«
»Ich wollte dir keine Angst machen.« Oma Lotti sah ihre Enkelin liebevoll an. »Als kleines Mädchen hast du sowieso schon in jeder Ecke Hexen, Geister und Monster gesehen.«
Franzi grinste. »Stimmt. Und ich wäre für mein Leben gern selbst eine Hexe gewesen.«
»Außerdem ist diese Geschichte schon so lange her.« Oma Lottis Augen wurden trüb, ihr Blick schien in die Vergangenheit zu wandern. »Es passierte, einige Jahre bevor meine Eltern das Haus gekauft haben. Ich war noch ein Kind.«
»Was ist damals genau geschehen?«, erkundigte sich Kim.
Oma Lotti fuhr sich mit der Hand über das Gesicht, dann begann sie zu erzählen. »Das Haus gehörte einem jungen Paar. Sie hatten einen kleinen Sohn. Er hieß Viktor, wenn ich mich richtig erinnere. Als das Unglück geschah, war er fünf Jahre alt.«
Kim fröstelte. »Was für ein Unglück?«, flüsterte sie.
Oma Lotti seufzte. »Viktor hatte einen Unfall. Es war alles sehr tragisch. Er ist die Treppe hinuntergefallen. Soviel ich weiß, wurde das Haus gerade renoviert und die Treppe war kurzzeitig nicht richtig gesichert. Der kleine Junge ist so unglücklich gestürzt, dass er kurze Zeit später starb.«
»Oh nein!«, hauchte Franzi. »Wie schrecklich!«
Auch Marie machte ein betroffenes Gesicht.
Kim schluckte. Sie sah plötzlich Ben und Lukas vor sich, die auch gerne in halsbrecherischem Tempo die Treppe hinun-

terrannten. Nicht auszudenken, wenn ihnen dabei etwas passieren würde.
»Und wie ging es weiter?«, fragte Franzi.
»Der Tod ihres Sohnes hat Viktors Eltern das Herz gebrochen«, fuhr Oma Lotti fort. »Kurze Zeit später haben sie das Haus verkauft. Wahrscheinlich haben sie es einfach nicht ertragen, mit den traurigen Erinnerungen zu leben.«
»Wissen Sie, was aus ihnen geworden ist?«, erkundigte sich Kim.
Oma Lotti schüttelte den Kopf. »Sie sind weggezogen und wir haben nie wieder etwas von ihnen gehört.«
»Was für eine traurige Geschichte«, sagte Franzi.
»Ja, das stimmt. Ich habe lange nicht mehr daran gedacht.« Oma Lotti sah plötzlich müde aus.
»Vielen Dank, dass Sie uns von Viktor erzählt haben.« Kim war nicht entgangen, dass Oma Lottis Kräfte nachließen. »Jetzt wollen wir Sie nicht länger stören.«
»Nur eine Frage noch«, sagte Marie. »Sind Ihnen jemals Geistererscheinungen oder merkwürdige Geräusche in Ihrem Haus aufgefallen?«
Oma Lotti lächelte. »Natürlich gab es merkwürdige Geräusche, aber das ist bei einem so alten Haus ganz normal. Die Treppe knarrt, im Gebälk knackt es und bei Wind klappern die Fensterläden. Eine ganze Symphonie, wenn man so will. Was das andere betrifft, da muss ich dich leider enttäuschen. Ich glaube nicht an Geister und ich habe auch nie etwas in der Richtung bemerkt.«
»Schade.« Marie zuckte mit den Schultern. »Trotzdem danke.«

»Ich danke euch für den Besuch.« Oma Lotti gab Franzi das Foto zurück. »Es hat mir Spaß gemacht, euch Rede und Antwort zu stehen.«
»Ruh dich noch ein bisschen aus.« Franzi drückte die Hand ihrer Oma. »Wir sehen uns später.«
Kim und Marie verabschiedeten sich. Bevor sie das Wohnzimmer verließen, warf Kim noch einen Blick zurück. Oma Lotti hatte sich wieder in ihrem Sessel zurückgelehnt. Sie sah zum Fenster hinaus und ein leichtes Lächeln umspielte ihre Lippen. Sie wirkte immer noch sehr zerbrechlich, aber Kim wusste jetzt, dass dieser Eindruck ein rein äußerlicher war. Innerlich war Oma Lotti genau dieselbe wie vor dem Schlaganfall. Und das war ein großes Glück.
»Wir sollten morgen noch mal nach Billershausen fahren«, schlug Marie vor, als sie wieder im Hauptquartier waren.
»Von mir aus gerne.« Kim schlüpfte in ihre Jacke. Es war kurz nach halb sechs, das Clubtreffen war beendet. »Um zehn an der Bushaltestelle?«
»Prima!« Franzi stapelte die schmutzigen Teller und stellte sie zusammen mit den Bechern und der Teekanne auf ein Tablett.
Kim suchte in ihren Jackentaschen nach dem Fahrradschlüssel. In der rechten Tasche raschelte etwas und Kim zog es heraus. Einen Moment betrachtete sie überrascht den leeren Zettel. Dann fiel ihr wieder ein, wo er herkam. Sie hatte ihn bei Oma Lotti unter dem Sofa gefunden, automatisch eingesteckt und anschließend komplett vergessen.
»Was ist das?«, fragte Marie, die gerade ihren Mantel zuknöpfte.

»Ein Zettel, der bei Oma Lotti unter dem Sofa lag.« Nachdenklich drehte Kim ihn hin und her. »Sieht aus, als wäre er aus dem Schulheft eines Grundschülers gerissen worden.«
»Wie kommst du denn darauf?«, wollte Franzi wissen.
»Diese Linierung wird nur in Heften für Schreibanfänger benutzt«, erklärte Kim. »Ich würde auf einen Schüler der 1. Klasse tippen, höchstens 2. Klasse.«
Marie grinste. »Darauf wäre ich nie gekommen. Deine Kombinationsgabe ist wirklich beachtlich.«
Kim winkte ab. »Halb so wild. Meine Mutter ist Grundschullehrerin, schon vergessen? Diese Hefte liegen stapelweise in ihrem Arbeitszimmer herum.«
»Aber wie kommt der Zettel unter Oma Lottis Sofa?« Franzi runzelte nachdenklich die Stirn.
Kim zuckte mit den Schultern. »Keine Ahnung. Wer weiß, wie lange er dort schon liegt.«
»Und es steht wirklich gar nichts drauf?«, fragte Marie.
»Nein, er ist absolut leer.« Kim hielt ihren Freundinnen den Zettel hin, damit sie sich selbst davon überzeugen konnten. »Wahrscheinlich hat er überhaupt nichts zu bedeuten. Am besten, ich schmeiße ihn gleich in den Papierkorb.«
»Nein, warte!« Franzi griff nach dem Zettel und betrachtete ihn von beiden Seiten. Plötzlich zog sie die Nase kraus. »Riecht ihr das auch?«
Kim und Marie wechselten einen ratlosen Blick.
»Was denn?«, fragte Kim.
»Ich weiß nicht genau …« Franzi schnupperte an dem Blatt Papier. »Ich hab's!«, rief sie triumphierend. »Dieser Zettel riecht nach Zitrone!«

»Zitrone?!« Kim machte ein skeptisches Gesicht. »Bist du sicher?«
Franzi reichte ihr den Zettel. »Riech doch selbst!«
Kim gehorchte. »Tatsächlich! Da ist ein ganz leichter Zitronenduft.«
»Wie seltsam.« Marie schüttelte ratlos den Kopf. »Meint ihr, jemand hat den Zettel mit Parfüm eingesprüht?«
»Komisches Parfüm!« Franzi kicherte. »Wer will schon wie ein Zitronenbonbon riechen?«
»Vielleicht ist das Papier mit Zitronensäure in Kontakt gekommen«, überlegte Kim. »Sie befindet sich zum Beispiel in Haushaltsreinigern.«
»Irgendwie ergibt das alles keinen Sinn.« Franzi betrachtete den mysteriösen Zettel. »Vielleicht hat der Zitronenduft überhaupt nichts zu bedeuten und wir zerbrechen uns völlig umsonst den Kopf.«
»Moment mal ...« Kim war gerade etwas eingefallen. Ihre Miene hellte sich auf. »Ich hab eine Idee! Franzi, ich brauche ein Bügeleisen.«
Franzi starrte sie verdutzt an. »Ein *Bügeleisen*?« Wenn Kim nach einer Handvoll frischer Pferdeäpfel gefragt hätte, hätte Franzi nicht überraschter aussehen können.
Kim nickte. »Genau! Und zwar schnell.«
»Hast du gleich noch ein Date oder warum willst du plötzlich deine Klamotten bügeln?« Marie zwinkerte Kim vielsagend zu.
»Ich habe kein Date«, stellte Kim leicht genervt klar. »Und ich will auch nicht meine Klamotten bügeln, sondern diesen Zettel.«

»Warum das denn?« Nach dem Blick zu urteilen, den Franzi Kim zuwarf, hielt sie sie jetzt für komplett übergeschnappt.
»Fragt doch nicht so viel!« Kim platzte fast vor Ungeduld. »Gebt mir einfach ein Bügeleisen, dann werdet ihr schon sehen.«
»Na gut.« Franzi zuckte mit den Schultern. »Kommt mit.«
Franzi führte ihre Freundinnen in den Hauswirtschaftsraum hinter der Küche, in dem sich neben einer Waschmaschine und einer riesigen Kühltruhe auch ein Bügelbrett samt Bügeleisen befand. Franzi stellte das Bügeleisen an. Kim trat nervös von einem Fuß auf den anderen, während sie darauf warteten, dass das Gerät seine Betriebstemperatur erreichte. Sie konnte es kaum erwarten, endlich auszuprobieren, ob sich ihr Verdacht bewahrheiten würde.
»Los geht's!« Kim legte den leeren Zettel auf das Bügelbrett und griff nach dem Bügeleisen. »Seht genau hin!«
Das ließen sich Franzi und Marie nicht zweimal sagen. Sie standen rechts und links von Kim und reckten die Hälse. Vorsichtig ließ Kim das Bügeleisen über das Papier gleiten, immer darauf bedacht, den Zettel nicht zu verbrennen. Zunächst geschah nichts.
»Ich verstehe immer noch nicht, wieso …«, begann Franzi. Plötzlich verstummte sie.
»Was zum Teufel ist das?«, flüsterte Marie.
Auf dem Papier waren wie von Zauberhand bräunliche Buchstaben erschienen. Kim lächelte zufrieden. Genau das hatte sie erwartet. Während sie weiterbügelte, wurden die Buchstaben immer dunkler und deutlicher. Schließlich stellte Kim das Bügeleisen zur Seite und schaltete es aus. Sie wartete, bis

der Zettel abgekühlt war, dann hielt sie ihn triumphierend hoch. »Was sagt ihr jetzt?«
»Ich bin platt!« Franzi sah ungläubig auf die Buchstaben. »Bist du neuerdings unter die Zauberer gegangen?«
Kim lachte. »Keineswegs. Aber der Zitronengeruch hat mich an etwas erinnert. Früher, als ich noch keinen Computer hatte, hab ich immer eine besondere Geheimschrift benutzt, wenn ich etwas schreiben wollte, das die Zwillinge nicht lesen sollten.«
»Und wie funktioniert diese Geheimschrift?«, fragte Marie.
»Es ist ganz leicht! Man braucht dazu nur ein Blatt Papier, eine Zitrone und einen Pinsel oder ein Wattestäbchen«, erklärte Kim. »Du presst die Zitrone aus, tunkst Pinsel oder Wattestäbchen in den Saft und schreibst damit deine Nachricht auf das Papier. Wenn der Zitronensaft getrocknet ist, musst du das Blatt erwärmen, am besten mit einem Bügeleisen. Dann wird die Schrift sichtbar.«
»Toll!« Franzi war schwer beeindruckt. »Das ist genial.«
Marie nickte. »Und so einfach.« Sie betrachtete den Zettel. »Aber was steht dort jetzt eigentlich? Könnt ihr das lesen?«
Die Detektivinnen beugten sich über die geheime Nachricht. Es war gar nicht so leicht, den Text zu entziffern. Er wimmelte nur so von Rechtschreibfehlern und die Druckbuchstaben waren krumm und schief.
»Sieht aus, als hätte das ein Kind geschrieben«, murmelte Kim. »Das würde auch zu der Seite aus dem Schreibanfänger-Schulheft passen.«
Nach einer Weile hatten sie alle Buchstaben identifiziert. Der Text lautete:

HIELFE! LEHBENTSGEFA!
RÄTTÄT UNZ SONZSINT WIER TOHTT!!!

Franzi runzelte die Stirn. »Was soll das heißen? Ist das eine verschlüsselte Botschaft?«

»Nein, da hat nur jemand keinen blassen Schimmer von Rechtschreibung.« Kim grinste. »Die Hausaufgaben der Zwillinge sehen so ähnlich aus. Ich kann das gerne für euch übersetzen: *Hilfe! Lebensgefahr! Rettet uns, sonst sind wir tot.*«

Franzi riss die Augen auf. »Das klingt ja schrecklich!«

»Meint ihr, das ist ernst gemeint?«, fragte Marie.

Kim nickte. »Davon müssen wir ausgehen. Vielleicht wird jemand in Oma Lottis Haus gefangen gehalten.«

»Eine Entführung? In Oma Lottis Haus?« Franzi schluckte.

»Oder der Geist des toten Jungen ruft um Hilfe«, sagte Marie.

Kim steckte den Zettel ein. »Wer auch immer die Nachricht geschrieben hat, eins ist klar: Wir müssen sofort handeln. Es ist Gefahr im Verzug.«

Franzi nickte. »Worauf warten wir noch? Auf nach Billershausen!«

Wenn Geister weinen

»Puh, das war knapp!« Außer Atem ließ sich Kim auf einen freien Platz ganz hinten im Bus fallen. Die Detektivinnen hatten sich im Eiltempo auf den Weg gemacht und gerade noch den letzten Bus nach Billershausen erwischt.
Marie und Franzi setzten sich ebenfalls. Der Bus war ziemlich leer, um diese Uhrzeit fuhr kaum jemand in das kleine Dorf hinaus.
»Wie kommen wir nachher eigentlich wieder nach Hause?«, fragte Kim.
»Es gibt noch einen Spätbus um kurz nach acht.« Franzi kannte sich durch ihre häufigen Besuche bei Felipe gut mit dem Busfahrplan aus. »Wenn alle Stricke reißen, könnte ich auch Stefan anrufen und ihn bitten, uns mit dem Auto abzuholen.«
»Prima.« Die Aussicht, nicht bei Nacht und Nebel in Billershausen festzusitzen, beruhigte Kim außerordentlich. »Jetzt muss ich nur noch meine Mutter anrufen und ihr schonend beibringen, dass es heute später wird.« Sie holte ihr Handy heraus.
»Sag ihr einfach, du bleibst zum Abendessen bei uns«, schlug Franzi vor.
»Gute Idee!« Kim gab die Nummer ein und hielt das Handy ans Ohr. Es klingelte, aber niemand meldete sich. Schließlich sprang die Mailbox an und Kim hinterließ hastig eine Nachricht. Sie hasste es, ihre Eltern anzuschwindeln, aber manchmal ging es leider nicht anders. Kim beruhigte ihr Ge-

wissen damit, dass ihre Mutter bestimmt wesentlich ruhiger schlief, wenn sie nicht alles über die Aktivitäten des Detektivclubs wusste.

Marie hatte währenddessen eine SMS an ihren Vater geschrieben und sich fürs Abendessen entschuldigt. »So, das wäre erledigt!« Zufrieden schickte sie die Nachricht ab.

Kim seufzte. »Du hast es gut! Du brauchst dich nie zu rechtfertigen, wenn du mal später nach Hause kommst.«

»Ja, Papa lässt mir wirklich viele Freiheiten.« Marie lächelte. »Und dafür bin ich ihm sehr dankbar.«

»Meine Eltern kommen heute sowieso erst später nach Hause.« Franzi lehnte sich zurück. »Sie erledigen noch den großen Wocheneinkauf in der Stadt.«

»Heißt das, Oma Lotti ist jetzt ganz alleine?«, erkundigte sich Kim.

Franzi schüttelte den Kopf. »Nein, Chrissie und Stefan sind bei ihr. Aber die kommen auch ohne mich klar.«

Kim sah aus dem Fenster. Draußen zog die herbstliche Landschaft vorbei. Abgeerntete Felder wechselten sich mit Waldstücken ab. Die Bäume wirkten vor dem dunkelgrauen Abendhimmel wie schwarze Scherenschnitte. Plötzlich wurde die Dunkelheit von blau flackernden Lichtern erhellt.

»Nanu, was ist denn da los?«, fragte Franzi alarmiert, als mehrere Polizeiautos mit Blaulicht auf der Gegenfahrbahn vorbeirasten.

Kim drehte sich um und beobachtete, wie die Kolonne weiter hinten rechts abbog. »Im Nachbarort scheint irgendetwas passiert zu sein.«

»Hoffentlich kein Unglück«, sagte Marie.

Kim zog fröstelnd die Schultern hoch. Sie musste an Oma Lottis Geschichte denken und an das tragische Unglück, das dem kleinen Viktor zugestoßen war. Wie traurig, wenn ein Kind viel zu jung sterben musste. Und wie schrecklich für die Eltern, ihren Sohn auf so furchtbare Weise zu verlieren.
»Gleich sind wir da«, stellte Franzi fest.
Der Bus bog in die Billershausener Dorfstraße ein und drosselte das Tempo. Kim versuchte, die düsteren Gedanken zu vertreiben. Sie musste sich jetzt auf den Fall konzentrieren. Was würde sie gleich in Oma Lottis Haus erwarten? Eine Entführerbande? Einbrecher? Oder tatsächlich der Geist eines toten Jungen?
Kim bekam eine Gänsehaut. Sie war sich nicht sicher, welche Variante sie schlimmer fand …

Die Dorfstraße lag verlassen da, als die drei !!! aus dem Bus stiegen. Eine einzelne Laterne kämpfte mutig gegen die Dunkelheit an, obwohl sie eigentlich keine Chance hatte. Ihr Schein reichte kaum einen Meter weit und jenseits des Lichtkegels formierte sich die Dunkelheit wie eine Armee aus Schattenwesen. Die tagsüber so freundlich wirkenden Fachwerkhäuser lauerten düster rechts und links von der Straße, ihre dunklen Fenster schienen den Detektivinnen höhnische Blicke zuzuwerfen.
»Hier sind die Bürgersteige tatsächlich schon hochgeklappt«, stellte Marie mit einem Blick auf die leere Straße fest.
»Ja, in Billershausen ist abends absolut nichts mehr los«, sagte Franzi. »Das Dorf wird immer mehr zu einem Geisterdorf.«

»Das hat Holger auch gesagt.« Marie zupfte ihren Kaschmirschal zurecht. »Es ziehen immer mehr Leute in die Stadt, darum ist letztendlich ja auch der Laden seiner Mutter pleitegegangen.«
Kim schlug den Kragen ihrer Jacke hoch. Die feuchte Kälte kroch durch ihre Kleider und schien sich in ihre Knochen zu fressen. »Lasst uns gehen.«
Stumm marschierten die Detektivinnen los. Als sie von der Dorfstraße abbogen, wurde es noch dunkler. Der schmale Weg, der zu Oma Lottis Haus führte, war nicht beleuchtet. Nur der Mond, der ab und zu hinter den Wolken auftauchte, warf seinen milchigen Schein auf die Wipfel des Märchenwaldes, die neben dem Weg aufragten. Zwischen den Bäumen knackte und raschelte es. Kims Herzschlag beschleunigte sich.
»Was war das?«, flüsterte sie.
»Vermutlich irgendein Tier«, sagte Franzi leise. »Keine Sorge, hier ist niemand.«
Aber Kim war sich da nicht so sicher. Was, wenn tatsächlich Kriminelle Oma Lottis Haus für ihre Machenschaften nutzten und jetzt hier im Wald auf der Lauer lagen? Zwischen den Fichten war die Dunkelheit so undurchdringlich, dass sie es nie im Leben merken würden, wenn sich dort jemand versteckte. Vielleicht wurden sie gerade in diesem Moment von einem unsichtbaren Augenpaar beobachtet. Hier gab es weit und breit keine Nachbarn, niemand würde sie hören, wenn sie schrien …
Oma Lottis Haus schälte sich aus der Nacht wie die Kulisse für einen Gruselfilm. Das Mondlicht schien alle Farben zu

schlucken, Haus und Garten lagen grau in grau vor dem schwarzen Wald. Nebelschwaden schwebten über dem Vorgarten und verdeckten gnädig den viel zu hohen Rasen und die verwahrlosten Beete. Kim versuchte krampfhaft, nicht mit den Zähnen zu klappern. Ob die innere Kälte, die sie erfüllte, vom kühlen Herbstwetter oder von ihrer Angst kam, konnte sie nicht mit Sicherheit sagen. Sie wusste nur, dass sie der Panik nicht nachgeben durfte, sonst würde sie sie mit Haut und Haaren verschlingen. Sie versuchte stark zu sein und dagegen anzukämpfen.

Die drei !!! hatten Oma Lottis Haus erreicht und blieben dicht nebeneinander vor dem Gartentor stehen. Gerade brach der Mond wieder durch die Wolken und setzte das alte Haus mit seinen weißen Strahlen eindrucksvoll in Szene.

»Nachts sieht es hier irgendwie ganz anders aus«, murmelte Franzi verunsichert.

Stumm standen die Detektivinnen am Zaun. Keine von ihnen konnte sich dazu durchringen, den ersten Schritt zu machen. Es war, als würde ein unsichtbarer Bann über dem Grundstück liegen und ihnen den Zutritt verwehren.

»Habt ihr Angst?«, fragte Marie leise. Sie sah im Schein des Mondes unnatürlich blass aus.

Kim nickte.

»Ja«, hauchte Franzi.

»Ich auch«, flüsterte Marie. »Aber wir gehen da jetzt trotzdem rein, okay?«

»Okay«, antworteten Kim und Franzi gleichzeitig.

Kim fühlte, wie Marie ihre linke Hand fasste und Franzi die rechte. Fest drückte sie die Hände ihrer Freundinnen und spürte, wie neue Energie durch ihren Körper floss. Es war, als hätte sich ein Kreislauf geschlossen und ungeahnte Kräfte freigesetzt. Indem sie sich ihre Angst eingestanden hatten, hatten sie sie überwunden. Kim atmete tief durch. Jetzt war sie bereit, sich dem zu stellen, was sie in Oma Lottis Haus erwartete. Ganz egal, worum es sich handelte. Gemeinsam waren sie stark!

Plötzlich drückte Franzi Kims Hand so heftig, dass es beinahe wehtat.

»Aua!«, zischte Kim. »Was soll das? Du zerquetschst mir ja die Finger!«

»D…d…da!«, stotterte Franzi. Sie streckte den rechten Arm aus und zeigte mit zitterndem Finger auf ein Fenster im ersten Stock.

Kim schluckte. Jetzt sah sie es auch. Ein Lichtschein geisterte durch den Raum. Er näherte sich dem Fenster und Kim duckte sich unwillkürlich. Wer trieb sich dort herum?

»Es ist jemand im Haus«, flüsterte Marie.

Franzi nickte. Sie hatte den ersten Schreck schnell überwunden und stellte die alles entscheidende Frage: »Was machen wir jetzt?«

»Wir sollten Kommissar Peters anrufen«, sagte Kim entschieden. »Vielleicht handelt es sich wirklich um Einbrecher, und für den Fall brauchen wir unbedingt Unterstützung.«

»Du hast recht«, sagte Marie. »Es bringt nichts, wenn wir uns unnötig in Gefahr begeben.«

Franzi kicherte nervös. »Der Kommissar wäre stolz auf uns, wenn er uns jetzt hören könnte. Schließlich predigt er uns ständig, vorsichtig zu sein.«

Kim hatte ihr Handy gezückt und war gerade dabei, die Nummer des Kommissars herauszusuchen, als sie mitten in der Bewegung erstarrte. Auch Marie und Franzi hielten die Luft an. Aus dem Haus drang ein lang gezogenes Wimmern. In der nächtlichen Stille klang es absolut unheimlich. Kim stellten sich alle Nackenhaare auf.
»Was war das?«, flüsterte Marie.
»Hörte sich an wie ein Kind, das furchtbare Schmerzen hat«, sagte Kim tonlos. Das schreckliche Wimmern war zwar inzwischen verklungen, hallte aber immer noch in ihrem Kopf nach.
»Da braucht jemand dringend Hilfe!« Franzis Augen waren weit aufgerissen. »Kommt schon, wir müssen nachsehen, was los ist.«
Die drei !!! zögerten keine Sekunde. Kim steckte eilig das Handy ein, dann rannten sie zur Haustür.

Im Flur wurden sie von pechschwarzer Dunkelheit empfangen. Franzi drückte auf den Lichtschalter, aber nichts geschah. Sie fluchte leise. »Der Strom muss ausgefallen sein«, flüsterte sie. »So ein Mist!«
»Moment!« Kim zog ihre Taschenlampe aus dem Rucksack und knipste sie an. Der Lichtstrahl wanderte unruhig über die Garderobe und die alte Tapete. Es war kein Laut zu hören. Die Stille war fast noch unerträglicher als das merkwürdige Wimmern. Was war geschehen? Hatte es wieder ein Unglück gegeben?
Die Detektivinnen tasteten sich vorsichtig durch den Flur in Richtung Treppe. Der Schein der Taschenlampe hüpfte

auf und ab. Plötzlich blieb Kim wie angewurzelt stehen. Auf dem Holzboden direkt vor der Treppe leuchtete etwas im Licht der Taschenlampe auf. Etwas Rotes, Glänzendes.

»Blut!«, hauchte Marie.

Kim wurde übel. Sie konnte kaum noch atmen und zitterte so heftig, dass der Taschenlampenschein wie ein verrücktes Irrlicht durch den Flur tanzte.

Franzi nahm Kim die Lampe ab und beleuchtete mit ruhiger Hand die kleine rote Lache. Sie war diesen Anblick durch den Beruf ihres Vaters gewohnt. Manchmal assistierte sie Herrn Winkler in seiner Tierarztpraxis und legte Verbände an oder beruhigte verängstigte Tiere. Einmal war sie sogar bei einer Fohlengeburt dabei gewesen. »Das Blut scheint noch ganz frisch zu sein«, stellte sie fest. »Und es ist ziemlich viel. Sieht nach einer heftigen Verletzung aus.«

»Leuchte mal nach oben«, bat Marie.

Franzi ließ den Lichtstrahl die Treppe hinaufwandern. Auf den Stufen erschienen noch mehr Blutstropfen. Sie glänzten so geheimnisvoll und bösartig wie wertvolle Rubine.

Kim räusperte sich. »Wir müssen in den ersten Stock.« Es kostete sie unendliche Überwindung, diese Worte auszusprechen, denn in ihr wehrte sich alles dagegen, auch nur einen Fuß auf diese blutverschmierte Treppe zu setzen.

Franzi ging vor. Auf leisen Sohlen schlich sie die Treppe hinauf, immer darauf bedacht, nicht in die funkelnden Tropfen zu treten. Kim folgte ihr. Sie sah starr zur Seite, denn jedes Mal, wenn ihr Blick auf das Blut fiel, drehte sich ihr fast der Magen um. Marie bildete die Nachhut. Es beruhigte Kim, sie hinter sich zu wissen.

Als sie beinahe oben waren, setzte das Wimmern wieder ein. Erst war es leise, dann wurde es immer lauter. Es war so durchdringend, dass Kim sich am liebsten die Ohren zugehalten hätte. Jetzt war sogar sie bereit, an Geister zu glauben. War das der tote Junge? Beklagte Viktor sein tragisches Schicksal?

Kim war kurz davor, die Treppe Hals über Kopf wieder hinunterzurennen. Aber sie riss sich zusammen und setzte einen Fuß vor den anderen. Die drei !!! folgten der Blutspur bis in die erste Etage. Dort endete sie direkt vor der Tür des Gästezimmers.

Franzi nickte ihren Freundinnen zu. Sie formierten sich vor der Tür und verständigten sich mit einem letzten Blick. Dann legte Franzi die Hand auf die Klinke und stieß mit einem Ruck die Tür auf. Das Wimmern verstummte.

Im Gästezimmer war es dunkel. Langsam hob Franzi die Taschenlampe und ließ ihren Strahl durch den Raum wandern. Plötzlich zuckte sie zurück. Der Schein der Lampe hatte etwas erfasst. Dieses Mal thronte keine Katze auf dem Bett. Eine menschliche Gestalt lag zusammengekrümmt darauf.

Kim schluckte. Sie blinzelte, aber die Erscheinung verschwand nicht. Es war ein kleiner Junge. Er war totenbleich und hatte dunkle Ringe unter den Augen. Tränen strömten über seine Wangen und er sah so traurig aus, dass es Kim beinahe das Herz zerriss. Sie ging einen Schritt näher heran und flüsterte: »Viktor?«

Erste Hilfe

Der Junge antwortete nicht. Er starrte Kim nur aus großen, ängstlichen Augen an, ohne ein einziges Mal zu blinzeln. Kim machte noch einen Schritt auf ihn zu. Sie streckte die Hand aus. Der Junge blickte wie hypnotisiert auf ihre zitternden Finger. Millimeter für Millimeter näherten sie sich dem Arm des Jungen. Kim wagte kaum zu atmen. Was, wenn sich die Gestalt gleich in Luft auflösen würde? Wenn der Junge bei der geringsten Berührung einfach verschwand? Sie war auf alles gefasst – und schrie überrascht auf, als ihre Finger auf den groben Wollstoff einer Strickjacke trafen. Die Jacke war echt. Genauso wie der Junge.

»Du … du bist gar kein Geist?«, fragte Marie enttäuscht.

Der Junge blieb stumm. Konnte er nicht sprechen? Da ertönte eine Stimme aus dem Schatten hinter der Tür und ließ die Detektivinnen zusammenzucken.

»Bitte! Ihr müsst uns helfen!«

Die drei !!! fuhren herum. Ein Mädchen trat hinter der Tür hervor. Kim schätzte, dass es etwas jünger war als sie selbst. Seine braunen Haare waren ungekämmt und es hatte denselben ängstlichen Blick wie der Junge.

»Wer bist du?«, fragte Marie verdutzt.

»Ich heiße Lili«, begann das Mädchen, dann versagte seine Stimme und es begann zu weinen.

»Was ist passiert, Lili?«, erkundigte sich Franzi in demselben sanften Tonfall, mit dem sie sonst verschreckte Tiere beruhigte.

»Mein Bruder … Torben … er hat sich verletzt.« Die Tränen rollten immer schneller über Lilis Gesicht. »Er hat im dunklen Wohnzimmer aus Versehen eine Vase umgestoßen und sich an den Scherben geschnitten. Er hat so schrecklich geweint … ich wusste nicht, was ich tun sollte … überall war Blut …« Sie wurde von heftigen Weinkrämpfen geschüttelt. Kim ging zu Lili hinüber und nahm sie in die Arme. Sie zitterte am ganzen Körper. »Ganz ruhig, Lili. Du bist nicht mehr allein. Wir werden euch helfen.«
»Wirklich?« Lili hob ihr tränenüberströmtes Gesicht und sah Kim an.
Kim nickte. »Ich verspreche es dir.«
Franzi hatte sich neben das Bett gekniet, um den Jungen zu untersuchen. »Hallo, ich bin Franzi.« Sie lächelte Torben beruhigend zu. »Ich würde mir gerne mal deine Verletzung ansehen. Wo hast du dir denn wehgetan?«
Doch Torben sah Franzi nur stumm an, ohne zu reagieren.
»Vielleicht steht er unter Schock«, vermutete Marie.
Lili löste sich aus Kims Umarmung. »Die Mädchen wollen uns helfen, du kannst ihnen vertrauen. Zeig ihnen bitte deine Hand.«
Torbens Blick flackerte unsicher. Dann presste er die Lippen zusammen und schüttelte den Kopf.
Aber Franzi ließ sich nicht beirren. »Weißt du, was, Torben? Ich wohne auf einem Bauernhof, zusammen mit meiner Familie und mehreren Tieren. Magst du Tiere?« Torben nickte und Franzi fuhr lächelnd fort: »Das dachte ich mir. Ich habe ein Pony und ein Huhn.«
»Ponys sind doof«, verkündete Torben. Es waren seine ersten

Worte, seit die Mädchen den Raum betreten hatten. Immerhin ein Anfang.
»Was sind denn deine Lieblingstiere?«, erkundigte sich Franzi.
»Würfelquallen«, antwortete Torben wie aus der Pistole geschossen.
»Aha.« Franzi kratzte sich am Kopf. »Nie gehört.«
»Würfelquallen leben in tropischen und subtropischen Meeren und gehören zu den giftigsten Tieren der Welt«, erklärte Torben ernst. »Ihre Opfer ertrinken meist, noch bevor sie das Ufer erreicht haben.«
Franzi grinste schief. »Klingt ja nicht besonders spaßig.«
»Torben interessiert sich sehr für giftige Tiere«, sagte Lili entschuldigend. »Zu seinem siebten Geburtstag hat er sich eine Kreuzotter gewünscht.«
»Und?«, fragte Franzi. »Hast du sie bekommen?«
Torben schüttelte den Kopf. »Mama und Papa waren dagegen.
Marie lachte. »Kann ich mir vorstellen.«
Das kurze Gespräch hatte genau den gewünschten Effekt gehabt. Torben sah nicht mehr ganz so ängstlich aus. Er schien allmählich Vertrauen zu den drei !!! zu fassen.
»Zeigst du mir jetzt deine Hand?«, fragte Franzi. »Ich bin auch ganz vorsichtig, versprochen!«
Torben zögerte kurz. Dann streckte er den Arm aus. Um seine rechte Hand war als provisorischer Verband eins von Oma Lottis Küchenhandtüchern gebunden. Es war voller Blut. Kim wandte schnell den Blick ab, bevor ihr wieder flau im Magen wurde. Sie bewunderte Franzi, die zumindest äußerlich völlig gelassen blieb.

»Ich entferne jetzt das Tuch, damit ich mir die Wunde ansehen kann, okay?«, sagte sie.
»Okay«, antwortete Torben.
»Du bist wirklich sehr tapfer«, lobte Franzi ihn, während sie vorsichtig das Handtuch abwickelte. Kim sah zwischendurch immer wieder kurz hinüber. Torben war sehr blass, zuckte aber mit keiner Wimper.
Lili ging zu ihrem Bruder und streichelte ihm über das zerzauste Haar. »Ist es sehr schlimm?«, fragte sie leise.
Franzi betrachtete die Verletzung. »Ein ganz schön tiefer Schnitt. Das sollte sich unbedingt ein Arzt ansehen. Wir machen jetzt erst mal einen richtigen Verband.« Franzi grinste Torben zu. »Dann kannst du allen erzählen, dich hätte eine Giftschlange gebissen.«
Torben grinste zurück. »Cool!«
Marie holte den Erste-Hilfe-Kasten aus dem Badezimmer und Torben setzte sich auf die Bettkante. Franzi verband fachmännisch die Wunde, während Kim die Taschenlampe hielt.
»Du machst das wirklich gut«, sagte Kim. »Du solltest Ärztin werden.«
»Tja, in einer Tierarztpraxis lernt man eben so einiges«, stellte Franzi fest. »So, fertig!«
Torben strahlte über das ganze Gesicht. »Sieht super aus! Als hätte mich eine Kobra angegriffen. Oder ein Skorpion.«
Kim verzog das Gesicht. Sie konnte Schlangen genauso wenig leiden wie Skorpione. »Könnten wir vielleicht über etwas anderes reden?«, fragte sie. »Mich würde zum Beispiel interessieren, was ihr beide hier macht.«

»Ja, das wüsste ich auch gern.« Franzi räumte das restliche Verbandszeug zurück in den Erste-Hilfe-Kasten. »Aber das sollten wir unten in der Küche besprechen, da ist es gemütlicher. Und vorher gehe ich in den Keller und überprüfe die Sicherungen.«

»Kannst du laufen?«, fragte Marie den verletzten Jungen.

Torben nickte. »Klar! Es tut fast gar nicht mehr weh.«

In der Küche zündete Franzi ein paar Kerzen an, deren unruhig flackernde Flammen verzerrte Schatten an die Wände warfen. Dann stapfte sie mit der Taschenlampe in den Keller. Kurze Zeit später ging das Licht wieder an.

Kim atmete auf. »Na also! Ich koche uns jetzt erst mal einen Tee.« Sie setzte einen Topf mit Wasser auf, holte fünf Tassen aus dem Schrank und fand in der Speisekammer tatsächlich noch eine Packung Teebeutel.

Franzi erschien in der Küchentür. »Die Hauptsicherung war rausgesprungen«, berichtete sie. »Darum der Stromausfall.«

Alle setzten sich an den Küchentisch, auf dem immer noch die alte geblümte Wachstuchdecke lag. Im gemütlichen Schein der Küchenlampe wirkte es fast so, als wäre alles wieder wie früher. Kim erwartete halb, dass Oma Lotti hereinspaziert kam, um ihnen ihre berühmten Bratkartoffeln zuzubereiten. Franzi machte ein wehmütiges Gesicht und Kim wusste, dass sie genau dasselbe dachte.

Marie räusperte sich. »Ich denke, wir sollten mit der Befragung beginnen.«

Lili und ihr Bruder saßen dicht nebeneinander und hielten einander an den Händen. Die Angst flackerte wieder in ihren Augen auf.

»Keine Sorge, wir wollen euch nichts tun«, beruhigte Franzi die Geschwister. »Dieses Haus gehört meiner Oma und wir möchten einfach wissen, was ihr hier macht und wie ihr hereingekommen seid.«

»Wir sind Detektivinnen, ihr könnt uns voll und ganz vertrauen.« Kim legte eine Visitenkarte auf den Tisch.

Torben ließ Lilis Hand los und griff blitzschnell nach der Karte. »Detektivinnen?«, fragte er. »Cool! Ich bin auch Detektiv.«

Kim musste sich ein Grinsen verkneifen. »Prima, dann sind wir ja sozusagen Kollegen und du weißt, wie eine Zeugenbefragung abläuft.«

Torben nickte eifrig. »Habt ihr gar kein Aufnahmegerät?« Er runzelte die Stirn. »Das ist aber ziemlich unprofessionell.«

Die drei !!! wechselten einen verdutzten Blick. Der kleine Kerl war ganz schön kess!

Kim zog schnell ihr Detektivtagebuch heraus und zückte einen Kugelschreiber. »Ich mache mir Notizen. Das ist vielleicht etwas altmodisch, aber genauso effektiv.«

»Also«, begann Franzi. »Eure Namen wissen wir ja schon. Was habt ihr im Haus meiner Oma zu suchen?«

Vermisst

Einen Moment war es still. Dann sagte Lili leise: »Wir … wir sind von zu Hause weggelaufen.«
Die drei !!! wechselten einen schnellen Blick. So etwas Ähnliches hatten sie sich schon gedacht.
»Warum?«, fragte Marie.
Lili schniefte. »Unsere Eltern streiten sich ständig. Sie wollen sich scheiden lassen.«
»Oje.« Kim sah die Kinder mitfühlend an. »Das ist bestimmt nicht leicht für euch, oder?«
Lili schüttelte den Kopf. »Ständig schreien sie sich an, vor allem abends, wenn Torben und ich im Bett sind. Ich werde dann immer wach von ihren lauten Stimmen. Letzten Samstag auch. Da war es besonders schlimm.« Das Mädchen verstummte.
Das Wasser kochte und Kim erhob sich, um den Tee aufzugießen. Sie verteilte die Becher auf dem Tisch und setzte sich wieder.
»Was war denn letzten Samstag los?«, fragte Franzi sanft.
Lili schluckte. »Mama und Papa hatten einen besonders heftigen Streit.« Ihre Stimme war jetzt noch leiser. Kim musste die Ohren spitzen, um sie zu verstehen. »Mama hat sogar mit einem Teller nach Papa geworfen. Der Teller ist gegen die Wand geknallt und zerbrochen. Von dem Lärm bin ich aufgewacht. Ich bin auf den Flur geschlichen und habe gelauscht.«
Kim rührte nachdenklich in ihrer Teetasse. »Worum ging es bei dem Streit?«

»Es ging darum, bei wem Torben und ich nach der Scheidung leben sollten.« Lili seufzte. »Unsere Eltern konnten sich einfach nicht einigen. Beide wollten uns haben. Schließlich haben sie beschlossen, uns aufzuteilen. Ich sollte bei Mama wohnen und Torben bei Papa. Als wären wir irgendwelche Möbelstücke, die man einfach hin und her schieben kann.«
Marie presste empört die Lippen zusammen. »Das ist wirklich unglaublich! Haben sie euch denn gar nicht nach eurer Meinung gefragt? Schließlich könnt ihr selbst entscheiden, bei wem ihr leben wollt.«
»Das hab ich ihnen auch gesagt.« Lili strich sich eine zerzauste Haarsträhne hinter das Ohr. »Ich war so verzweifelt, dass ich einfach in die Küche gerannt bin. Mama sah verweint aus und Papa wütend. Auf dem Boden lagen Scherben. Ich hab versucht, ihnen klarzumachen, dass sie Torben und mich auf keinen Fall trennen dürfen. Wir wollen zusammenbleiben.«
Torben schob seine kleine Hand wieder in die seiner Schwester und nickte zustimmend. »Genau! Ich will nicht ohne Lili bei Papa wohnen.«
»Und was haben eure Eltern dazu gesagt?«, erkundigte sich Franzi.
Lili seufzte. »Sie haben mir gar nicht richtig zugehört, sondern mich zurück ins Bett geschickt.«
»Und da hast du beschlossen, mit deinem Bruder wegzulaufen«, folgerte Kim.
»Genau.« Lili drückte die Hand ihres Bruders. »Ich hab einfach keinen anderen Ausweg mehr gesehen.«
»Seid ihr nachts abgehauen?«, fragte Marie.
Lili schüttelte den Kopf. »Erst am nächsten Tag. Sonntag

sollten wir zu unserer Oma in die Stadt fahren. Wir wohnen im Nachbardorf, von dort aus geht jede Stunde ein Bus. Den nehmen wir auch morgens zur Schule. Mama hat uns zur Bushaltestelle gebracht und mir die Reisetasche mit unseren Sachen in die Hand gedrückt. Außerdem hatten wir unsere Schulranzen dabei. Wir sollten ein paar Tage bei Oma bleiben, damit Mama und Papa den Umzug vorbereiten können. Sie haben unser Haus verkauft und sich jeder eine Wohnung gesucht.«

Kim konnte sich schon denken, wie es weiterging. »Aber ihr seid nicht zu eurer Oma gefahren, stimmt's?«

»Nein«, gab Lili zu. »Wir sind an der nächsten Haltestelle wieder ausgestiegen und durch den Märchenwald nach Billershausen gewandert. Ich hatte keinen Plan, ich wollte nur weg. Torben war sehr tapfer, er hat kein bisschen gejammert, obwohl wir ziemlich lange unterwegs waren.«

Torben nickte stolz. »Ich bin die ganze Zeit gelaufen. Und ich hab aufgepasst, dass wir auf keine Giftschlangen treten.«

Franzi lächelte ihm zu. »Du bist ja ein echter Held!«

»Irgendwann sind wir hier bei dem alten Haus herausgekommen«, erzählte Lili weiter. »Ich wollte klingeln und fragen, ob wir etwas zu trinken bekommen können. Wir hatten höllischen Durst nach der Wanderung. Aber es hat niemand aufgemacht. Da hab ich das Schild im Küchenfenster gesehen und wusste, dass hier niemand mehr wohnt.«

»Und ich hab das offene Kellerfenster entdeckt!«, rief Torben.

»Nicht schlecht«, stellte Marie anerkennend fest. »Du scheinst ja wirklich ein ganz hervorragender Detektiv zu sein.«

Vor Freude über das Lob schien Torben mindestens zehn Zentimeter zu wachsen. »Ich hab mit meiner Detektiv-Lupe im Garten nach Spuren gesucht. Hätte ja sein können, dass es hier Verbrecher gibt. Dabei ist mir das offene Fenster aufgefallen.«

Lili sah ihren Bruder liebevoll an. »Torben hat seine Detektiv-Ausrüstung immer dabei. Er wittert überall Ganoven und kriminelle Machenschaften.«

»So gehört sich das auch für einen guten Detektiv.« Kim zwinkerte ihrem Nachwuchs-Kollegen zu.

»Das offene Kellerfenster war ja fast wie ein Wink des Schicksals«, kam Franzi auf das eigentliche Thema zurück.

Lili nickte. »Ich konnte es auch kaum glauben. Das Haus war das perfekte Versteck! Wir sind durch das Fenster geklettert und haben uns oben im Gästezimmer eingerichtet.«

»Vorher hab ich jedes Zimmer mit meinem Periskop überprüft«, ergänzte Torben. »So hätten wir schnell abhauen können, wenn doch jemand hier gewesen wäre.«

»Du hast ein Periskop?« Kim wurde dieser Junge allmählich unheimlich. »Ich sehe schon, in ein paar Jahren wirst du uns ernsthaft Konkurrenz machen.«

Torben grinste stolz. »Ich hab das Periskop mit Papa gebaut. Das war, bevor er angefangen hat, sich ständig mit Mama zu streiten.« Seine Miene verdunkelte sich. »Jetzt hat er keine Zeit mehr zum Basteln.«

Kim schluckte. Torben tat ihr schrecklich leid.

»Wir wollten ein paar Tage hierbleiben, bis unsere Eltern sich wieder beruhigt haben«, sagte Lili. »Aber dann seid ihr am Sonntagnachmittag im Garten aufgetaucht.«

Plötzlich fiel bei Kim der Groschen. »Dann war der Schatten, den ich im ersten Stock am Fenster des Gästezimmers gesehen habe, also Torben! Genauso wie die Gestalt auf dem Foto.«
Franzi zog das Foto hervor und zeigte es den Geschwistern.
Lili nickte. »Torben ist zum Wohnzimmerfenster gerannt, als er draußen Stimmen gehört hat. Ich hab ihn natürlich sofort weggezogen und mich mit ihm im Gästezimmer verschanzt, aber vorher muss er auf das Bild geraten sein.«
Torben betrachtete interessiert das Foto. »Cool, ich sehe ja aus wie ein Geist!«
Marie seufzte. »Leider ein Geist aus Fleisch und Blut. Und ich hätte so gerne mit dem ersten echten Geisterfoto für eine Sensation unter den Parapsychologen gesorgt.«
Kim grinste. »Tja, so klärt sich schließlich alles auf.«
»Dann stammen der Fußabdruck im Gemüsebeet und die Fingerabdrücke an der Fensterscheibe also auch von dir.« Franzi sah Torben scharf an. »Nicht zu vergessen die Fotos auf der Kommode, die du durcheinandergebracht hast.«
Torben schien kein allzu schlechtes Gewissen zu haben. »Bist du das Mädchen mit der großen Zahnlücke?«, fragte er Franzi interessiert.
Kim lachte. »Gut kombiniert, Herr Detektiv!«
Franzi verzog bei der Erwähnung ihrer Zahnlücke peinlich berührt das Gesicht. »Themawechsel! Wo habt ihr Mittwoch gesteckt, als wir im Haus nach Spuren gesucht haben?«
Lili spielte nervös mit ihrem Teebeutel herum. »Da hättet ihr uns fast erwischt. Ich bin mit Torben ins Gästezimmer gerannt, als ihr hereingekommen seid. Zusammen mit der

Katze, die Torben an dem Tag im Garten aufgelesen hatte, als wir kurz draußen waren, um frische Luft zu schnappen. Torben hat mit der Katze auf dem Bett herumgealbert und dabei ist der Nachttisch umgekippt.«

»Das war also das Poltern, das wir gehört haben«, sagte Marie. »Ich hätte fast einen Herzinfarkt bekommen!«

»Und ich erst!« Lili nahm den Teebeutel aus der Tasse und drückte ihn mit dem Löffel aus. »Ich hab den Nachttisch schnell wieder aufgestellt, unsere Sachen unter die Betten gestopft und mich mit Torben im Wandschrank versteckt.«

»Ihr habt im Wandschrank gesessen, als wir die Katze im Gästezimmer gefunden haben?«, fragte Franzi verblüfft. »Unglaublich!«

Torben gähnte verstohlen. Kim warf einen Blick auf die Uhr. So spät schon! Hoffentlich hatte ihre Mutter noch keine Vermisstenanzeige aufgegeben. Es wurde höchste Zeit, dass sie die Befragung beendeten und den Fall abschlossen. Eine letzte Frage schoss Kim durch den Kopf. Sie sah die Geschwister nachdenklich an. »Soviel ich weiß, gab es diese Woche keine Suchaktion der Polizei nach zwei verschwundenen Kindern. Wie kommt es eigentlich, dass eure Eltern euch nicht als vermisst gemeldet haben?«

Lili trank einen Schluck Tee, bevor sie antwortete. »Am Sonntag hab ich bei meiner Oma angerufen und so getan, als wäre ich Mama.« Sie lächelte scheu. »Ich kann ihre Stimme ziemlich gut nachmachen. Ich hab Oma erzählt, wir wären krank und könnten leider nicht kommen.«

»Und eure Oma hat nichts gemerkt?«, fragte Marie verblüfft.

Torben grinste. »Oma ist total schwerhörig, die würde nicht

mal merken, wenn der Weihnachtsmann persönlich anruft.«
»Aber in der Schule müssen sie euch doch vermisst haben«, wunderte sich Franzi.
»Da hab ich auch angerufen«, erzählte Lili. »Am Sonntag war natürlich nur der Anrufbeantworter dran. Ich hab mich wieder als meine Mutter ausgegeben und uns für die ganze Woche entschuldigt, weil wir angeblich die Windpocken bekommen haben.«
Kim konnte nur noch den Kopf schütteln. »Du hast wirklich nichts dem Zufall überlassen.«
»Ganz schön schlau«, stellte Marie fest. »Eure Eltern dachten, ihr seid bei eurer Oma. Eure Oma dachte, ihr seid bei euren Eltern. Und eure Lehrer dachten, ihr liegt krank im Bett.«
»Ja, so hat niemand mitbekommen, dass wir abgehauen sind.« Ein stolzer Ausdruck huschte über Lilis Gesicht.
Franzi runzelte die Stirn. »Moment mal! Erinnert ihr euch an die Polizeiautos vorhin? Die sind doch in den Nachbarort gefahren, oder?«
Kim nickte. »Es war eine ganze Kolonne. So viele Wagen schicken die nur raus, wenn ein schlimmes Unglück geschehen ist.«
»Oder wenn zwei Kinder verschwunden sind«, sagte Franzi langsam.
»Oh nein!« Lili riss entsetzt die Augen auf. »Meint ihr, Mama und Papa haben was gemerkt?«
»Das werden wir gleich wissen.« Franzi stand auf und ging zu Oma Lottis kleinem Küchenradio, das auf der Anrichte stand. Sie schaltete es ein und drehte den Ton lauter. »In einer Minute müssten Nachrichten kommen.«

Noch lief Werbung. Die drei !!!, Lili und Torben lauschten einem Werbespot für Winterreifen, dann begannen die Lokalnachrichten. Erst ging es um den Ausbau der Umgehungsstraße, dann um die Eröffnung einer neuen Schule und ein defektes Fahrgeschäft im Freizeitpark *Sugarland.* Kim trommelte nervös mit den Fingerspitzen auf der Tischplatte. Vielleicht war das Verschwinden der Geschwister ja doch unbemerkt geblieben und sie konnten ohne großes Aufsehen zu ihren Eltern zurückkehren.

»Puh, Glück gehabt!«, sagte Marie, als der Wetterbericht begann.

Doch plötzlich hielt der Sprecher mitten im Satz inne und räusperte sich. »Ich unterbreche die Wettervorhersage für eine dringende Meldung, die wir soeben hereinbekommen haben. Die Polizei bittet um Ihre Mithilfe. Seit Sonntag, 10.15 Uhr werden die Geschwister Lili und Torben Brauer vermisst. Lili ist zwölf Jahre alt, circa 1,54 Meter groß und schlank. Sie hat blaue Augen, halblange braune Haare und trägt eine Jeans, einen grünen Anorak und Turnschuhe. Torben ist sieben Jahre alt, circa 1,30 Meter groß, hat graublaue Augen und kurze braune Haare. Er trägt ebenfalls Jeans, eine blaue Jacke mit roter Kapuze und braune Winterstiefel. Hinweise nimmt jede Polizeidienststelle entgegen.«

Franzi stellte das Radio ab und drehte sich um. »Verflixt! Jetzt haben wir den Salat.«

Lili war blass geworden. »Was bedeutet das?«

»Ihr werdet gerade überall gesucht«, erklärte Kim ruhig, obwohl ihr Herz wie verrückt klopfte. »Wahrscheinlich durchkämmt die Polizei den gesamten Märchenwald.«

»Sie werden bestimmt Spürhunde und Hubschrauber einsetzen«, fügte Marie hinzu. Sie sah auch etwas nervös aus. »Wenn zwei Kinder verschwunden sind, lässt die Polizei nichts unversucht.«

»Hubschrauber? Cool!«, rief Torben begeistert. »Vielleicht darf ich ja mal mitfliegen.« Er war noch zu klein, um den Ernst der Lage zu verstehen. Ganz im Gegensatz zu Lili, die förmlich in sich zusammensackte.

»Das wollte ich doch alles gar nicht!«, jammerte sie. »Was sollen wir denn jetzt machen? Es gibt bestimmt mächtig Ärger, wenn die Polizei herausfindet, dass wir bloß abgehauen sind.«

Kim seufzte. Da lag Lili vermutlich gar nicht so falsch. Warum hatten sie die Geschwister nicht ein paar Stunden früher entdeckt? Dann wäre alles völlig unkompliziert und ohne großes Aufsehen verlaufen. Das war jetzt leider nicht mehr möglich. »Wir sollten sofort Kommissar Peters anrufen und ihm sagen, dass wir Lili und Torben gefunden haben.« Kim zog ihr Handy hervor.

»Muss das sein?« Lili sah aus, als würde sie sich am liebsten ins nächste Mauseloch verkriechen.

Franzi nickte. »Es gibt keine andere Möglichkeit. Alle suchen nach euch und eure Eltern machen sich bestimmt furchtbare Sorgen.«

»Kommissar Peters ist ein guter Freund von uns, er wird euch schon nicht den Kopf abreißen«, versuchte Marie, Lili zu beruhigen.

Kim wählte die Nummer des Kommissars. Er nahm sofort ab.

»Peters!«, bellte er in den Hörer.
»Kim Jülich«, meldete sich Kim. »Ich wollte …«
»Tut mir leid, Kim, aber ich hab gerade überhaupt keine Zeit«, unterbrach sie der Kommissar. »Wir telefonieren später, okay?«
»Aber es ist wirklich dringend! Wir haben …«
Doch der Kommissar hörte gar nicht richtig zu. Er sprach mit jemandem und Kim schnappte die Worte »Hubschrauber« und »Hundestaffel« auf. Sie hatten mit ihren Vermutungen also goldrichtig gelegen. »Hier ist gerade die Hölle los«, erklärte der Kommissar. »Ich muss jetzt Schluss machen.«
»Stopp!«, rief Kim, ehe er einfach auflegen konnte. »Brechen Sie die Suchaktion ab! Lili und Torben sind in Sicherheit!«
Einen Moment herrschte verblüfftes Schweigen am anderen Ende. »Wie bitte?«, fragte der Kommissar. »Was soll das heißen?«
Jetzt hatte Kim endlich seine volle Aufmerksamkeit. »Wir haben die beiden gefunden«, erklärte sie. »Es geht ihnen gut. Sie sind im Haus von Franzis Oma in Billershausen.«
»Was zum Teufel …«, begann der Kommissar, dann atmete er einmal tief durch. »Wir kommen sofort. Ihr rührt euch nicht vom Fleck, ist das klar?«
»Klar.« Kim verdrehte die Augen, was Kommissar Peters zum Glück nicht sehen konnte. Sie gab die Adresse durch und ließ das Handy sinken. »Kommissar Peters wird gleich hier sein«, informierte sie die anderen.
Franzi nickte. »Jetzt können wir nur noch warten.«

Glücklich vereint

Knapp sieben Minuten später hielten mehrere Autos mit quietschenden Reifen vor Oma Lottis Haus. Der Schein von Blaulichtern drang geisterhaft flackernd in die Küche und Lili wurde auf ihrem Stuhl noch etwas kleiner.

Torben sprang auf und rannte zum Fenster. »Wow, drei Polizeiautos!«, rief er. »Mit Blaulicht! Und jetzt steigen lauter Polizisten in Uniform aus. Und da sind … Mama und Papa!« Er strahlte und winkte heftig.

Plötzlich ging alles ganz schnell. Franzi war schon auf dem Weg zur Haustür, als es Sturm klingelte. Stimmen und Schritte erklangen im Flur, dann marschierte Kommissar Peters mit wehendem Mantel in die Küche. »Wo sind die Kinder?«, donnerte er.

Torben starrte ihn mit großen Augen an. Vor Schreck hatte es ihm glatt die Sprache verschlagen. Auch Lili sagte keinen Ton.

»Darf ich vorstellen?«, sprang Marie ein. »Kommissar Peters, das sind Lili und Torben.« Sie deutete auf die Geschwister. »Lili und Torben, das ist unser guter Freund Kommissar Peters.«

»Bist du ein echter Kommissar?«, erkundigte sich Torben ehrfürchtig. Der Kommissar nickte und Torben strahlte ihn an. »Ich will später auch Kommissar werden«, verkündete er. »Oder Schlangenforscher.«

»Ist ja auch fast dasselbe«, murmelte Franzi. Kim unterdrückte ein Kichern.

Da tauchten ein Mann und eine Frau in der Küchentür auf.
»Lili! Torben!«, rief die Frau und drängte sich an Kommissar Peters vorbei.
»Mama!« Torben rannte auf seine Mutter zu und warf sich in ihre Arme. Er drückte sie ganz fest. Frau Brauer hatte Tränen in den Augen und schien ihren Sohn gar nicht mehr loslassen zu wollen.
Jetzt erwachte auch Lili aus ihrer Erstarrung. Als ihre Mutter die Hand nach ihr ausstreckte, rutschte sie vom Stuhl und ließ sich ebenfalls umarmen. Frau Brauer konnte gar nicht mehr aufhören, ihre Kinder zu küssen. »Was macht ihr denn für Sachen?«, murmelte sie.
Auch Herr Brauer war sichtlich gerührt. Er wischte sich verstohlen über die Augen. Kim fiel auf, wie müde er aussah. Die Angst, die er in den letzten Stunden um seine Kinder ausgestanden hatte, hatte deutliche Spuren hinterlassen. Sein Gesicht war grau und unter seinen Augen lagen dunkle Ringe.
Lili und Torben lösten sich von ihrer Mutter, um ihren Vater zu begrüßen. Als er sie in die Arme schloss, konnte er die Tränen nicht mehr zurückhalten. »Gott sei Dank, euch ist nichts passiert!«, presste er hervor.
Die drei !!! beobachteten lächelnd die glückliche Szene. Kim wurde plötzlich ganz warm ums Herz. Es war toll, wenn ein Fall so ein positives Ende nahm, und es entschädigte sie für alle Strapazen, die die Ermittlungen mit sich gebracht hatten. Genau aus diesem Grund liebte Kim die Detektivarbeit so sehr.
Der Kommissar ließ den Brauers Zeit, einander in Ruhe zu begrüßen. Er ging zum Küchentisch und nickte den Detek-

tivinnen zu. »Ihr schafft es wirklich immer wieder, mich zu überraschen.« Er fuhr sich durch seine dunklen Haare, die an den Schläfen bereits ergrauten. »Und jetzt wüsste ich gerne, was ihr mit den verschwundenen Kindern zu tun habt. Könnte mich bitte jemand aufklären?«

Kim schenkte dem Kommissar ein freundliches Lächeln. »Natürlich, sehr gerne! Also, eigentlich fing alles letzten Sonntag an …« Sie fasste die Ereignisse der vergangenen Woche kurz zusammen.

»Lili und Torben sind von zu Hause weggelaufen und haben sich die ganze Woche hier versteckt?« Der Kommissar ließ sich auf einen Küchenstuhl fallen. »Das ist ja ein Ding! Und wir dachten, sie wären Opfer einer Entführung geworden. Wir waren gerade dabei, im Märchenwald jeden Stein einzeln umzudrehen.«

»Tja, da hätten Sie lange suchen können«, stellte Marie fest. »Ich schätze, wir haben Ihnen eine Menge Arbeit erspart.«

Der Kommissar nickte. »Allerdings. Aber ein paar Dinge sind mir trotzdem noch unklar.« Er wandte sich an die Brauers, die immer noch glücklich ihre Kinder umarmten. »Wenn Sie so weit sind, würde ich gerne einige offenen Fragen klären«, sagte er freundlich.

»Natürlich.« Herr Brauer setzte sich an den Tisch und nahm Torben auf den Schoß. Der Junge schmiegte sich an seinen Vater.

Frau Brauer nahm neben Kim Platz. Lili setzte sich neben sie und sah den Kommissar ängstlich an.

»Ich habe soeben erfahren, dass Lili und Torben keineswegs entführt wurde, sondern aus freien Stücken von zu Hause weggelaufen sind«, begann der Kommissar. Er machte eine Pause und wartete auf die Reaktion der Eltern.

Frau Brauer riss die Augen auf. »Was? Nein, das glaube ich nicht! Warum sollten unsere Kinder so etwas tun?«

»Das kann Ihre Tochter Ihnen sicher selbst am besten erklären.« Der Kommissar nickte Lili aufmunternd zu.

Lili wurde rot und schluckte. Jetzt war die Stunde der Wahrheit gekommen. »Ich ... äh ... also ...«

»Ihr dürft uns nicht trennen!«, rief Torben. »Lili und ich wollen zusammenbleiben.«

Lili warf ihrem Bruder einen dankbaren Blick zu. »Genau! Ihr bestimmt einfach über unser Leben und das finden wir nicht fair.«

»Warum hast du denn nicht mit uns geredet, Lili?«, fragte Herr Brauer. »Statt einfach abzuhauen.«

»Das hab ich ja versucht!«, verteidigte sich das Mädchen. »Am Samstagabend, als ihr euch in der Küche so heftig gestritten habt. Aber ihr habt mir nicht zugehört.«

»Es gab einen Streit?«, fragte der Kommissar interessiert. »Davon haben Sie mir ja gar nichts erzählt. Das hätte den Fall natürlich in ein ganz anderes Licht gerückt.«

Die Brauers wechselten einen schuldbewussten Blick. »Wir wussten ja nicht, dass unsere Auseinandersetzung der Auslöser für das Verschwinden von Lili und Torben war«, verteidigte sich Herr Brauer.

»Wir waren viel zu sehr mit uns und unseren Problemen beschäftigt«, gab Frau Brauer zu. »Ich darf gar nicht daran denken, was den Kindern alles hätte passieren können! Ich mache mir schreckliche Vorwürfe.«

»Heißt das, wir dürfen zusammenbleiben?«, hakte Torben nach.
Sein Vater drückte ihn an sich. »Natürlich. Es war keine gute Idee, euch trennen zu wollen.«
»Wir werden eine Lösung finden, mit der wir alle gut leben können.« Frau Brauer griff nach Lilis Hand und drückte sie. »Das verspreche ich euch.«
»Wie haben Sie eigentlich gemerkt, dass Lili und Torben verschwunden sind?«, erkundigte sich Kim. Die Frage ging ihr schon die ganze Zeit im Kopf herum.
»Meine Mutter hat vorhin angerufen und sich nach den Kindern erkundigt«, erzählte Frau Brauer. »Sie wollte wissen, ob Lili und Torben wieder gesund sind und vielleicht dieses Wochenende zu Besuch kommen können, wo es ja letzten Sonntag schon nicht geklappt hat.« Sie drückte Lilis Hand noch etwas fester. »Ich bin natürlich aus allen Wolken gefallen. Es hat mir glatt den Boden unter den Füßen weggezogen, als mir klar wurde, dass die Kinder schon seit fünf Tagen verschwunden sind. Ich war mir ganz sicher, dass ihnen etwas Schreckliches zugestoßen ist. Das war der schlimmste Moment meines Lebens.« Frau Brauer kämpfte schon wieder mit den Tränen.
»Haben Sie denn im Lauf der Woche gar nicht versucht, Ihre Kinder zu erreichen?«, erkundigte sich Franzi.
»Doch, natürlich!« Frau Brauer rang sichtlich um Fassung. »Aber Lilis Handy war die ganze Zeit ausgeschaltet. Ich bin davon ausgegangen, dass der Akku leer ist und sie mal wieder vergessen hat, ihr Aufladekabel mitzunehmen.« Sie seufzte. »Und bei meiner Mutter ist immer nur der Anrufbeantwor-

ter rangegangen, was allerdings auch nichts Besonderes ist. Ohne ihr Hörgerät hört sie das Klingeln nur, wenn sie direkt neben dem Apparat steht.«

»Es ist ja zum Glück alles gut ausgegangen«, stellte Marie fest.

»Wie habt ihr euch eigentlich in den vergangenen Tagen ernährt?«, erkundigte sich Kommissar Peters. »Hattet ihr Lebensmittel dabei?«

Lili nickte mit gesenktem Kopf. »Ich hab heimlich ein paar Vorräte aus unserer Speisekammer eingesteckt, bevor wir uns auf den Weg gemacht haben. Wir haben hauptsächlich Zwieback und Tütensuppe gegessen. Außerdem Kekse und ab und zu einen Apfel.«

»Bäh!« Torben verzog das Gesicht. »Die Tütensuppe hat total eklig geschmeckt.«

Sein Vater streichelte ihm über den Kopf. »Mein armer Kleiner. Zu Hause bekommt ihr etwas Vernünftiges zum Sattessen.«

Der Kommissar sah Lili und Torben ernst an. »Ihr wisst hoffentlich, dass ihr eine riesengroße Dummheit gemacht habt. Weglaufen ist keine Lösung. Es hätte euch alles Mögliche passieren können. Mal ganz davon abgesehen, dass eure Eltern sich fürchterliche Sorgen gemacht haben und wir beinahe völlig umsonst eine groß angelegte Suchaktion gestartet hätten.«

Lili nickte mit hängenden Schultern. »Es tut mir leid«, flüsterte sie.

»Dann hätten wir das also auch geklärt«, stellte der Kommissar fest. »Ich schätze, damit ist der Fall abgeschlossen.«

Torben gähnte. »Können wir jetzt nach Hause fahren?«, fragte er. »Ich bin müde und hab Hunger.«
»Von mir aus spricht nichts dagegen.« Der Kommissar erhob sich und gab Herrn und Frau Brauer die Hand. »Ich wünsche Ihnen alles Gute für die Zukunft. Und ihr lauft nicht wieder weg, verstanden?« Er drohte Torben und Lili mit dem Zeigefinger.
Lili wurde rot, aber Torben hatte etwas anderes im Sinn. »Darf ich im Polizeiauto mitfahren?«, fragte er. »Bitte!«
Seine Augen blickten so sehnsüchtig, dass Kommissar Peters lächeln musste. »Ein Kollege wird euch nach Hause fahren.« Er nickte einem der uniformierten Polizisten zu, die im Flur auf weitere Anweisungen warteten.
»Juchhu!«, jubelte Torben.
Auch die drei !!! verabschiedeten sich von Familie Brauer. Frau Brauer umarmte die Detektivinnen. »Danke!«, flüsterte sie mit erstickter Stimme. Mehr bekam sie nicht heraus.
»Keine Ursache.« Kim fuhr sich verlegen durch ihre kurzen Haare. »Das haben wir doch gerne gemacht.«
Torben winkte den Mädchen zu. »Tschüss! Darf ich euch mal besuchen kommen?«
»Klar«, sagte Franzi großzügig. »Dann zeigen wir dir unser Hauptquartier. Schließlich sind wir ja Kollegen.«
»Super!« Torbens Augen leuchteten. Fröhlich hüpfte er an der Hand seines Vaters aus der Küche.
Durchs Fenster beobachtete Kim, wie die Brauers in einen Polizeiwagen stiegen und davonfuhren. Auch die anderen Polizisten rückten ab. Nur Kommissar Peters war geblieben. Er klimperte mit seinem Autoschlüssel. »Kommt, ich bring

euch nach Hause. Eure Eltern wundern sich bestimmt schon, wo ihr bleibt.«
Während Franzi die Lichter löschte, warf Kim einen schnellen Blick auf ihr Handy und sog scharf die Luft ein.
»Was ist los?«, fragte Marie besorgt.
»Meine Mutter hat mir schon drei Nachrichten geschickt«, murmelte Kim. »Das gibt bestimmt Ärger.«
Sie verließen Oma Lottis Haus und Franzi schloss sorgfältig die Tür ab. Sie seufzte. »Wer weiß, wann ich das nächste Mal herkomme. Vielleicht ist das Haus dann schon verkauft.«
Marie drückte tröstend ihren Arm. »Sei nicht traurig. Veränderungen gehören nun mal zum Leben.«
Franzi lächelte tapfer. »Du hast recht. Mit etwas Glück zieht eine nette Familie mit Kindern ein. Das fände ich richtig schön – und Oma Lotti bestimmt auch.«
Die drei !!! gingen zum Auto, neben dem Kommissar Peters bereits auf sie wartete. Nachdem sie eingestiegen waren, lächelte der Kommissar ihnen im Rückspiegel zu. »Ehe ich's vergesse: Vielen Dank für eure Hilfe! Ihr habt genau richtig reagiert, als ihr die Kinder entdeckt habt. Das habt ihr prima gemacht.«
Marie zog eine Augenbraue hoch. »Und?«, fragte sie. »Wo bleibt das übliche Aber?«
Der Kommissar schüttelte den Kopf. »Kein Aber! Dieses Mal gibt es ein uneingeschränktes Lob.«
Die drei !!! grinsten stolz.
»Ein Glück!«, flüsterte Franzi ihren Freundinnen zu. »Und ich dachte schon, jetzt kommt wieder die gewohnte Predigt über die Gefahren der Detektivarbeit.«

»Das habe ich gehört, Franziska Winkler!« Der Kommissar versuchte streng zu klingen, musste aber doch lachen und startete den Wagen.

»Könnten wir uns vielleicht etwas beeilen?«, bat Kim. »Ich fürchte, sonst haben Sie gleich die nächste Vermisstenmeldung auf dem Schreibtisch – und zwar von meiner Mutter.«

»Kein Problem.« Der Kommissar ließ das Fenster herunter und setzte mit einer geübten Bewegung sein mobiles Blaulicht auf das Autodach. »Schnallt euch an, es geht los!«

Er drückte aufs Gaspedal und sie schossen davon.

Das letzte Detail

»Hallo, hier sind wir!«

Franzi winkte Kim zu, als sie das *Café Lomo* betrat. Es war wie immer am Samstagnachmittag gut besucht. Stimmengewirr, Lachen und Musik erfüllten den Raum. Kim schlängelte sich zwischen den Tischen zum Lieblingsplatz der Detektivinnen durch, der sich ganz hinten im Café befand. Die Sofaecke war vor Kurzem durch mehrere bunte Sitzsäcke ergänzt worden. Franzi hatte es sich auf einem grasgrünen Sitzsack bequem gemacht, während Marie mit elegant übereinandergeschlagenen Beinen auf dem Sofa saß und an einem Bananen-Blaubeer-Muffin knabberte.

»Entschuldigt bitte die Verspätung.« Kim wickelte ihren langen Schal ab und schlüpfte aus ihrer Jacke. »Aber ich musste mir noch eine Strafpredigt von meiner Mutter anhören. Sie war gar nicht begeistert davon, dass es gestern Abend so spät geworden ist.«

»Du Arme!«, nuschelte Marie mit vollem Mund. »Immerhin hat sie dir keinen Hausarrest aufgebrummt – sonst wärst du schließlich nicht hier, oder?«

»Nein, so schlimm war es nicht.« Kim ließ sich auf einen orangefarbenen Sitzsack fallen. »Ich musste ihr nur hoch und heilig versprechen, in Zukunft wieder pünktlich zum Abendessen zu Hause zu sein.« Sie seufzte. »Manchmal wünschte ich wirklich, Mama wäre etwas lockerer. Eure Eltern machen schließlich auch nicht so ein Theater.«

»Dafür haben sie andere Macken.« Franzi zuckte mit den

Schultern. »Ich schätze, die perfekten Eltern gibt es einfach nicht.«
»Wahrscheinlich hast du recht.« Kim wechselte das Thema. »Ich habe übrigens vorhin mit Lili und Torben telefoniert.«
»Und?«, erkundigte sich Marie. »Wie geht es den beiden Ausreißern?«
»Prima!« Kim grinste. »Ich glaube, sie waren heilfroh, wieder in ihren eigenen Betten schlafen zu können. Torbens Hand geht es auch besser. Seine Eltern waren mit ihm beim Arzt und der war sehr zuversichtlich, dass die Verletzung schnell heilen wird.«
»Ein Glück!« Franzi nippte an ihrem Orangensaft. »Torben und Lili haben es wirklich nicht leicht. Es muss schrecklich sein, wenn sich die eigenen Eltern scheiden lassen.«
»Allerdings.« Kim nickte. »Aber Herr und Frau Brauer haben ihre Lektion bestimmt gelernt. Sie werden die Wünsche ihrer Kinder in Zukunft nicht mehr so schnell übergehen.«
»Hoffentlich finden sie eine gute Lösung«, sagte Marie.
Kim machte ein geheimnisvolles Gesicht. »Übrigens weiß ich jetzt auch, wer die mysteriöse Zitronensaft-Nachricht geschrieben hat.«
»Stimmt ja!« Franzi stellte ihr Glas zurück auf den Tisch. »Den Zettel hatte ich vor lauter Aufregung fast vergessen.«
»Eigentlich kommt dafür nur einer infrage«, sagte Marie langsam. »Wetten, es war unser Nachwuchsdetektiv?«
»Bingo!« Kim lachte. »Zu Torbens Detektivausrüstung gehören neben Taschenlampe, Lupe und Fingerabdruckset auch eine Zitrone und Wattestäbchen, falls er mal in die Klemme gerät und eine geheime Nachricht schreiben muss.«

Franzi pfiff beeindruckt durch die Zähne. »Ganz schön schlau! Der Junge ist wirklich nicht auf den Kopf gefallen.«

Kim lachte. »Ja, von Torben können wir glatt noch was lernen. Jedenfalls hat er bei Oma Lotti aus Langeweile ein paar Nachrichten mit Zitronensaft geschrieben. Die Seiten hatte er tatsächlich aus seinem Schulheft herausgerissen. Und eine der Nachrichten ist unter dem Sofa gelandet …«

»… wo du sie gefunden hast«, ergänzte Marie.

»Zum Glück«, stellte Franzi fest. »Sonst hätte die Geschichte auch ganz anders ausgehen können.«

»Allerdings.« Kim nickte. »Ich mag gar nicht daran denken, was passiert wäre, wenn Torben noch mehr Blut verloren hätte …«

»Ja, das war wirklich Rettung in letzter Sekunde«, bestätigte Marie. Sie winkte der Bedienung. »Bringst du uns bitte eine Runde *Kakao Spezial*, Sabrina?« Sie lächelte ihren Freundinnen zu. »Ich lade euch ein. Schließlich müssen wir doch auf den gelösten Fall anstoßen.«

»Super Idee!«, sagte Kim. »Danke!«

»Übrigens soll ich euch von Felipe grüßen«, erzählte Franzi. »Wir haben vorhin ganz lange geskypt und er hat mir ungefähr hundertmal gesagt, wie sehr er mich vermisst.«

»Na also!« Marie grinste. »Dann ist ja alles in Butter.«

»Von wegen.« Franzi seufzte. »Er fehlt mir schrecklich! Ich wäre am liebsten durch den Bildschirm gesprungen und hätte ihn in die Arme genommen. Na ja, wenigstens kann ich mit Tesoro kuscheln, dem kleinen, flauschigen Schaf, das er mir zum Abschied geschenkt hat.« Sie sah zu Marie. »Wann kommt Holger eigentlich aus dem Sportcamp zurück?«

»Heute!« Marie strahlte über das ganze Gesicht. »Ich kann's kaum erwarten, ihn endlich wiederzusehen. Er kommt nachher vorbei und ich werde ihn mit einem romantischen Candle-Light-Dinner überraschen.«
Kim zog die Augenbrauen hoch. »Du kochst?«, fragte sie überrascht. Normalerweise überließ Marie das Kochen Tessa oder ihrem Vater, der sich als Ausgleich zu den anstrengenden Dreharbeiten abends gerne in der Küche betätigte.
»Na ja, nicht wirklich«, gab Marie zu. »Ich hab ein paar Leckereien bei *Feinkost Kranichstein* besorgt. Oliven, getrocknete Tomaten, eingelegten Schafskäse und gefüllte Weinblätter«, zählte sie auf. »Außerdem frisches Baguette und zum Nachtisch Schokoladenkuchen aus der *Chocolaterie*.«
»Klingt toll!« Kim lief das Wasser im Mund zusammen.
»Hoffentlich funkt Lina dir nicht dazwischen«, gab Franzi zu bedenken. »Wenn sie im falschen Moment in dein Zimmer platzt, ist es vorbei mit der Romantik.«
»Keine Sorge, mit Lina verstehe ich mich im Moment ziemlich gut.« Marie grinste. »Seit wir uns gegen Tessa und ihre Schwangeren-Invasion verbündet haben, sind wir quasi ein Herz und eine Seele.«
Franzi lachte. »Fragt sich nur, für wie lange. Übrigens muss ich meine nervige Schwester bald nicht mehr Tag und Nacht ertragen. Morgen zieht Stefan in seine WG!«
»Wow, super!« Kim lächelte Franzi zu. »Dann hast du endlich wieder dein eigenes Reich.« Sie sah zufällig zur Tür und das Lächeln gefror auf ihrem Gesicht. Gerade betrat eine bekannte Gestalt das Café. Michi! Hinter ihm erschien Frank. Kim schluckte.

»Was ist denn los?« Franzi drehte sich um und entdeckte die beiden Jungs. »Da ist ja Michi!« Sie wollte ihm zuwinken, aber Kim schüttelte den Kopf.
»Lass das!«, zischte sie. »Ich will nicht, dass er mich sieht.«
»Das ist doch albern.« Marie verdrehte die Augen. »Du solltest zu ihm gehen und mit ihm reden.«
»Lieber nicht.« Kim ließ sich tiefer in ihren Sitzsack sinken. »Vielleicht will er ja gar nicht mit mir sprechen.«
»Unsinn«, sagte Franzi. »Er freut sich bestimmt, wenn du den ersten Schritt machst. Also los!«
»Meint ihr wirklich?« Kim zögerte.
»JA!«, riefen Franzi und Marie im Chor.
Kim erhob sich seufzend. Im Grunde ihres Herzens wusste sie, dass ihre Freundinnen recht hatten. Trotzdem fiel es ihr unendlich schwer, auf Michi zuzugehen. Noch hatte er sie nicht entdeckt. Mit klopfendem Herzen ging Kim zur Theke. Frank hatte einen Bekannten getroffen und unterhielt sich angeregt, Michi stand etwas gelangweilt daneben. Kim blieb hinter ihm stehen und räusperte sich.
Michi fuhr herum. »Kim!« Er klang überrascht, aber seine Augen strahlten.
Kims Herz klopfte wie verrückt. Ihr Mund war trocken und sie bekam keinen Ton heraus. Auch Michi schwieg. Die Sekunden dehnten sich wie Kaugummi. Kim begann zu schwitzen. Ihr Kopf war wie leer gefegt, sie konnte keinen klaren Gedanken fassen. *Sag endlich was!*, befahl sie sich selbst. Aber was?
Schließlich öffneten Kim und Michi gleichzeitig den Mund.
»Entschuldigung«, presste Kim hervor.

»Tut mir leid …«, begann Michi.
Sie verstummten und sahen einander verblüfft an. Dann mussten sie lachen. Kim atmete auf. Der Bann war gebrochen.
»Du zuerst«, sagte Michi.
»Entschuldige, dass ich dich verdächtigt habe.« Kim spürte, wie sie rot wurde. »Ich hätte dir vertrauen müssen. Das wird nicht wieder vorkommen, okay?«
Michi winkte ab. »Halb so schlimm. Ich hätte letztens am Telefon nicht so heftig reagieren dürfen. Mir tut es leid, dass ich so wenig Zeit für dich hatte. Ich wollte dich nicht vernachlässigen. Vielleicht hab ich mich etwas zu sehr in die Sache mit Frank hineingesteigert.«
Kim schüttelte den Kopf. »Überhaupt nicht! Du fühlst dich verantwortlich für deinen Bruder und willst ihm helfen. Das finde ich toll. Ich hätte dich mehr darin unterstützen müssen. Schließlich hat jeder eine zweite Chance verdient.«
Michi lächelte und nahm Kims Hand. »Ist das dein Ernst?«
Kim nickte. »Natürlich!«
»Du bist und bleibst die Beste!« Michi umarmte Kim und drückte ihr einen sanften Kuss auf die Lippen.
»Wen haben wir denn da?« Franks Stimme beendete den Versöhnungskuss. »Wenn das nicht die Superdetektivin ist!«
Kim lächelte Michis Bruder so freundlich wie möglich zu. »Hallo, Frank, alles klar?«
»Natürlich! Hab einen alten Kumpel getroffen.« Er schlug seinem Bekannten, der sich gerade an der Theke einen Kaffee bestellte, auf die Schulter. »Wir sind vor Ewigkeiten zusammen zur Schule gegangen.«

Der Mann drehte sich um und Kim schnappte nach Luft. »Kurt Lindner!«, rief sie erstaunt.
»Ihr kennt euch?«, fragte Michi. »So ein Zufall!«
»Das wird sich noch herausstellen.« Kim schaltete augenblicklich in Detektivmodus. In ihrem Kopf ratterte es, während sie blitzschnell die nötigen Zusammenhänge herstellte. »So schnell sieht man sich wieder«, sagte sie zu dem Volontär, der sich nicht im Geringsten über die Begegnung zu freuen schien. Im Gegenteil, er fühlte sich sichtlich unwohl in seiner Haut.
»Sorry, aber ich muss dringend los«, behauptete er hastig. »Hab einen wichtigen Termin vergessen.«
»Nicht so schnell!« Kim stellte sich ihm in den Weg. »Sie kennen also Frank Millbrandt. Kann es sein, dass er Ihr geheimer Informant ist?«
»Äh … wieso … nein … ich …«, stammelte Kurt Lindner.
»Frank hat Ihnen das Foto vom Geisterhaus zugespielt, geben Sie es endlich zu!« Kim stemmte die Hände in die Hüften und funkelte den Volontär ärgerlich an.
Der junge Mann knickte sofort ein. Er fuhr sich nervös durch seine dunklen Locken. »Ja, das stimmt«, murmelte er.
Frank lachte. Er schien kein besonders schlechtes Gewissen zu haben. »War doch ein netter Artikel, oder?«
»Was hast du dafür bekommen?«, fragte Kim kühl.
Frank zuckte mit den Schultern. »Ein kleines Taschengeld, mehr nicht. Schließlich muss ich von irgendetwas leben, bis ich einen Job gefunden habe.«
Kim wandte sich wieder an den Volontär. »Sie wollten sich mit einer spannenden Story in der Redaktion profilieren, stimmt's?«

Kurt Lindner zog abwehrend die Schultern hoch. »Es nervt, immer nur über Kaninchenzüchtervereine und Firmenjubiläen zu schreiben. Darum wollte ich meiner Karriere einen kleinen Schubs geben. Erst kam der Artikel über das Geisterhaus auch total gut an …«

»Bis herauskam, dass Sie das Foto aus dubiosen Quellen haben«, vollendete Kim den Satz.

Der Volontär nickte. »Jetzt lässt mich meine Chefin nur noch kopieren, Kaffee kochen und langweilige Hintergrundrecherche machen.« Er seufzte. »Die Aktion war ein echtes Eigentor.«

Kim konnte sich ein schadenfrohes Grinsen nicht verkneifen. Geschah diesem Möchtegern-Journalisten ganz recht. Zumal er sie mit seiner falschen Personenbeschreibung auf eine völlig falsche Fährte gelockt hatte. Dass sie darauf reingefallen war und Michi verdächtigt hatte, würde Kim sich nie verzeihen …

Michi sah verwirrt von einem zum anderen. »Worum geht es hier eigentlich? Ich verstehe kein Wort.«

»Dein Bruder hat unser Geisterhaus-Foto heimlich an seinen Freund von der Zeitung verkauft«, erklärte Kim. Sie versuchte, nicht zu anklagend zu klingen, dabei hätte sie Frank am liebsten den Hals umgedreht. Im Nachhinein verstand sie überhaupt nicht mehr, warum sie nicht gleich auf ihn gekommen war. Aber manchmal sah eben selbst die beste Detektivin den Wald vor lauter Bäumen nicht …

»Du hast hinter meinem Rücken eins von *meinen* Fotos an die Zeitung verhökert?« Michi starrte seinen Bruder ungläubig an.

Frank zuckte mit den Schultern und lachte unsicher. »Na ja, ich brauchte ein bisschen Geld. Ich hab die Bilder rein zufällig entdeckt, als ich an deinem Computer meine Mails gecheckt habe. Und dann ist mir Kurt in der Stadt über den Weg gelaufen und hat rumgejammert, dass er unbedingt eine gute Story braucht. Da hat es bei mir klick gemacht. Ich wollte ihm doch nur helfen!«

Michi schüttelte den Kopf. »Nein, du wolltest schnell an Geld kommen. Und ich hab dir vertraut! Ich dachte, du meinst es wirklich ernst mit deinem neuen Leben.« Er sah so enttäuscht aus, dass es Kim ins Herz schnitt.

Franks Lachen war plötzlich wie weggewischt. »Ich meine es ernst, ganz ehrlich!« Angst flackerte in seinen Augen auf. »Wenn du auch nicht mehr an mich glaubst, wer dann? Alle anderen warten doch nur darauf, dass ich wieder auf die schiefe Bahn gerate.« Er wirkte plötzlich ziemlich verloren. Kim merkte erstaunt, dass er ihr beinahe leidtat.

Michi seufzte. »Ich weiß nicht mehr, was ich glauben soll.«

»Ohne dich schaffe ich es nicht, Bruderherz«, sagte Frank leise.

Kim griff nach Michis Hand und flüsterte: »Denk dran, jeder hat eine zweite Chance verdient. Und manchmal auch eine dritte.«

Der Anflug eines Lächelns huschte über Michis Gesicht. »Na gut, vergessen wir die Angelegenheit«, sagte er schließlich. »Aber versprich mir, dass du nie wieder in meinen Dateien herumschnüffelst!«

»Klar, versprochen«, versicherte Frank ernsthaft. Kim war sich ziemlich sicher, dass er meinte, was er sagte.

Sie drückte Michis Hand. »Ich geh mal wieder zu den anderen.«
»Okay.« Michi sah Kim verliebt an. »Sehen wir uns morgen? Wir könnten mal wieder zum Chinesen gehen und hinterher ins Kino. Nur wir zwei. Was hältst du davon?«
Kim lächelte. »Klingt äußerst verlockend. Ich bin dabei.« Sie gab Michi einen schnellen Kuss, verabschiedete sich von Frank und ignorierte Kurt Lindner, der zerknirscht in seinem Kaffee rührte. Als sie in die Sofaecke zurückging, fühlte sie sich so leicht, als würde sie schweben.
»Das hat ja ewig gedauert«, stellte Franzi fest.
»Was war denn los?«, wollte Marie wissen. »Was hat Michi gesagt?«
Kim ließ sich mit einem glücklichen Seufzer auf ihren Sitzsack fallen. »Wir haben uns wieder vertragen.«
»Super!«, jubelte Franzi. »Das freut mich für euch.«
»Mich auch.« Marie lächelte. »Aber sag mal, war das nicht gerade dieser Zeitungsvolontär neben euch an der Theke?«
Kim nickte. »Allerdings. Und stellt euch vor – er kennt Michis Bruder! Die beiden sind zusammen zur Schule gegangen.« Sie erzählte schnell, was sie herausgefunden hatte.
»Frank hat das Foto der Zeitung zugespielt?«, fragte Marie ungläubig. »Das ist ja ein dickes Ding!«
»Allerdings!« Franzi konnte es auch kaum glauben. »Der arme Michi, das muss ein harter Schlag für ihn sein.«
»Er wird es bestimmt verkraften«, sagte Kim zuversichtlich. »Ich kenne niemanden, der so sehr an das Gute im Menschen glaubt wie er.« *Und genau dafür liebe ich ihn*, fügte sie im Stillen hinzu.

In diesem Moment brachte Sabrina Maries Bestellung. Diesmal schaffte sie es sogar, den *Kakao Spezial* zu servieren, ohne auch nur einen Tropfen zu verschütten. »Lasst es euch schmecken«, wünschte sie, bevor sie hinter die Theke zurückkehrte.

Marie hob ihren Becher und lächelte ihren Freundinnen zu. »Auf einen weiteren gelösten Fall!«

»Auf einen Geist, den es nicht gibt, und auf zwei Ausreißer, die wieder zu Hause sind«, sagte Kim.

»Auf die Liebe!« Franzi zwinkerte Kim zu.

Klirrend stießen drei Becher gegeneinander. Kim nahm einen großen Schluck Kakao. Sie hätte nicht sagen können, was süßer war: das leichte Vanillearoma oder die Vorfreude auf den Abend mit Michi. Aber eigentlich spielte das keine Rolle. Denn eins wusste sie mit absoluter Sicherheit: In diesem Moment war sie wunschlos glücklich.

Skaterfieber

Rätsel um eine SMS

Zwei maskierte Männer rannten aus der Bank, sprangen in einen roten Golf und rasten los. Sofort spurtete Franzi hinterher. Sie war schnell auf ihren Skates, aber die Bankräuber waren leider noch schneller. Immer mehr Autos schoben sich zwischen Franzi und das Fluchtfahrzeug. Doch da vorne kam eine rote Ampel! Mit quietschenden Bremsen brachten die Bankräuber ihr Auto zum Stehen. Franzi holte auf. Nur noch sechs Meter, nur noch fünf, vier, drei, zwei … Da schaltete die Ampel wieder auf Grün. Die Bankräuber brausten davon und hupten schadenfroh …

In diesem Moment schreckte Franzi schweißgebadet hoch und blinzelte verwirrt ins helle Morgenlicht. Sie befand sich gar nicht draußen auf der Straße, sie war in einem großen Zimmer und lag in einem riesigen weißen Bett. Durch das Fenster drangen Hupen und Autolärm. Wo war sie?

Franzi richtete sich im Bett auf und atmete tief durch. Langsam beruhigte sich ihr Puls, und sie konnte wieder klar denken. Sie hatte nur geträumt und das Hupen und den Verkehrslärm in ihren Traum integriert! Und auf einmal wusste sie auch wieder, wo sie war: in Berlin, in einem Hotelzimmer in der Innenstadt, zusammen mit ihren Freundinnen Kim und Marie. Als sie den Kopf nach rechts drehte, sah sie Kim, die noch seelenruhig schlief. Und aus dem Nebenzimmer hörte sie ein leises Räuspern. Das musste Marie sein.

Erleichtert lehnte sich Franzi wieder in die Kissen zurück. Kein Wunder, dass sie so aufregend träumte! Ihr eigenes Leben war seit einiger Zeit mindestens genauso aufregend. Seit Kim Jülich, Marie Grevenbroich und Franziska Winkler den Detektivclub *Die drei !!!* gegründet hatten, konnten sie sich vor spannenden Fällen kaum retten. Sogar im Ausland, in Paris, hatten sie bereits ein Verbrechen aufgeklärt. Bei ihrem letzten Fall hatten sie es mit einem besonders dreisten Täter in der TV-Branche zu tun gehabt. Der Geschäftsführer des Fernsehsenders *Kidstime* war so dankbar für ihre Hilfe gewesen, dass er ihnen als Belohnung ein Wochenende in Berlin spendiert hatte: mit zwei Übernachtungen in einem super Hotel, Einkaufsgutscheinen und einer Exklusiv-Führung durch die *Kidstime*-Studios. Tja, das war der nette Nebeneffekt der oft ziemlich harten und anstrengenden Detektivarbeit! Der einzige Haken dabei war, dass Kims Mutter darauf bestanden hatte, als »Aufpasserin« mitzukommen. Aber zum Glück ließ sie die Mädchen die meiste Zeit in Ruhe, weil sie in Berlin eine Freundin besuchte.

Franzi angelte sich ihre Armbanduhr vom Nachttisch. Schon acht Uhr! Höchste Zeit aufzustehen. Um halb zehn wurden sie nämlich bereits abgeholt, von einem Fahrer, der sie in die *Kidstime*-Studios bringen sollte.

Energisch rüttelte Franzi an Kims Schulter. »Hey, aufwachen, du Schlafmütze!«

»Was ist?«, murmelte Kim.

»Aufstehen!«, wiederholte Franzi noch lauter. »Es sei denn, du willst nicht mit ins Fernsehstudio.«

Das wirkte. Kim schlug die Augen auf und war plötzlich hellwach. »Stimmt, heute ist ja unsere Führung. Warum hast du das nicht gleich gesagt?«

Franzi stöhnte und sparte sich die Antwort. Stattdessen sprang sie aus dem Bett und lief hinüber ins Nebenzimmer. Marie war schon wach und machte auf dem Teppich Morgengymnastik. Es sah ziemlich komisch aus, wie sie ihre Arme und Beine in einer komplizierten Yogaübung miteinander verknotete.
Franzi kicherte. Und das sollte Sport sein? Da waren ihr Reiten und Skaten tausendmal lieber. »Viel Spaß noch«, sagte Franzi zu ihr. »Ich geh dann schon mal ins Bad.«
Als sie frisch geduscht und angezogen wieder herauskam, hatten Kim und Marie es sich in den kuscheligen weißen Bademänteln des Hotels auf dem Sofa gemütlich gemacht und studierten die Hotelprospekte.
»Ich hab eine Idee«, sagte Marie. »Wie wär's, wenn wir den Roomservice anrufen und uns das Frühstück aufs Zimmer bringen lassen, so richtig dekadent?«
Kim schüttelte den Kopf. »Da steht, dass die hier ein extragroßes Frühstücksbuffet haben. Da bekommen wir eine viel größere Auswahl, bestimmt mit Kuchen, Waffeln und anderen leckeren Sachen.«
»Ich fass es nicht!«, sagte Franzi. »Du denkst natürlich gleich wieder ans Essen.« Wenn es nach ihr gegangen wäre, hätten ihr auch ein Vollkornbrot und ein Apfel zum Frühstück gereicht.
»Na und?«, gab Kim zurück. »Ich steh nun mal auf Süßes.«
Das stimmte wirklich. Wenn irgendwo Gummibärchen oder Schokolade herumlagen, konnte Kim meistens nicht widerstehen. Für ihre Gehirnzellen brauchte sie aber auch Nervennahrung. Schließlich war sie der Kopf der drei !!!, kannte sich

super mit Technik aus und führte an ihrem Computer das Detektivtagebuch, in dem sie alle Details der Ermittlungen akribisch notierte.

Während Franzi ihre Armbanduhr umlegte, sagte sie: »Wenn ihr weiter so trödelt, haben wir überhaupt keine Zeit mehr zum Frühstücken.«

»Bin schon so gut wie fertig!«, rief Kim und verschwand im Bad.

Trotzdem dauerte es noch ewig, bis endlich alle fertig waren. Marie musste sich natürlich wieder extra schminken und stylen. Dabei sah sie mit ihren blonden langen Haaren, den großen blauen Augen und der tollen Figur sowieso schon umwerfend aus.

Als die drei !!! kurz darauf den Frühstücksraum betraten, blieb Kim erst mal mit offenem Mund stehen. Das Buffet war noch riesiger, als sie es sich in ihren kühnsten Träumen ausgemalt hatte. Franzi, Kim und Marie setzten sich zu Kims Mutter an den Tisch und bestellten Tee und Kaffee bei der netten Kellnerin. Dann probierten sie die vielen leckeren Sachen.

Schließlich mussten sie auch schon wieder los, um sich noch schnell die Zähne zu putzen und wieder hinunter in die Eingangshalle zu fahren.

Kaum hatten sie sich dort in den Clubsesseln niedergelassen, als ein junger Mann in blauem T-Shirt mit der Aufschrift *Kidstime* auf sie zukam.

»Guten Morgen!«, begrüßte er sie. »Ich bin Marco. Seid ihr die drei !!!?«

Marie nickte. »Erraten! Sie werden uns fahren? Wo steht denn Ihr Auto?«

Marco zeigte zur Drehtür. »Gleich vor dem Eingang.«
Die Detektivinnen folgten ihm. Draußen empfingen sie ein strahlend blauer Himmel und warme Sonnenstrahlen. Pünktlich zu ihrem Berlin-Wochenende war nach zwei Wochen Schmuddelwetter endlich der Sommer ausgebrochen.
»Schade«, murmelte Marie, als Marco auf einen dunkelgrünen Kleinwagen zusteuerte. »Und ich hatte gedacht, die schicken uns einen Rolls-Royce.«
Franzi verdrehte die Augen. »Jetzt übertreib mal nicht!«
Das war wieder typisch Marie. Manchmal hatte sie nur Luxus im Kopf. Ihr Vater verwöhnte sie einfach zu sehr und las ihr fast jeden Wunsch von den Augen ab. Mit seiner Rolle als Hauptkommissar Brockmeier in der Krimiserie *Vorstadtwache* verdiente er aber auch jede Menge.
Die drei !!! stiegen ein, und Marco brauste fast so schnell los wie die Bankräuber in Franzis Traum. Geschickt wechselte er die Spuren und schlängelte sich durch den lebhaften Verkehr der Berliner Innenstadt.
»Das Studio liegt etwas außerhalb«, erklärte er. »Ich schätze, wir brauchen eine halbe Stunde.«
Er sollte mit seiner Schätzung recht behalten. Dreißig Minuten später erreichten sie ein Industriegelände und fuhren auf einen gepflasterten Innenhof, der von drei Containerbauten eingerahmt war.
Franzi stieg als Erste aus. »Das ist es? Sind Sie sicher?«
Unter einem Fernsehstudio, das nicht nur Serien, sondern auch Kinofilme drehte, hatte sie sich ein Hochhaus vorgestellt oder eine richtige kleine Stadt mit Unmengen an Hallen und Gebäuden.

»Ja, das ist es«, bestätigte Marco. »Herzlich willkommen in den *Kidstime*-Studios.«
Marie und Kim waren auch etwas enttäuscht, aber dann siegte gleich wieder die Neugierde. Was würde sie wohl hinter den Wellblechwänden erwarten?
Marco führte sie zunächst zum kleinsten Container. »Hier beginnt die Führung. Ah, und da ist ja auch schon unser Geschäftsführer, Herr Sund.«
Herr Sund sah überhaupt nicht wie ein seriöser Business-Typ aus. Er trug weder Krawatte noch Anzug, sondern hatte stattdessen eine ganz normale Jeans und ein T-Shirt an. Und er schien noch nicht mal vierzig zu sein.
»Schön, dass ihr da seid!«, sagte er zu ihnen. »Ich bin total stolz, dass die berühmten Detektivinnen heute bei mir zu Gast sind.«
Franzi musste grinsen. Berühmt waren sie eigentlich noch nicht wirklich. Außerdem wollten sie gar nicht so bekannt sein, damit sie ungestört ihren Ermittlungen nachgehen konnten. Ihre Eltern bekamen sowieso schon jedes Mal eine Krise, wenn sie wieder einen viel zu »gefährlichen« Fall lösten.
»Seid ihr bereit?«, fragte Herr Sund.
Die drei !!! nickten. Gespannt folgten sie ihm ins Innere des ersten Containers. Der bestand aus einem einzigen Raum mit einer Tapete aus roten Backsteinen, in dem nichts weiter als ein Sofa und ein paar Computerarbeitsplätze standen. Dazwischen herrschte der reinste Kabelsalat, den hauptsächlich zwei Techniker mit ihren Scheinwerfern und Kameras verursachten.

»Hier wird *Afternoon* gesendet«, erzählte der Geschäftsführer. »Das tägliche Jugendmagazin mit der beliebten Moderatorin …«

»Sue!«, kam Marie ihm zuvor.

Herr Sund sah sie erstaunt an. »Woher weißt du das?«

»Wir haben Sue mal bei einem früheren Fall kennengelernt«, erklärte Marie.

Der Geschäftsführer war beeindruckt. »Leider hat sie gerade keine Zeit, sie ist im Moment auf Sendung. Seid deshalb auch bitte leise.«

Franzi nickte. Sie konnte die Moderatorin sehen, wie sie nur ein paar Meter entfernt lässig auf dem Sofa saß und einen bekannten Radsportler interviewte. Sie schien überhaupt nicht aufgeregt zu sein, obwohl gleich drei Kameras auf sie gerichtet waren. Franzi wäre bestimmt vor lauter Lampenfieber gestorben, aber zum Glück musste ja nicht sie da oben im Scheinwerferlicht sitzen.

Sie durften sich ein bisschen umsehen, dann ging es weiter zum nächsten Container. Der war schon etwas größer, bestand aber auch nur aus einem großen Raum, der durch Pappwände in vier kleine Zimmer unterteilt war.

Plötzlich kreischte Marie los: »Das ist ja das Set der *Zicken-WG*!! Das ist meine Lieblingssoap.«

Franzi tauschte einen verständnislosen Blick mit Kim. Wie konnte man nur wegen einer albernen Nachmittagssoap so aus dem Häuschen geraten? Wenn es das Set der *Vorstadtwache* gewesen wäre, hätte Franzi es schon eher nachvollziehen können.

Aber Marie war nicht mehr zu halten. »Da drüben ist die

Küche. Sieht die winzig aus! Und das ist die Bar, in der sich die Zicken immer treffen. Wahnsinn!«
»Freut mich, dass es dir gefällt«, sagte der Geschäftsführer.
Er führte sie in den Räumen herum, da gerade Drehpause war. Franzi musste lachen, als sie die Kulissen aus der Nähe sah. Viele Deko-Gegenstände waren aus Pappe und wirkten in der Nähe total unecht. Komisch, dass man das im Fernsehen nicht merkte!
Herr Sund erklärte ihnen einige Dinge über die Lichttechnik und welche Effekte man mit verschiedenen Farbfiltern erzeugen konnte. Die drei !!! hörten gespannt zu. Dann durften sie auch noch den letzten Container betreten. Dort waren wie in einer Art Museum Kulissen aus Kinofilmen ausgestellt, die nicht mehr gebraucht wurden. Der Geschäftsführer zeigte ihnen einen riesigen grünen Drachen aus Kunststoff, der in einem Fantasyfilm benutzt worden war und sich durch eine raffinierte Mechanik so steuern ließ, dass man den Eindruck hatte, er würde fliegen. Daneben gab es noch einen künstlichen Felsen mit einem Höhlenlabyrinth, der in einem Abenteuerfilm eine große Rolle gespielt hatte.
Als sie sich gerade ein U-Boot anschauten, kam ein Mitarbeiter vorbei und drückte Herrn Sund ein Manuskript in die Hand. »Hier, Chef, das ist das neue Drehbuch für den Kinderkrimi.«
»Danke«, sagte der Geschäftsführer.
Kims Augen fingen an zu leuchten. »Ich schreibe übrigens auch Krimis«, sagte sie und wurde rot dabei.
»Wirklich?«, fragte Herr Sund. »Das ist ja toll. Dann kannst du später ja vielleicht mal für unseren Sender schreiben.«

Kim wuchs vor Stolz gleich um ein paar Zentimeter. »Ja, vielleicht …« Falls ich später noch Zeit dafür haben werde, dachte sie dabei. Wenn es mit dem Erfolg der drei !!! so weiterging, würde sie wohl doch eher Detektivin und nicht Krimiautorin werden.

Nach einem kleinen Imbiss in der Studio-Kantine war die Führung zu Ende. Franzi hatte den Kopf voller neuer Eindrücke. Kim und Marie ging es ähnlich. Auf der Fahrt zurück ins Hotel quatschten und lachten die drei !!! aufgekratzt durcheinander.

Dann verabschiedeten sie sich von Marco, und Franzi wollte schon durch die Drehtür zum Aufzug gehen.

Da schlug Marie vor: »Kommt, lasst uns gleich shoppen gehen!«

»Warum nicht?«, sagte Kim.

Franzi hatte auch nichts dagegen einzuwenden. Die Einkaufsgutscheine hatten sie in der Tasche, und gestärkt hatten sie sich auch schon. Also liefen sie los in Richtung Zentrum. Die Fußgängerzone war nicht weit, und bald fanden sie das große Kaufhaus, in dem sie die Gutscheine einlösen konnten.

»Wo wollen wir zuerst hin?«, fragte Kim, während sie die Infotafel neben den Rolltreppen studierten.

»In den dritten Stock natürlich«, sagte Marie. »Da gibt es die ganzen tollen Marken.«

»Die *teuren* Marken, meinst du wohl«, verbesserte Franzi.

Marie runzelte die Stirn. »Qualität hat eben ihren Preis.«

Franzi wollte gerade etwas Bissiges erwidern, als Kim dazwischenging.

»Jetzt fangt bloß nicht an zu streiten! Heute wollen wir doch

Spaß haben. Fangen wir einfach bei den Markenklamotten an, und dann sehen wir weiter. Hier findet garantiert jede von uns was.«
Gegen Kims diplomatische Art konnte Franzi nichts ausrichten. Seufzend gab sie nach und fuhr mit den anderen die Rolltreppe hinauf in den dritten Stock. Sofort stürzte Marie sich mit zielsicherem Blick auf ein paar Ständer mit Sommerkleidern. Einige sahen wirklich ganz nett aus.
»Wie findet ihr das?«, fragte sie und hielt ein weich fließendes hellblaues Kleid mit Spaghettiträgern vor ihren Körper.
»Nicht schlecht«, sagte Kim.
Franzi warf einen Blick auf das Preisschild. »Hundertfünfzig Euro??«
»Das ist doch nicht teuer«, sagte Marie.
»Nicht teuer?«, rief Franzi. »Spinnst du? Und was ist mit uns? Denkst du eigentlich immer nur an dich?«
Marie verzog beleidigt den Mund.
»Franzi hat recht«, sagte Kim. »Unsere Einkaufsgutscheine sind leider begrenzt.«
»Dann teilen wir sie eben gerecht durch drei«, schlug Marie vor. »Dann gibt es auch keinen Streit.«
Franzi und Kim sahen sich an und nickten. Mit der Lösung konnten sie gut leben. Schließlich trennten sie sich, damit jede für sich nach etwas Passendem suchen konnte. Franzi verzog sich in die Sportabteilung und fand auf Anhieb ein grünes Skatershirt mit passender Hose dazu. Die Teile waren keine Markenklamotten und sahen trotzdem toll zu ihren roten Haaren aus.
Eine Stunde später saßen die drei !!! in einem Straßencafé

und zeigten sich gegenseitig ihre Einkäufe. Marie hatte doch nicht das teure Sommerkleid genommen, sondern zwei Tops, und Kim hatte sich für einen Jeansrock entschieden.
»Jetzt bin ich aber echt platt«, stöhnte Franzi.
Kim nickte. »Ich auch. Das war ja auch ein ganz schön volles Programm heute. Das restliche Wochenende machen wir einfach gar nichts und erholen uns. Unser letzter Fall war anstrengend genug.«
In dem Moment klingelte Maries Handy. »Ich check nur schnell mal die SMS«, sagte sie. Dann hielt sie ihnen das Handy hin. »Das müsst ihr euch ansehen!«
Neugierig beugten sich Franzi und Kim über das Display.

Hi, Marie!
Ich brauche die Hilfe der drei !!!. Ganz dringend! Mehr kann ich noch nicht sagen. Das wäre viel zu gefährlich. Wir müssen uns so bald wie möglich treffen. Bitte meldet euch!
Sabrina

Franzi grinste. »So viel zum Thema Erholung! Das hört sich ganz nach einem neuen Fall an, oder?«
»Was machen wir denn jetzt?«, fragte Kim. »Wir sind hier in Berlin und kommen erst Sonntagabend zurück.«
»Stimmt«, sagte Marie. »Hoffentlich geht es bei dem Fall nicht um Leben oder Tod. Ich fürchte, wir können erst mal gar nichts machen, außer Sabrina zurückzusimsen.«
»Worauf wartest du dann noch?«, fragte Franzi.
Da tippte Marie drauflos. Ein paar Sekunden später las sie ihnen die SMS vor:

Hallo, Sabrina!
Danke für deine Nachricht! Sind gerade in Berlin und erst am Montag wieder zurück. Hast du Montag Zeit? Um drei Uhr im Café Lomo*?*
Bis bald,
Marie

Das *Café Lomo* war neben ihrem Hauptquartier, einem alten Pferdeschuppen zu Hause bei Franzi, der Lieblingstreffpunkt der drei !!!. Dort konnten sie sich ungestört unterhalten, Zeugen befragen oder in der Lounge abhängen und sich Hörspiele von den drei ??? reinziehen.
»Super«, sagte Kim. »Vielleicht bekommen wir ja bald eine Antwort von Sabrina.«
Tatsächlich mussten sie nicht lange warten. Drei Minuten später klingelte Maries Handy ein zweites Mal, und Sabrina bestätigte das Treffen mit einem kurzen *Alles klar! Bis Montag, Sabrina.*
Offenbar ging es doch nicht um Leben oder Tod, aber trotzdem machte sie es ziemlich dringend.
»Ist das nicht unglaublich?«, sagte Marie. »Die Fälle fliegen uns nur so zu.«
Kim lachte. »Ich kann es auch kaum fassen.«
Da räusperte sich Franzi. »Also, ich finde, es ist höchste Zeit für unseren Schwur.«

Ein neuer Auftrag

Nach der letzten SMS von Sabrina konnte Franzi es kaum noch erwarten, bis sie wieder nach Hause fuhren. Welche Art von Verbrechen würde wohl diesmal auf sie zukommen? Brandstiftung, Bankraub oder vielleicht Sabotage? Diese drei Verbrechen hatten sie bisher zumindest noch nicht gehabt.
Sosehr die Ungeduld auch an ihren Nerven zerrte, es blieb Franzi nichts anderes übrig, als zu warten. Am Sonntag auf der Rückfahrt im Zug hatte sie wenigstens noch Gesellschaft, aber den Montagvormittag in der Schule musste sie ganz alleine durchstehen. Zu dumm, dass Kim in die Parallelklasse ging und Marie auf eine andere Schule!
Doch endlich war es so weit: Nachdem Franzi im Schülerladen ihre Hausaufgaben gemacht hatte, weil es sich für sie nicht lohnte, mittags extra noch mal nach Hause zu fahren, betrat sie um fünf vor drei Uhr das *Café Lomo*. Kim war schon da und winkte ihr von der gemütlichen Sofaecke aus zu. Klar, Kim war wie immer pünktlich. Nichts hasste sie so sehr wie Zuspätkommen – und Lügen.
Franzi ging zu ihr hinüber und ließ sich neben ihr in das weiche Sofapolster fallen. »Hi! Bist du auch so aufgeregt?«
Kim nickte. »Das ist schon meine zweite Cola. War keine gute Idee, die hat mich noch mehr aufgeputscht. Aber für unseren *Kakao Spezial* ist es mir heute zu warm.«
Normalerweise gehörte es zum Ritual, dass die drei !!! einen *Kakao Spezial* mit Vanillearoma bestellten, doch bei den tropischen Temperaturen verzichtete auch Franzi freiwillig da-

rauf. Sie bestellte sich einen O-Saft, und als die Bedienung das Glas brachte, kam endlich auch Marie.
»Sorry!«, entschuldigte sie sich. »Meine Gesangsstunde hat leider so lange gedauert. Und danach musste ich noch schnell ein paar Texte für den nächsten Schauspiel-Workshop kopieren.«
Franzi konnte es langsam nicht mehr hören. Immer musste Marie mit ihren tausend Terminen angeben. Als ob Kim und Franzi in ihrer Freizeit nicht auch einiges um die Ohren hatten. Franzi schluckte ihren Ärger mit O-Saft hinunter und behielt dabei die Tür des Cafés im Auge.
Ein paar ältere Schüler kamen lachend herein, dann ein Mann mit Hut. Franzi überlegte schon, ob Sabrina sich eine falsche Zeit gemerkt hatte, als die Tür ein drittes Mal aufging und ein zierliches Mädchen mit einem braunen Pferdeschwanz das Lokal betrat. Ihre Augen schweiften suchend im Raum umher.
»Ich wette, das ist sie«, sagte Franzi und stand auf. »Ich geh sie mal holen. – Sabrina?«, sprach sie das Mädchen an.
»Ja!«, sagte Sabrina und strahlte. »Und du bist …«
»Franziska«, antwortete Franzi. »Aber du kannst mich gern Franzi nennen. Komm mit, da drüben sitzen die beiden anderen von unserem Detektivclub.« Sabrina folgte ihr dicht auf den Fersen.
Während Franzi Kim und Marie vorstellte, prägte sich Kim automatisch Sabrinas Personenbeschreibung ein: Sie war etwa 155 cm groß, zierlich, hatte braune Haare, braune Augen und war vermutlich nicht älter als zehn Jahre.
»Setz dich doch!«, sagte sie dann.
Sabrina nahm auf einem knautschigen Sessel gegenüber vom

Sofa Platz. Sie strahlte immer noch über das ganze Gesicht. »Ich kann es noch gar nicht richtig glauben! Ihr seid wirklich die drei !!!?«
Marie zog die linke Augenbraue hoch. »Ja, wieso?«
»Ich hab schon so viel von euch gehört«, sagte Sabrina. »Ihr habt damals die Chatbetrüger gefasst und beim Casting-Fall ermittelt, oder?«
Kim lächelte. »Ja, genau.«
»Wahnsinn!«, rief Sabrina. »Ich finde euren Detektivclub so toll!«
Langsam ging Franzi Sabrinas Geschwätz auf die Nerven. Konnte sie nicht endlich mal zum Punkt kommen?
»Jetzt wollt ihr sicher wissen, woher ich Maries Handynummer habe, oder?«, fragte Sabrina und redete gleich weiter. »Also, die hat mir Ines gegeben, meine große Schwester. Vielleicht erinnert ihr euch ja an sie. Sie war damals auch beim Musik-Casting dabei, ist aber in der zweiten Runde ausgeschieden.« Franzi konnte sich an den Namen nicht erinnern. Bei diesem Casting waren so viele Mädchen gewesen. Fragend sah sie Kim und Marie an, doch die zuckten auch nur ratlos mit den Schultern.
»Wie auch immer«, plapperte Sabrina weiter. »Jedenfalls hat Ines damals eine Visitenkarte von euch ergattert und aufgehoben, für alle Fälle. Und stellt euch vor, sie hat sie mir sogar geschenkt! Ich trage sie immer bei mir, hier in meiner Geldbörse.« Zum Beweis zog sie eine zerknitterte Karte heraus und hielt sie den Detektivinnen triumphierend hin.
Franzi stöhnte innerlich. Den Text der Karte kannte sie auswendig, deshalb warf sie nur einen flüchtigen Blick darauf.

»Sehr schön«, sagte Franzi so geduldig wie möglich. »Und worum geht es? Deine SMS klang ja ziemlich dringend.«
Sabrina beugte sich im Sessel vor und flüsterte: »Der Fall *ist* auch sehr dringend.«
Neugierig beugten sich Kim, Marie und Franzi auch vor.
Sabrina redete weiter im Flüsterton: »Es geht um meine Katze, Samtpfote. Sie ist verschwunden, seit Freitagnachmittag.«
»Also seit vier Tagen«, kombinierte Kim und holte ein schon etwas abgegriffenes Heft aus ihrem Rucksack, das sie als Detektivtagebuch für unterwegs benutzte.
Franzi konnte ihre Enttäuschung kaum verbergen. Es ging also nur um eine verschwundene Katze? Und deshalb machte Sabrina so einen Aufstand?
»Katzen streunen ab und zu schon mal herum«, sagte sie. Das wusste sie aus eigener Erfahrung, weil sie früher selber eine Katze gehabt hatte.
Marie hatte offenbar an dasselbe gedacht. »Ist Samtpfote früher auch schon mal weggelaufen?«
Sabrina überlegte. »Nur ein einziges Mal, aber da war sie nur eine Nacht weg und ist gleich am Morgen wiedergekommen, mit einer fetten Maus im Maul, die hat noch gezappelt.«
Kim verzog angewidert das Gesicht und versuchte sich schnell auf ihre nächste Frage zu konzentrieren. »Und jetzt vermutest du, dass sie nicht einfach weggelaufen ist, sondern gestohlen wurde?«
»Ja, genau«, sagte Sabrina. »Und ich hab auch schon einen Verdacht, wer es gewesen sein könnte.«

»Echt?«, fragte Franzi. »Wer denn?«
Sabrinas Stimme wurde noch leiser. »In der Zeitung stand neulich ein Artikel über eine Verbrecherbande, die ganz gemeine Tierversuche macht und dafür Katzen, Hunde und andere Haustiere stiehlt, sogar am helllichten Tag!«
»Stand in dem Artikel auch zufällig, wo die Bande gerade unterwegs ist?«, wollte Marie wissen.
Sabrina nickte. »Das ist ja das Schlimme: Sie sind in unserer Stadt!«
Franzi zuckte zusammen. Tierversuche, hier in der Stadt? Das war ja schrecklich! Wenn die Bande sich nun nicht nur auf die Innenstadt beschränkte, sondern auch am Stadtrand herumtrieb? Sie durfte gar nicht daran denken, wenn sie auch zu ihr nach Hause kämen und ihr Pony Tinka stehlen würden oder ihr Huhn Polly!
»Hast du den Artikel dabei?«, fragte sie und spürte, dass ihr Mund ganz trocken geworden war.
»Ja, hab ich«, sagte Sabrina und holte aus ihrer Tasche eine zusammengefaltete Zeitungsseite heraus.
Bevor sie sie auffaltete, sah sie sich erst um, ob keine verdächtigen Personen in der Nähe waren. Doch die Gäste waren weit genug weg und alle in angeregte Gespräche vertieft. Zögernd breitete Sabrina schließlich den Zeitungsartikel auf dem Couchtisch aus.
Die drei !!! rückten auf dem Sofa zusammen und beugten sich gespannt darüber.

»So eine Gemeinheit!«, sagte Franzi wütend. »Tierversuche sind wirklich das Allerletzte.«

»Finde ich auch«, stimmte Marie zu. »Jetzt verstehe ich, warum du so beunruhigt bist.«
Sabrinas Augen füllten sich mit Tränen. »Sie dürfen Samtpfote nichts tun, das dürfen sie einfach nicht!«
Kim legte tröstend einen Arm um Sabrinas Schulter. »Keine Angst! Wir werden dafür sorgen, dass die Täter so bald wie möglich gefasst werden. Und wer weiß? Vielleicht haben sie Samtpfote ja gar nicht in ihrer Gewalt? Vielleicht streunt sie diesmal wirklich besonders lange herum.«
Sabrina wischte sich die Tränen aus den Augen. »Glaub ich nicht …«
Das hielt Franzi allerdings auch für ziemlich unwahrscheinlich.
»Heißt das, ihr übernehmt den Fall?«, fragte Sabrina.
Franzi wechselte einen kurzen Blick mit Kim und Marie. Das genügte. Sie brauchten sich nicht lange mit Worten abzustimmen.
»Natürlich, Sabrina«, sagte Marie. »Wir übernehmen den Fall. Du kannst dich auf uns verlassen.«
Sabrina schniefte, dann lächelte sie wieder. »Super! Ich wusste, dass ihr mich nicht im Stich lassen würdet.«
»Okay«, sagte Kim. »Dann brauchen wir noch ein paar wichtige Angaben von dir. Wann ist der Artikel in der Zeitung erschienen?«
»Vorgestern«, sagte Sabrina und faltete den Artikel schnell wieder zusammen.
»Das heißt, die Bande könnte durchaus für die Tat infrage kommen«, folgerte Marie.
»Allerdings«, sagte Franzi und ballte ihre Faust. Sie freute sich

jetzt schon darauf, wenn diese gemeinen Kerle endlich hinter Gittern saßen.
»Kannst du uns deine Katze genau beschreiben?«, fragte Kim.
»Klar«, sagte Sabrina. »Samtpfote ist drei Jahre alt und schwarz-weiß gefleckt. Die weißen Flecken sind größer als die schwarzen. Auf der Stirn hat sie ein kleines weißes Dreieck, und die Pfoten sind schwarz.«
Kim kritzelte alles mit. »Vielen Dank.«
»Hat sie ein Halsband um?«, fiel Franzi noch ein.
Sabrina schüttelte den Kopf. »Nein, das würde sie doch einengen. Samtpfote ist schließlich kein Hund!«
»Alles klar«, sagte Kim. »Wir werden natürlich noch zu Hause bei dir vorbeischauen und nach verdächtigen Spuren im Garten und im Haus suchen.«
»Toll!«, sagte Sabrina. »Wann wollt ihr denn kommen?«
»Am besten gleich morgen«, sagte Marie. »Wieder um drei Uhr?«
»Lieber um fünf«, sagte Sabrina. »Vorher habe ich nämlich Klavierstunde.«
Um fünf hatten alle Zeit, sogar die viel beschäftigte Marie.
»Also noch mal tausend Dank!«, sagte Sabrina und stand auf. »Ich freu mich schon total auf morgen.«
»Wir auch«, sagte Kim.
Franzi wartete, bis Sabrina außer Hörweite war, dann stöhnte sie auf. »Die Sache mit ihrer Katze tut mir ja total leid, aber findet ihr Sabrina auch so nervig?«
»Nee, wieso?«, sagte Marie, während sie ihre frisch lackierten Fingernägel betrachtete. »Sie ist doch nett.«

»Was meinst du dazu?«, fragte Franzi und hoffte auf Kims Unterstützung.
Doch die antwortete nicht, sondern starrte mit offenem Mund zur Tür. Franzi folgte ihrem Blick, und noch bevor sie ihn erkannte, wusste sie, wer es war: Es gab nur einen Menschen, der Kims glasklaren Verstand außer Kraft setzen konnte, und das war Michi Millbrandt. Kim hatte sich gleich bei ihrem ersten Fall Hals über Kopf in ihn verliebt und freute sich jedes Mal wie verrückt, wenn er den drei !!! bei ihren Ermittlungen half.
Jetzt hatte Michi die Detektivinnen auch gesehen und kam auf sie zu. »Hallo!«, sagte er und lächelte in die Runde.
Kim lächelte zurück und versank in seinen blaugrünen Augen.
»Was macht ihr denn hier?«, fragte Michi. »Sagt bloß, ihr habt schon wieder einen neuen Fall!« Er sah Kim dabei an, doch die brachte kein Wort heraus.
Franzi grinste. »Du hast es erraten.«

Das Skaterfest

Als Franzi eine halbe Stunde später nach Hause radelte, musste sie immer noch grinsen. Wetten, dass Kim sich jetzt sofort an ihren Computer setzte und jedes Lächeln, jeden Blick von Michi in ihrem geheimen Tagebuch, das sie neben dem Detektivtagebuch führte, festhielt?
Tatsächlich traf Franzi mit ihren Vermutungen genau ins Schwarze.

Geheimes Tagebuch von Kim Jülich
Montag, 16:57 Uhr
Warnung: Hände weg von meinem Tagebuch! Dies gilt besonders für die beiden Oberspione Ben und Lukas!
Heute habe ich Michi endlich wiedergesehen! Mein Herz hat wie verrückt geklopft. Hoffentlich hat er es nicht gemerkt! Obwohl ich ihn jetzt schon eine Weile kenne, bin ich immer noch so verliebt in ihn wie am ersten Tag. Er ist zwar nur kurz bei uns geblieben, weil er im Café mit einem Freund verabredet war. Trotzdem hat er sich zu uns aufs Sofa gesetzt, rechts neben mich. Zu viert war es so eng, dass unsere Beine sich berührt haben und einmal auch kurz unsere Arme. Ich hab den Flaum seiner Haare gespürt, sie waren ganz weich und warm!
Wenn ich nur endlich wüsste, ob er mich auch mag oder nicht! Ich werde noch wahnsinnig und überlege dauernd, was ich machen soll. Das Schlimme ist: Eigentlich kann ich gar nichts tun, nur warten. Und Warten ist leider eine meiner stärksten Schwächen.

Ach, Michi! Wenigstens weißt du jetzt Bescheid, dass wir einen neuen Fall haben. Ich werde dich auf dem Laufenden halten und dafür sorgen, dass du uns irgendwie helfen kannst. Mal sehen. Ich kann es kaum erwarten!!!

Detektivtagebuch von Kim Jülich

Montag, 17:26 Uhr

Es ist so weit: Wir haben unseren nächsten Fall! Sieben ist meine persönliche Glückszahl, und ich bin fest davon überzeugt, dass wir auch dieses Mal Erfolg mit unseren Ermittlungen haben werden. Langsam spricht sich unser Detektivclub herum. Solange es sich noch um Mundpropaganda handelt, ist es völlig okay. Aber Sabrina scheint ja ein echter Fan von uns zu sein. Als sie uns so viele Komplimente gemacht hat, bin ich mir fast wie ein Star vorgekommen. Kim Jülich, die vielversprechende Nachwuchsdetektivin! Klingt gut, oder? Natürlich sind Marie und Franzi mindestens genauso tolle Detektivinnen.

Genug geträumt, zurück zu den Tatsachen! Das ist momentan der Stand der Dinge:

Die Tat: Tierdiebstahl und vermutlich Verkauf des Opfers an ein Tierversuchslabor.

Das Opfer: eine Katze, Name: Samtpfote, 3 Jahre, schwarz-weiß gefleckt, weiße Flecken größer als schwarze, kleines weißes Dreieck auf der Stirn, schwarze Pfoten.

Die Tatverdächtigen: eine Bande von Tierfängern, die bereits mehrere Tiere auf dem Gewissen hat und polizeilich gesucht wird.

Die nächsten Schritte: Inspizierung des Tatorts (morgen um 17 Uhr); Befragung der Nachbarn, ob sie auch bereits ein Haustier vermissen.

Noch zu klären: Sollen wir Kommissar Peters, den Freund von Maries Vater, jetzt schon informieren, dass wir an dem Fall dran sind? Verschieben, bis wir die ersten Beweise gesammelt haben?

Zehn Kilometer von Kim entfernt saß Franzi zur selben Zeit auch am Computer. Allerdings schrieb sie kein Tagebuch, sondern surfte im Internet. Sie chattete mal wieder ein bisschen auf ihren Lieblingsseiten, die vor allem von Sportlern und Skaterfreunden frequentiert wurden. Danach schaute sie kurz auf der Homepage der Stadt vorbei, ob in nächster Zeit irgendeine Blade Night geplant war. Leider konnte sie keinen Eintrag finden. Gerade als sie die Seite wieder verlassen wollte, entdeckte sie plötzlich einen interessanten Veranstaltungshinweis.

Skaterfest
Die neue Skateranlage im Schillerpark ist nach einigen Bauverzögerungen endlich fertig geworden! Sie verfügt über eine Halfpipe, mehrere kleinere Rampen und eine große Snake, eine schlangenförmig gewundene Betonwanne, die offiziell zum Sprühen freigegeben wurde. Am Dienstag um 14 Uhr wird der Skatepark feierlich eingeweiht. Sogar der Bürgermeister hat seinen Besuch angekündigt. Im Anschluss an die Einweihung gibt es ein großes Skaterfest. Für Getränke ist gesorgt. Der Eintritt ist frei!
Also nichts wie los, Inliner, Skateboard und gute Laune mitbringen und mitfeiern!

Sofort fingen Franzis Beine an zu kribbeln. Ein neuer Skatepark ganz in ihrer Nähe, der schon morgen eingeweiht

wurde? Da musste sie unbedingt hin. Die Zeit war auch ideal, bis zum Treffen mit Sabrina konnte sie in aller Ruhe alle Rampen ausprobieren. Aber warum sollte sie eigentlich alleine dort hingehen?
Schnell griff sie zum Handy und simste Kim und Marie den Termin und fragte, ob sie Lust hatten, mitzukommen. Beide antworteten gleich und sagten zu. Besser konnte es gar nicht sein. Das würde morgen der perfekte Tag werden!

Franzi holte Schwung und fuhr in die Snake hinein. Die Betonwanne war schön glatt und richtig lang. In eleganten Schlangenlinien passte sich Franzi der Bahn an und bremste am Ende mit einem Powerslide ab, um die Richtung zu wechseln.
»Bravo, Franzi!«, rief ihr plötzlich jemand zu. »Du siehst super aus.«
Franzi reckte den Kopf und entdeckte Sabrina, die mit einer Digitalkamera in der Hand am Rand der Snake stand.
Franzi verließ die Bahn und fuhr zu Sabrina hin. »Was machst du denn hier? Hast du nicht Klavierstunde?«
»Die ist zum Glück ausgefallen«, antwortete Sabrina, während sie schnell noch eine Nahaufnahme von Franzi schoss. »Sonst würde ich das alles hier verpassen.«
»Stimmt«, sagte Franzi und sah sich um.
Inzwischen hatte sich der Skatepark gut gefüllt. Jede Menge Kids zwischen acht und achtzehn Jahren drängten sich mit ihren Skateboards und Inlinern auf den Rampen und kreischten vor Vergnügen. Darunter waren ein paar richtige Cracks, die scheinbar mühelos die schwierigsten Sprünge hinlegten.

Die Eltern und andere Neugierige über achtzehn hielten sich lieber am Rand der Bahnen auf und sahen aus gebührender Entfernung mit einer Mischung aus Bewunderung, Neid und Angst zu.
»Kommen Kim und Marie auch?«, fragte Sabrina.
»Ja«, antwortete Franzi. »Eigentlich müssten sie längst hier sein.«
Sabrinas Augen leuchteten vor Vorfreude. »Toll!«
Franzi runzelte die Stirn. Sie hatte keine große Lust dazu, diesen Nachmittag zu viert mit einem nervigen Fan als Klette zu verbringen. Sie wollte ungestört mit Kim und Marie quatschen und überlegte fieberhaft, wie sie Sabrina am geschicktesten abwimmeln konnte.
Endlich fiel ihr etwas ein. »Äh, weißt du, sei mir nicht böse, aber wir trennen grundsätzlich Privates und Geschäftliches. Ist ein Prinzip unserer Detektivarbeit.«
Sofort nickte Sabrina verständnisvoll. »Versteh ich total. Ihr seid schließlich echte Profis. Keine Angst, ich stör euch nicht. Ich will nur noch ein Foto von euch dreien machen. Geht das?«
»Hmm, klar«, sagte Franzi, die Sabrina den Wunsch schlecht abschlagen konnte.
Gemeinsam warteten sie auf Kim und Marie. Zum Glück tauchten sie bald auf. Kim trug ganz normale Jeans und ein T-Shirt, Marie dagegen hatte sich perfekt gestylt, mit einem ihrer neuen Tops und einem bestickten türkisfarbenen Rock. Anscheinend hatte sie nicht vor, sich körperlich zu verausgaben, obwohl sie zu Hause neben ihren vielen anderen Sport-Outfits auch eine komplette Skaterausrüstung hatte, die sie allerdings so gut wie nie benutzte.

»Hallo, Kim, hallo, Marie!«, begrüßte Sabrina die zwei. »Habt ihr kurz Zeit für ein Gruppenfoto?«
»Natürlich«, sagte Marie, ordnete schnell ihre langen blonden Haare und warf sich in Pose. Franzi und Kim stellten sich dazu.
»Sehr schön«, sagte Sabrina. »Und jetzt bitte alle mal lächeln, cheese!« Dann knipste sie drauflos.
Franzi verzog ihr Gesicht zu einem schiefen Grinsen. »Bist du fertig?«, fragte sie genervt.
»Ja, gleich«, sagte Sabrina und knipste weiter. Endlich war sie zufrieden. »Tausend Dank! Jetzt stör ich euch auch nicht mehr.«
Na hoffentlich, dachte Franzi. Sabrina verschwand tatsächlich und ging zu einer Gruppe junger Mädchen aus ihrer Klasse.
Franzi stöhnte. »Ich dachte schon, sie geht gar nicht mehr.«
»Wieso?«, fragte Kim. »Sie ist doch total nett.«
»Ich versteh auch nicht, was du hast«, sagte Marie und warf ihre Haare mit einem Schwung nach hinten.
Franzi hatte keine Lust, das Thema weiter zu vertiefen. Stattdessen zeigte sie auf Maries Rock. »In den Klamotten kannst du aber nicht auf die Halfpipe. Da verhedderst du dich ja sofort in deinem Rock.«
»Wer sagt denn, dass ich auf die Halfpipe will?«, meinte Marie und scannte die Umgebung. »Hier gibt es doch genug süße Jungs, denen man zuschauen kann.«
Kim grinste. »Und ich dachte, du stehst nur auf Stefan?«
Marie wurde rot unter ihrem sorgfältig aufgetragenen Make-up. »Man wird sich doch mal umsehen dürfen, einfach nur so.«

Also war Marie immer noch in Stefan verliebt, obwohl Franzis großer Bruder schon achtzehn war und viel ältere Freundinnen hatte. Zurzeit war er allerdings mal wieder solo.
Schnell sagte Marie: »Du siehst aber auch toll aus heute, Franzi. Das neue Skater-Outfit steht dir echt gut.«
»Danke«, sagte Franzi und fuhr sich durch ihre roten Haare. Der Einkaufsbummel in Berlin hatte sich gelohnt. Als ob sie geahnt hätte, dass sie die neuen Sachen gleich brauchen würde.
»Gibt es hier eigentlich auch was zu essen?«, fragte Kim.
Franzi lachte. »Klar, da vorne ist ein Stand mit Eis. Damit dein Zuckerspiegel nicht dramatisch absinkt.«
»Ich spendier eine Runde Eis«, sagte Marie.
Das wieder mochte Franzi an ihrer Freundin: Sie war nie geizig und teilte ihr Taschengeld großzügig.
Die drei !!! holten sich am Eisstand drei Waffeln. Dann schlenderten sie genüsslich schleckend auf dem Gelände herum, das heißt, Marie und Kim schlenderten, und Franzi fuhr auf ihren Inlinern lässig nebenher.
»Der Park ist ja riesig«, staunte Kim. »Ich wusste gar nicht, dass es so viele verschiedene Rampen gibt.«
»Klar«, sagte Franzi und erklärte ihren Freundinnen, die leider beide nicht besonders gut skaten konnten, im Schnelldurchlauf die Vor- und Nachteile der einzelnen Rampen.
Marie zwinkerte ihr zu. »So, wie ich dich kenne, wirst du dich jetzt jeden Tag hier herumtreiben, oder?«
»Warum nicht?«, meinte Franzi.
Kim versetzte ihr einen halb spielerisch, halb ernst gemeinten

Stoß in die Rippen. »Untersteh dich, wir brauchen dich für unseren neuen Fall!«

»Keine Panik!«, beruhigte Franzi ihre Freundinnen. »Unsere Ermittlungen gehen natürlich immer vor.«

Aber als sie noch mal einen Blick auf die Halfpipe warf und einem Mädchen bei einem sensationellen Air mit ihrem Board zusah, war sie sich da nicht mehr ganz so sicher. Warum musste man im Leben eigentlich immer Prioritäten setzen?

Haustiere in Gefahr

Zumindest für den heutigen Tag hatte Franzi genug Skateparkluft geschnuppert. Jetzt war sie mindestens genauso gespannt wie die anderen auf den neuen Tatort.
Sabrina wohnte in einem Neubaugebiet etwas außerhalb vom Zentrum. Da Franzi sowieso ihre Inliner anhatte, konnte sie die Strecke gleich mit einer zusätzlichen Sporteinheit verbinden. Auf Skates kam sie sogar noch schneller als Kim und Marie voran, die auf ihren Rädern unterwegs waren, und erreichte als Erste das Ziel.
Sabrinas Haus war das zweite Haus einer Reihe von weißen Doppelhaushälften mit blau gestrichenen Balkonen. Franzi tauschte ihre Inliner gegen die Sportschuhe, die sie im Rucksack bei sich hatte. Dann lugte sie unauffällig über den Zaun in den Vorgarten. Der Rasen war ziemlich hoch und ein wenig verwildert. Zwischen dem Grün leuchteten Inseln von Sommerblumen hervor. Zwei Kastanienbäume standen nebeneinander und hatten genau den richtigen Abstand für eine Hängematte, die sanft im Wind hin- und herschaukelte. Der eine Stamm hatte deutliche Kratzspuren.
»Hey, träumst du?«, fragte plötzlich Kim hinter ihr.
Franzi hatte sie und Marie gar nicht kommen hören.
»Nee«, sagte sie, »ich hab mir nur schon mal den Tatort ein bisschen angeschaut.«
»Und? Ist dir irgendwas aufgefallen?«, fragte Marie.
Franzi nickte. »Ja, hier, die Kratzspuren an der Kastanie. Die stammen bestimmt von Samtpfote.«

»Stimmt«, sagte Kim. »Den Garten werden wir noch genauer inspizieren. Aber zunächst mal schlage ich vor, dass wir klingeln und uns die Wohnung vornehmen.«
Gesagt, getan. Sie betraten den Vorgarten, und Franzi drückte auf den Klingelknopf. Sofort ging die Tür auf, und Sabrina stand da. Anscheinend hatte sie die drei !!! schon vom Fenster aus gesehen.
»Hallo!«, sagte sie. »Toll, dass ihr da seid. Kommt rein.«
»Danke«, sagte Kim. »Wo hat deine Katze denn ihren Schlafplatz?«
Sabrina zeigte zur Treppe. »Oben, in meinem Zimmer.«
Die drei !!! folgten ihr hinauf in den ersten Stock. Genau wie der Vorgarten war auch das Haus ein bisschen unordentlich. Die Garderobe quoll fast über vor lauter Jacken, über dem Treppengeländer hingen diverse Klamotten, und auf dem Parkett im oberen Flur tanzten Wollmäuse.
Sabrina führte sie zum letzten Raum auf der linken Seite und machte eine einladende Handbewegung. »Herzlich willkommen! Hier ist mein Reich.«
Sabrinas Zimmer war im Gegensatz zum übrigen Haus sehr ordentlich: Das Bett war gemacht und mit einer geblümten Tagesdecke versehen, die dunkelblauen Sitzkissen im Kreis auf dem sauberen Teppich angeordnet und der Schreibtisch bis auf den Computer leer geräumt. Wahrscheinlich hatte Sabrina vorher extra aufgeräumt, vermutete Franzi. Das war natürlich schlecht, falls die Tierfänger ins Haus eingedrungen waren und die Katze dort mitgenommen hatten.
Während sich die Detektivinnen im Zimmer umsahen, ging Sabrina zu ihrem Computer. »Ich muss euch unbedingt die

Fotos zeigen, die ich im Skatepark von euch gemacht habe. Die sind super geworden.«

Dabei klickte sie mit der Maus auf ihren Bilder-Ordner und öffnete eine große Datei mit Fotos.

»Können wir das nicht später machen?«, fragte Franzi.

Doch Marie und Kim hingen bereits am Computer.

»Wow!«, rief Marie. »Du hast ja richtig viele Bilder gemacht.«

»Das da gefällt mir besonders gut«, sagte Kim. »Da lachen wir alle drei.«

Marie schüttelte den Kopf. »Nein, da fällt das Licht so komisch auf mein Kinn. Das Foto links daneben ist viel besser. Da glänzen meine Haare auch schöner.«

Franzi verdrehte die Augen. Das durfte doch nicht wahr sein! Waren sie jetzt Models oder Detektivinnen?

»Ähem …«, räusperte sie sich laut. »Ich will ja nicht drängeln, aber wir sollten langsam mit unserer Detektivarbeit anfangen.«

Ein bisschen schuldbewusst drehte Kim sich zu ihr um. »Stimmt, du hast recht.«

Marie dagegen konnte sich kaum von den Fotos lösen. »Schickst du mir das da als Dateianhang?«

»Klar«, sagte Sabrina und notierte sich die Nummer.

Endlich hatte sich auch Marie wieder an den eigentlichen Grund ihres Besuchs erinnert. »Okay«, sagte sie. »Dann wollen wir mal loslegen.«

Sie setzten sich auf die Sitzkissen, und Sabrina bot ihnen Cola und Kekse an. Kim schnappte sich einen Schokoladenkeks. Dann zückte sie ihren Kugelschreiber und das Detektivtagebuch. »Zuerst haben wir noch ein paar Fragen an dich.«

»Gern«, sagte Sabrina. »Schießt los.«
»Wann genau hast du Samtpfote das letzte Mal gesehen?«, fing Kim an.
»Wartet«, sagte Sabrina. »Das war Freitag so gegen halb eins. Da hab ich ihr das Fressen hingestellt.«
»Wo?«, hakte Franzi nach.
»Unten in der Küche«, antwortete Sabrina. »Da stehen ihr Fressnapf und ihre Wasserschale. Ich zeig es euch gleich nachher.«
Während Kim eifrig in ihr Tagebuch kritzelte, fragte Marie gleich weiter: »Sie hat also noch gefressen. Was hat sie danach gemacht?«
»Danach hab ich sie hinaus in den Garten gelassen«, erzählte Sabrina. »Es war so schönes Wetter, und sie konnte es kaum erwarten, an die frische Luft zu kommen. Sie ist über den Zaun gesprungen und war sofort weg.«
Franzi fasste noch mal zusammen: »Das heißt, du hast selbst gesehen, wie sie den Garten verlassen hat?«
Sabrina nickte. »Ja. Zu dem Zeitpunkt hatte ich leider noch nicht den Zeitungsartikel gelesen, sonst hätte ich sie natürlich zurückgehalten. Aber ich hab mir nichts dabei gedacht.«
Kim seufzte. »Verstehe. Das konntest du ja wirklich nicht ahnen. Und ab da ist sie nicht mehr zurückgekommen?«
»Nein«, sagte Sabrina und holte ein gerahmtes Foto von ihrem Nachttisch. »Das ist Samtpfote. Ist sie nicht süß?«
»Sehr süß«, bestätigte Marie.
Sabrina hatte wieder Tränen in den Augen. »Um sechs Uhr abends hab ich sie zum ersten Mal gerufen, aber sie ist nicht gekommen. Danach bin ich immer wieder rausgegangen und

hab sie angelockt – umsonst. Als sie am Samstagmittag noch nicht zurück war, hab ich mir richtig Sorgen gemacht. Nachmittags hab ich euch dann die SMS geschickt.«

Franzi rekapitulierte schnell im Kopf die Fakten. »Nur um ganz sicherzugehen«, sagte sie dann, »bei euch wurde also nicht eingebrochen? Ich meine, die Täter sind weder in euren Garten noch ins Haus eingedrungen und haben die Katze nicht von eurem Grundstück aus entführt?«

»Nein«, sagte Sabrina. »Bei uns waren keine Einbrecher.«

Kim hatte verstanden, worauf Franzi hinauswollte. »Hmm, dann macht es auch wenig Sinn, im Haus und im Garten nach verdächtigen Fingerabdrücken zu suchen. Schade, ich hab nämlich extra unser Fingerabdruckset mitgenommen.«

Inzwischen besaßen die drei !!! eine richtig professionelle Detektivausrüstung: Neben dem Fingerabdruckset hatten sie unter anderem Gips zum Abnehmen von Reifen- und Fußspuren, ihre Fotohandys, Lupen, Taschenlampen und eine Digitalkamera. Aber das mit Abstand wertvollste Teil war ein Aufnahmegerät mit Richtmikrofon.

»Ja, das ist wirklich schade«, sagte Marie. »Trotzdem sollten wir auf jeden Fall das Foto von Samtpfote mitnehmen und ein Haar von ihrem Fell, falls wir später einen DNA-Vergleich durchführen müssen.«

Sabrina hing bewundernd an Maries Lippen. »DNA-Vergleich … Toll! Macht ihr so was selber?«

»Nein«, sagte Franzi. »Für solche Dinge ziehen wir Kommissar Peters hinzu, einen Freund von uns. Er arbeitet im Polizeipräsidium und kann im Labor Fingerabdrücke und sonstige Proben überprüfen lassen.«

»Aber ich habe kein Haar von Samtpfote«, fiel Sabrina plötzlich ein.
Kim beruhigte sie: »Kein Problem, hier ist ja das Katzenkörbchen. Auf der Decke sind bestimmt jede Menge Haare.«
»Stimmt«, sagte Sabrina und schlug sich mit der Hand gegen die Stirn.
»Wenn du nichts dagegen hast, würden wir zwei, drei Haare mitnehmen«, sagte Kim, höflich wie immer.
Sabrina nickte eifrig. »Natürlich. Darf ich euch dabei zusehen?«
»Klar«, sagte Franzi.
Kim machte ihren Rucksack auf und holte ein kleines Plastiktütchen und eine Pinzette heraus. Inzwischen zog sich Marie dünne Gummihandschuhe an. Kim gab Marie die Pinzette, Franzi hielt das Tütchen auf, und Marie fischte vorsichtig zwei weiße Haare und ein schwarzes von der Decke des Katzenkörbchens. Nachdem sie sie in das Plastiktütchen gesteckt hatte, machte Franzi sorgfältig den Verschluss zu. Danach schoss Kim noch ein paar Fotos von Sabrinas Zimmer, vor allem vom Katzenkörbchen.
»So, das war's auch schon«, sagte sie und verstaute die Tüte an einem sicheren Platz in der Außentasche ihres Rucksacks.
Sabrina hatte alle Bewegungen gespannt verfolgt. »Und was macht ihr jetzt? Ich meine, wie geht es weiter mit den Ermittlungen?«
»Wir befragen die Nachbarn«, sagte Marie. »Vielleicht vermissen sie ja auch ein Haustier. Hast du sie schon selbst gefragt?«

Sabrina schüttelte den Kopf. »Nein, daran hab ich noch gar nicht gedacht.«
Franzi stand auf. »Siehst du, dafür sind wir ja da.«
»Ihr wollt schon gehen?«, fragte Sabrina enttäuscht.
Schon?, dachte Franzi. Sabrina war wirklich anhänglich. Wahrscheinlich hätte sie die drei !!! am liebsten Tag und Nacht bei ihren Ermittlungen begleitet.
»Ja«, sagte Franzi energisch. »Wir haben noch viel zu tun.«
Marie stand auch auf, und Kim schnappte sich noch schnell den letzten Keks aus der Schale. »Danke für alles«, sagte sie.
Marie grinste. »Ja, danke auch für die Fotos. Ich freu mich schon, wenn du mir mein Lieblingsfoto schickst. Die E-Mail-Adresse hast du ja, sie steht hinten auf unserer Visitenkarte.«
»Ja, ich weiß«, sagte Sabrina. »Vergesst nicht das Foto von Samtpfote.« Sie öffnete den Bilderrahmen, nahm es vorsichtig heraus und gab es Marie. »Und wann sehen wir uns wieder?«
»Wir melden uns bei dir«, sagte Franzi.
Marie steckte das Foto in ihre hintere Hosentasche. Dann verließen die drei !!! das Zimmer. Sabrina begleitete sie extra noch nach unten und zeigte ihnen in der Küche den Fressnapf der Katze. Zur Sicherheit fotografierte Kim ihn mit ihrem Handy.
Als Sabrina sich mehrfach von ihnen verabschiedet hatte und sie endlich gehen ließ, atmete Franzi auf. So eine anstrengende Auftraggeberin hatten sie in ihrer bisherigen Detektivlaufbahn noch nie gehabt. Das waren also die Nachteile,

wenn man ein berühmter Detektivclub geworden war und sich mit Fans herumschlagen musste!
»Endlich sind wir sie los!«, rief sie erleichtert.
Marie und Kim sahen sie verwundert an.
»Was hast du eigentlich gegen Sabrina?«, wollte Kim wissen. »Warum bist du die ganze Zeit so genervt?«
Franzi tippte sich an die Stirn. »Warum? Sie hängt wie eine Klette an uns dran, und du fragst noch, warum?«
»Ich versteh dich auch nicht«, sagte Marie. »Sei doch froh, dass sie unsere Arbeit toll findet und uns vertraut.«
»Das bin ich ja auch«, räumte Franzi ein. »Trotzdem, sie schleimt einfach zu sehr. Das ist doch unerträglich. Ich kann Schleimer nicht ausstehen.«
Kim und Marie zuckten nur verständnislos mit den Schultern. Franzi gab es auf, sie von ihrer Meinung überzeugen zu wollen. Wenn sie sich unbedingt von Sabrinas Komplimenten einwickeln lassen wollten, bitte! Sie jedenfalls war immun dagegen und ließ sich dadurch nicht ihren analytischen Verstand benebeln.
»Okay«, sagte sie schließlich. »Dann mal auf zu den Nachbarn!«
Sie entschieden sich, es zunächst beim ersten Haus in der Straße zu versuchen. Der Vorgarten dort war das glatte Gegenteil des Gartens um Sabrinas Haus daneben. Der Rasen war ultrakurz getrimmt, als ob die Besitzer jeden Tag Golf darauf spielen würden, und die Büsche mit ihren kugeligen Formen sahen aus wie in einer französischen Parkanlage.
Auf ihr Läuten hin rührte sich lange nichts. Erst als Marie

ein zweites Mal auf den Klingelknopf drückte, wurde die Tür einen Spaltbreit geöffnet.
Eine ältere Frau in einer roten Strickweste machte auf und sagte unfreundlich: »Wir kaufen nichts.«
»Wir wollen auch gar nichts verkaufen«, sagte Franzi schnell, bevor die Frau die Tür wieder zumachen konnte. »Wir haben nur eine kurze Frage an Sie.«
Misstrauisch machte die Frau die Tür ein kleines Stück weiter auf. »Was wollt ihr denn wissen?«
»Vermissen Sie zufällig einen Hund oder eine Katze?«, fragte Kim. »Oder ein anderes Haustier?«
»Haustiere?«, wiederholte die Frau. Ihre Stimme wurde plötzlich schrill. »Die machen alles dreckig. Nein, Haustiere kommen mir hier nicht herein!« Damit schlug sie ihnen die Tür vor der Nase zu.
»Sehr freundlich von Ihnen«, murmelte Marie.
Franzi kicherte. »Falls die Tierfänger hier gewesen sind, hat die Frau sie mit Sicherheit in die Flucht geschlagen.«
»Kommt, lasst uns beim nächsten Nachbarn fragen«, schlug Kim vor.
Sie gingen zurück, an Sabrinas Haus vorbei, und klingelten nebenan.
Diesmal wurde ihnen gleich aufgemacht. Ein dunkelhaariger Mann mit Brille und einem Sachbuch über Katzen in der Hand sah sie fragend an. »Ja, bitte?«
»Wir sind Detektivinnen«, sagte Marie und hielt dem Mann die Visitenkarte der drei !!! hin. »Vermissen Sie zufällig einen Hund oder eine Katze?«
Der Mann lächelte. »Detektivinnen? Das ist ja interessant.

Ob ich einen Hund oder eine Katze vermisse? Nein, meine Katze rekelt sich gerade faul auf dem Wohnzimmerteppich. Warum wollt ihr das wissen?«
»Wir sind auf den Spuren einer Bande, die in unserer Stadt Tiere entführt und zu Versuchszwecken missbraucht«, erklärte Kim.
»Vielleicht haben Sie ja darüber in der Zeitung gelesen«, fügte Franzi hinzu. »Der Artikel stand am Samstag im Lokalblatt.«
Der Mann kratzte sich an der Stirn. »Hmm, ich hab das Lokalblatt abonniert und lese es immer sehr gründlich, aber einen Artikel über Tierfänger habe ich in der Wochenendausgabe nicht gesehen.«
»Er war aber drin«, sagte Kim. »Falls Sie die Zeitung noch haben, können Sie ja nachschauen. Auf jeden Fall sollten Sie Ihre Katze nicht unbeaufsichtigt im Garten oder in der Umgebung herumlaufen lassen. Darum hat die Polizei in dem Artikel gebeten.«
»Alles klar«, sagte der Mann. »Vielen Dank für euren Tipp! Was sind denn das für Tierfänger? Das hört sich ja schrecklich an.«
Marie erklärte ihm, dass die Polizei noch keine weiteren Informationen über die Bande hätte, aber dass sie offenbar dicht dran sei und die drei !!! sich in die Ermittlungen eingeschaltet hätten.
»Sehr gut«, sagte der Mann. »Hoffentlich findet ihr die Bande bald. Tierversuche sind das Allerletzte!«
»Ja, das finden wir auch«, sagte Franzi. »Also dann! Passen Sie gut auf Ihre Katze auf. Wiedersehen!«
Der Mann nickte. »Wiedersehen!«

Die drei !!! gingen weiter zum nächsten Nachbarn. Der hatte weder Zeit für Fragen noch ein Haustier. Sie klapperten die ganze Straße ab und fragten überall nach. Die Hälfte der Anwohner war sehr um ihre Lieblinge besorgt und dankbar für den Tipp, die andere Hälfte hatte keine Haustiere.
Als die letzte Tür hinter ihnen zufiel, war es Abend geworden und die Detektivinnen ziemlich erschöpft.
»Mehr können wir für heute nicht tun«, sagte Kim. »Ich schicke Sabrina nur noch schnell eine SMS und geb ihr Bescheid.«
Dass sie auch Michi eine SMS schicken wollte, erwähnte sie lieber nicht. Alles mussten ihre Freundinnen schließlich auch nicht wissen.
»Okay«, sagte Marie. »Treffen wir uns morgen wieder?«
Kim und Franzi nickten.
»Wo?«, fragte Kim.
Marie lächelte und spielte mit einer ihrer blonden Haarsträhnen. »Wir waren schon lange nicht mehr im Hauptquartier!«
Franzi wusste sofort, warum Marie das nächste Treffen unbedingt im Hauptquartier abhalten wollte. Sicher hoffte sie, bei der Gelegenheit Stefan zu treffen.
»Ich weiß nicht, ob Stefan morgen Nachmittag da ist«, sagte Franzi und grinste. »Aber von mir aus können wir uns gern bei mir treffen. Um vier?«
Marie wurde rot. »Super! Also bis morgen.« Dann schwang sie sich schnell aufs Rad und war auch schon verschwunden.
Kim hatte es auch eilig und sauste los.
Franzi blieb allein zurück und sah ihrer Freundin gedankenverloren nach. Da fiel ihr plötzlich wieder ein, was der Mann

mit der Katze gesagt hatte. Obwohl er die Zeitung jeden Tag gründlich las, hatte er den Artikel über die Tierfänger nicht entdeckt. Das war doch merkwürdig, oder? Franzi grübelte eine Weile darüber nach, ohne zu einem sinnvollen Ergebnis zu kommen. Schließlich gab sie es auf. So groß war der Artikel auch wieder nicht gewesen, den konnte man schon mal übersehen.

Franzi zog ihre Inliner an und fuhr los. Und bevor sie die nächste Kreuzung erreicht hatte, hatte sie die Sache schon wieder vergessen.

Widersprüche

Zum Glück gab es neben den anstrengenden Ermittlungen auch noch ein anderes Leben, und das machte Franzi im Moment sehr viel mehr Spaß. Gleich am nächsten Tag nach der Schule warf sie ihre Inliner in den Fahrradkorb und radelte in die Innenstadt zum Schillerpark. Beim Skaterfest am Samstag waren viel zu viele Leute da gewesen, um die Rampen ungestört auszuprobieren. Das wollte sie heute nachholen.

Als sie dort ankam, fiel ihr als Erstes auf, dass die Snake anders aussah: viel bunter. Wilde Schlangen in Regenbogenfarben kringelten sich auf der Oberfläche. Offenbar hatten ein paar Sprayer bereits damit angefangen, die Betonwanne zu verschönern. Dadurch wirkte sie gleich viel cooler.

Heute war wirklich weniger los: Ein paar Bunnys, die gerade erst mit dem Skaten angefangen hatten, klammerten sich an allem fest, was sie mit den Händen erreichen konnten, um zu bremsen. Daneben gab es zwei fortgeschrittene Boarder, die sich in der Halfpipe gegenseitig mit riskanten Sprüngen übertrumpften. Und schließlich waren noch einige normale Skater unterwegs. Franzi zog schnell ihre Inliner an und lief los. Um warm zu werden, cruiste sie am Anfang einfach nur herum. Dann nahm sie sich wieder die Snake vor, die gerade keiner benutzte, und testete sie diesmal ausgiebig.

Doch plötzlich merkte sie, dass sie nicht mehr alleine in der Snake war. Zwei Jungs auf Inlinern steuerten direkt auf sie zu.

Franzi schreckte zusammen. »Hey, könnt ihr nicht ausweichen?«, rief sie ihnen zu.
Die Jungs lachten.
»Doch, klar«, sagte der eine, und im letzten Moment ließen die beiden eine kleine Lücke für Franzi.
Empört drehte sie sich um und wollte gerade losschimpfen, als die Jungs abbremsten und ihr schuldbewusst zuzwinkerten.
»Sorry«, sagte der eine, ein Typ mit blondem Lockenkopf. »Wie wollten dich nicht erschrecken.«
»War nicht so gemeint«, sagte der andere, während er sich seine dunkelbraunen Haare aus der Stirn strich.
Eigentlich sahen die beiden ganz nett aus, fand Franzi. Außer der üblichen Schutzkleidung, Ellbow- und Knee-Pads, trugen sie ganz normale T-Shirts und Hosen, die an den Knien bereits leicht durchgescheuert waren.
»Ist schon in Ordnung«, winkte Franzi ab.
»Ich bin übrigens Benni«, sagte der Blonde und zeigte auf den Dunkelhaarigen. »Und das ist mein Freund Leonhard.«
Franzi nickte. »Und ich bin Franzi. Seid ihr heute zum ersten Mal hier?«
»Ja«, antwortete Benni. »Wir haben das Eröffnungsfest leider verpasst, weil wir für eine Mathearbeit lernen mussten.«
Franzi grinste. »Ihr Armen! Ich war gestern da. War toll, aber ziemlich voll. Heute ist mehr Platz zum Skaten da.«
»Hast du Lust, mit uns zusammen die Halfpipe auszuprobieren?«, fragte Leonhard.
»Warum nicht?«, sagte Franzi.
Die Skateboard-Cracks waren inzwischen zu einer anderen

Rampe gewechselt, und die Halfpipe war leer. Zu dritt betraten sie die Bahn. Franzi holte Schwung, stoppte an der oberen Kante und startete mit einem Drop-in.
»Super!«, rief Leonhard ihr zu. »Du kannst echt gut skaten.«
Die beiden machten es ihr nach, und Franzi sah ihnen dabei zu.
»Ihr aber auch«, sagte sie anerkennend.
Benni grinste von einem Ohr zum andern. »Danke!«
»Aber jetzt lasst uns skaten, nicht rumsülzen«, sagte Leonhard.
Das war genau in Franzis Sinne. Zu dritt gingen sie auf Tempo, tobten sich so richtig aus, bis sie anfingen zu schwitzen und Franzi die ersten Ermüdungserscheinungen in den Beinen spürte. Trotzdem machte sie weiter. Vor den Jungs wollte sie sich natürlich keine Schwäche anmerken lassen.
Plötzlich kam eine neue Gruppe Skater an: zwei Jungen und zwei Mädchen, die ungefähr so alt wie Franzi waren. Aus den Augenwinkeln registrierte sie, dass alle teure Markenklamotten trugen und sich entsprechend cool vorkamen. Sie hingen erst eine Weile unschlüssig herum, steuerten dann auf die Halfpipe zu und blieben beobachtend am Rand stehen.
»Hi!«, sagte ein Junge mit Gel im schwarzen Haar lässig. »Na, macht's Spaß?«
Franzi ignorierte die blöde Frage. »Klar«, antwortete Benni.
Der Junge stieß seinen Freund mit dem Ellbogen in die Seite.
»Hast du gehört, Luis? Es macht ihnen doch glatt Spaß.«
»Hab's gehört, Mark«, wiederholte Luis.
Die zwei Mädchen der Clique fingen an zu kichern.
»Schon komisch«, sagte die eine.

Leonhard runzelte die Stirn. »Warum? Was ist daran komisch?«
Das Mädchen, das die Bemerkung gemacht hatte, kicherte noch mehr.
Da schaltete sich wieder Mark ein, der anscheinend der Anführer der Clique war. »Das würdest du gern wissen, was?«
Jetzt lachten alle und klopften sich wiehernd auf die Oberschenkel.
»Das ist doch so was von klar«, sagte Luis. »Wie könnt ihr Spaß haben, wenn ihr in diesen Uralt-Klamotten herumlauft? Mit so was würde ich mich nicht mal auf die Straße trauen, wenn ich nur ums Eck zum Briefkasten muss.«
Wieder lachten alle schallend, und die Mädchen zupften dabei ihre T-Shirts zurecht, damit man auch ja das teure Logo erkennen konnte.
Da wurde es Franzi zu bunt. Wütend bremste sie und sah die Clique mit blitzenden Augen an. »Hört mal zu, der Skatepark ist groß genug, ja! Wenn euch unser Anblick so stört, könnt ihr auch woanders hingehen.«
»Warum bist du denn gleich so sauer?«, fragte Mark mit gespielter Verwunderung. »Wir wollten euch doch nur einen kleinen Tipp geben.«
»Genau«, bestätigte Luis. »War nur ein Rat unter Freunden.«
Benni schnappte nach Luft. »Freunde? Ich such mir meine Freunde lieber selber aus, und ihr gehört garantiert nicht dazu.«
»Und ich bin sauer, wenn ich sauer sein will!«, rief Franzi.
Leonhard, der als Einziger ruhig geblieben war, griff Franzi sanft, aber bestimmt am Arm. »Komm! Zeigst du uns noch mal dein Drop-in?«

Franzi kochte immer noch vor Wut, aber sie riss sich zusammen und drehte sich lächelnd zu Leonhard um. »Ja, mach ich.«
Die Clique johlte.
»Oh, da haben wir ja ein Liebespaar!«, säuselte Mark.
»Hör gar nicht hin«, sagte Leonhard.
Es fiel Franzi schwer, aber sie schaffte es. Sie versuchte sich einfach so gut wie möglich auf ihr Drop-in zu konzentrieren und bekam es auch einigermaßen hin.
»Toll!«, rief Leonhard. »Und jetzt schau mir zu!«
Sie skateten weiter und taten so, als wäre die Clique unsichtbar. Eine Weile mokierten sich die pseudocoolen Typen noch über sie, aber irgendwann verloren sie zum Glück die Lust und zogen ab.
»Na endlich!«, stöhnte Benni. »Die sind wir los.«
»Ja«, sagte Franzi. »Aber ich fürchte, nur für heute.«
Leonhard wiegte den Kopf hin und her. »Abwarten. Jedenfalls lassen wir uns von denen nicht die Laune verderben.«
Franzi versuchte es, trotzdem war ihr die Lust am Skaten vergangen. Nachdem sie zehn Minuten mehr oder weniger lustlos gecruist war, ging sie von der Halfpipe runter. »Ich pack's dann für heute.«
Benni und Leonhard machten enttäuschte Gesichter.
»Was, schon?«, fragte Benni.
Und Leonhard wollte wissen: »Wann sehen wir uns wieder?«
Franzi zuckte mit den Schultern. »Morgen vielleicht. Falls ich bis dahin nicht die blöde Clique vermöbelt hab und hinter Gittern sitze.«
Die beiden Jungs lachten.

»Hoffentlich nicht!«, sagte Leonhard noch.

Dann verabschiedeten sie sich voneinander, und Franzi machte sich auf den Weg nach Hause. Sie hatte ohnehin nicht mehr allzu viel Zeit. In einer Stunde würden bereits Kim und Marie kommen, und Franzi wollte vorher noch dringend das Hauptquartier aufräumen.

Als sie eine halbe Stunde später die Tür zum alten Pferdeschuppen hinter dem Haus aufmachte, hörte sie plötzlich seltsame kratzende Geräusche. Oh nein! Waren hier etwa Einbrecher? Blitzschnell sah sich Franzi suchend um. Dann entdeckte sie ihre Mutter, die gerade dabei war, das Regal abzustauben.

»Mama!«, rief sie. »Was *machst* du denn da?«

Frau Winkler hob den Kopf und lächelte. »Ich dachte mir, ich mach mal ein bisschen sauber hier drin. Damit ihr es wieder gemütlich habt, du und deine Freundinnen.«

Franzi hatte ihrer Mutter damals erzählt, dass sie den Schuppen brauchte, um sich mit Kim und Marie zurückziehen zu können. Dass sich hier in Wirklichkeit ihr Hauptquartier befand, hatte sie natürlich nicht verraten.

»Bitte, Mama!«, flehte sie. »Tu das nie wieder! Das mach ich selber.«

Das Lächeln ihrer Mutter verschwand. »Schade, ich dachte, ich tu dir damit einen Gefallen. Aber ich verstehe schon: Du und deine Freundinnen, ihr habt eure süßen kleinen Mädchengeheimnisse, die wollt ihr für euch behalten. Solche Geheimnisse hatte ich früher auch.« Sie bekam einen verträumten Gesichtsausdruck.

Franzi seufzte. »Ja, Mama, schön für dich. Aber könntest du

jetzt bitte gehen? Ich muss noch was vorbereiten, bevor Marie und Kim kommen.«
»Ich geh ja schon«, sagte Frau Winkler. »Braucht ihr noch irgendwas? Ich hab gerade frischen Kirschkuchen gebacken.«
Beim Wort »Kirschkuchen« lief Franzi das Wasser im Mund zusammen. »Ich glaube, da könnten wir ein paar Stück davon verdrücken. Aber mach dir keine Mühe, ich hol den Kuchen nachher selber aus der Küche.«
»Wie du willst«, sagte Frau Winkler. Jetzt war sie ein klein wenig beleidigt, aber Franzi hatte keine Zeit, um auf die Empfindlichkeiten ihrer Mutter näher einzugehen.
Sobald Frau Winkler den Schuppen verlassen hatte, checkte Franzi, ob irgendwelche geheimen Unterlagen herumlagen. Zum Glück nicht. Nach der letzten Besprechung hatte sie alles im Bürocontainer verstaut. Dort hatten die drei !!! eine geheime Schublade, die man extra abschließen konnte. Auch sonst war alles noch an seinem Platz: die kleine Sitzecke mit Tisch und drei Stühlen, das Regal, der Bollerofen und die Pferdekutsche an der linken Wand mit Verdeck zum Zuklappen. In mühevoller Kleinarbeit hatten sie die Kutsche blau angemalt und mit bunten Ausrufezeichen versehen. Dorthin zogen sie sich zurück, wenn sie wirklich ganz sichergehen wollten, dass niemand ihre Gespräche belauschte. Franzi hatte das dumpfe Gefühl, dass heute wieder so ein Tag war.
Schnell ging sie zum Regal und holte drei Teller, Gläser und Kuchengabeln heraus. Dann deckte sie den Tisch und stellte eine Flasche mit Mineralwasser und eine mit Cola dazu. Fertig! Jetzt musste sie nur noch den Kirschkuchen holen.

Als sie kurz darauf die volle Kuchenplatte vorsichtig über den Hof balancierte, kam ihr Stefan entgegen.
»Hi!«, begrüßte er sie und streckte gierig seine Hand nach dem Kuchen aus. »Ist der für mich? Das wär aber nicht nötig gewesen.«
»Finger weg!«, sagte Franzi. »Der ist für Kim, Marie und mich.«
Stefan zog eine Schnute. »Schade! Sag mal, was besprecht ihr eigentlich immer Spannendes im Schuppen? Darf ich da auch mal dabei sein?«
»Warum nicht?«, hörte Franzi plötzlich eine Stimme hinter sich.
Entsetzt drehte sie sich um. Es war Marie, die Stefan mit ihren türkis getuschten Wimpern verführerisch anklimperte.
Stefan schenkte Marie sein charmantes Lächeln. »Hi! Schön, dich zu sehen.«
Marie wurde knallrot.
Franzi schritt schnell ein, bevor die beiden noch anfingen, miteinander zu flirten. »Kommt nicht infrage. Das ist leider ein reines Frauentreffen.« Damit schob sie Marie energisch in Richtung Schuppen.
»Was soll das?«, wehrte sich Marie. »Lass mich!«
»Schade«, sagte Stefan zum zweitenmal. »Na ja, wir sehen uns bestimmt bald wieder. Ciao!« Er hob lässig die Hand und versenkte sie dann in den Hosentaschen seiner weiten Jeans.
Marie starrte ihm verzückt hinterher, bis er hinter der Hausmauer verschwunden war.
»Erde an Marie!«, rief Franzi und schüttelte ihre Freundin an der Schulter. »Können wir jetzt endlich reingehen?«

»Was? Wie?«, murmelte Marie. Sie brauchte eine Weile, um wieder in die Realität zurückzukehren. Es gelang ihr im Grunde erst, als auch Kim eingetroffen war und die drei !!! sich an den Tisch gesetzt hatten.
»Der berühmte Kirschkuchen deiner Mutter!«, schwärmte Kim und lud sich ein großes Stück auf den Teller. »Der ist wieder mal superlecker.«
»Ich werde es Mama ausrichten«, sagte Franzi. Dann erzählte sie, dass sie ihre Mutter vorhin im Hauptquartier überrascht hatte.
Marie wurde blass. »Das ist ja ein Ding! Und ich dachte, wir sind hier absolut unter uns.«
»Sind wir auch«, beruhigte Franzi sie. »Ich hab meiner Mutter ziemlich deutlich klargemacht, dass sie das nie wieder tun sollte. Trotzdem schlage ich vor, wir verziehen uns zur Besprechung in die Kutsche, sobald wir aufgegessen haben.«
»Gute Idee«, sagte Kim.
Der Kuchenteller leerte sich erstaunlich schnell. Danach kletterten die drei !!! kichernd in die Kutsche. Die harte Bank war ziemlich schmal, und sie mussten eng zusammenrücken. Franzi schloss das Verdeck, sodass nur noch trübes Dämmerlicht von außen hereindrang, und atmete tief durch. In der Kutsche roch es immer noch ganz schwach nach Pferden, ein wundervoller Geruch!
»Also«, sagte sie dann. »Was gibt es Neues in unserem Fall? Hast du Sabrina die SMS geschickt?«
Kim nickte. »Ja, hab ich. Sie hat mich gleich danach sogar angerufen.«
»Und? Was wollte sie?«, erkundigte sich Marie.

»Sie hat mir noch etwas Wichtiges erzählt, das sie bei unserem Gespräch vor lauter Aufregung vergessen hatte«, berichtete Kim.

Franzi horchte auf. Etwas Wichtiges? Das klang ja spannend.

»Am besten fang ich ganz von vorne an«, sagte Kim. »An dem Nachmittag, als Samtpfote verschwunden ist, ist eine andere Katze in Sabrinas Garten aufgetaucht: eine mit rötlichem Fell, die Sabrina noch nie zuvor gesehen hatte.«

»Vielleicht gehörte sie ja dem Nachbarn mit der Brille?«, warf Franzi ein.

Marie schüttelte den Kopf. »Unwahrscheinlich, die Katze kennt sie doch bestimmt.«

»Wie auch immer«, redete Kim weiter. »Die rote Katze war verletzt. Sie hatte ein halb zerfetztes Ohr und blutete.«

Franzi musste schlucken. »Sie blutete? Oh nein! Vielleicht war sie ja schon in den Klauen von diesen Tierfängern gewesen!«

»Kann durchaus sein«, sagte Kim. »Jedenfalls wollte Sabrina die Katze anlocken, um ihr zu helfen, aber sie ist gleich wieder davongelaufen. Sabrina konnte nur noch ihre Spuren im nassen Gras verfolgen und sehen, dass sie in Richtung Wald gelaufen war. Danach ist sie wieder zurück ins Haus …«

»Moment mal, warte!«, unterbrach Marie. »Hat Sabrina ausdrücklich von nassem Gras gesprochen?«

»Ja, daran kann ich mich noch sehr gut erinnern. Wieso?«, fragte Kim verwundert.

Marie rieb mit dem Zeigefinger ihre Nase. »Merkwürdig. An dem Tag war doch schönes Wetter, nicht nur in Berlin. Sa-

brina hat es erwähnt, als sie meinte, Samtpfote wollte bei dem tollen Wetter unbedingt raus.«
Jetzt erinnerten sich Franzi und Kim auch daran.
»Stimmt«, meinte Kim. »Das ist wirklich merkwürdig.«
Auf einmal hatte Franzi ein ganz komisches Gefühl im Bauch: so ein Ziehen, das sie sonst nur bei der Mathehausaufgabe bekam, wenn sie merkte, dass irgendein Schritt in ihrem Lösungsweg falsch sein musste. Und dann fiel ihr wieder die Sache mit dem Zeitungsartikel ein.
»Mir ist noch was Merkwürdiges aufgefallen«, sagte sie. »Warum hat der Nachbar den Zeitungsartikel nicht entdeckt, obwohl er die Zeitung gründlich gelesen hat?«
Marie hob die Schultern. »Hmm, das kann Zufall sein.«
»Oder auch nicht«, sagte Franzi. »Ich würde gerne diesen Zeitungsartikel noch mal sehen. Wir sollten Sabrina unbedingt danach fragen.«
»Das habe ich schon«, sagte Kim. »Ihre Mutter hat ihn leider zusammen mit dem Altpapier in ihrem Papierkorb weggeworfen.«
Marie stöhnte auf. »Weggeworfen? Das gibt's doch nicht!«
Obwohl Franzi gerade mit ihrer putzwütigen Mutter eine ähnliche Erfahrung gemacht hatte, wurde ihr Bauchgefühl noch stärker. »Ich weiß nicht, Leute, aber ich finde, das sind zu viele Zufälle. Ein wichtiges Beweisstück verschwindet einfach so, und Sabrina verstrickt sich in einen ziemlich offensichtlichen Widerspruch. Ich bin mir nicht sicher, ob sie uns wirklich die Wahrheit erzählt hat.«
Kim machte ein entrüstetes Gesicht. »Was willst du damit sagen? Etwa, dass Sabrina uns angelogen hat?«

»Das könnte doch sein«, sagte Franzi. »Und wenn die Möglichkeit besteht, sollten wir Sabrina auf jeden Fall genauer unter die Lupe nehmen. Vielleicht vertuscht sie ja irgendetwas? Wer weiß, vielleicht hat sie selbst ein Verbrechen begangen und will uns absichtlich auf eine falsche Fährte locken, um von sich abzulenken?«
So etwas kam in Krimis häufig vor, erst neulich hatte Franzi wieder eine Folge der *Vorstadtwache* gesehen, in der ein ganz ähnlicher Fall geschildert wurde.
»Ich weiß, was du meinst«, sagte Marie. »Ich hab die Folge der *Vorstadtwache* auch gesehen. Trotzdem glaube ich nicht, dass Sabrina eine Verbrecherin ist.«
Kim stimmte ihr sofort zu: »Das glaube ich allerdings auch nicht. Dazu ist Sabrina viel zu nett.«
»Nett?«, wiederholte Franzi. »Seit wann ist denn ›nett‹ ein Beweis für die Unschuld eines Tatverdächtigen?«
»Das ist es natürlich nicht«, räumte Marie ein. »Aber Kim hat recht. Ich traue Sabrina so etwas einfach nicht zu.«
Franzi konnte es nicht glauben. Waren ihre Freundinnen auf einmal blind geworden? Sonst ließen sie sich doch auch nicht von fadenscheinigen Gründen von ihren messerscharfen Analysen abbringen. Fassungslos starrte sie Kim und Marie an. Da bemerkte sie, wie Marie ihren Handspiegel zückte und zwischendurch schnell ihr Make-up überprüfte. Und plötzlich fiel es ihr wie Schuppen von den Augen: Marie und Kim waren eitel! Sie waren beide auf Sabrinas Komplimente hereingefallen und hatten sich von ihr spielend um den Finger wickeln lassen.
»Hört mal!«, sagte Franzi. »Kann es sein, dass ihr Sabrina so

nett und vertrauenswürdig findet, weil sie ein Fan von den drei !!! ist und uns dauernd erzählt, wie toll sie uns findet?«
Kim lachte. »Wie kommst du denn da drauf?«
»So ein Quatsch!«, protestierte Marie.
Franzi verdrehte die Augen. »Mensch, seid doch mal ehrlich. Ihr fühlt euch doch geschmeichelt von Sabrina, oder?«
»Das hat mit geschmeichelt nichts zu tun«, sagte Kim. »Aber ich finde tatsächlich, dass Sabrina eine der Ersten ist, die unsere Arbeit schätzt und das auch offen sagt.«
Marie nickte eifrig. »Daran ist absolut nichts Falsches.«
»Nein, an sich nicht«, sagte Franzi, die langsam nicht mehr wusste, wie sie es noch erklären sollte. »Aber ihr solltet euch deshalb nicht den Verstand benebeln lassen. Ich finde, Sabrina hat sich verdächtig gemacht.«
Da verschränkte Kim die Arme vor der Brust. »Nein, das finde ich nicht.«
»Ich auch nicht«, sagte Marie.
Franzi sah zwischen ihren Freundinnen hin und her. Es war sinnlos. Sie hatten sich dermaßen in ihrer Meinung verrannt und waren für vernünftige Argumente überhaupt nicht mehr zugänglich.
»Okay«, sagte sie schließlich. »Lassen wir es lieber für heute. So kommen wir eh nicht weiter.«
»Du hast recht«, sagte Marie, öffnete das Verdeck der Pferdekutsche und kletterte die Stufen hinunter.
Kim folgte ihr. Zögernd drehte sie sich noch einmal nach Franzi um. »Also dann, mach's gut. Wir sehen uns.«
Damit verabschiedeten sich Marie und Kim. Franzi begleitete sie nicht zur Tür.

»Wir sehen uns«, murmelte sie vor sich hin.
Im Moment war sie sich allerdings nicht sicher, ob sie ihre Freundinnen so schnell wiedersehen wollte.

Streit im Café Lomo

Am nächsten Tag fuhr Franzi wieder zum Skatepark, obwohl sie vom gestrigen Tag noch einen heftigen Muskelkater in den Beinen hatte. Sie musste unbedingt Dampf ablassen und den Streit mit Marie und Kim wenigstens für ein paar Stunden vergessen. Vielleicht waren Benni und Leonhard schon da. Und die blöde Clique würde ja hoffentlich nicht heute schon wieder auftauchen.
Leider war von Benni und Leonhard weit und breit keine Spur zu sehen. Die Skater mit den Markenklamotten erkannte Franzi dagegen schon aus der Ferne. Sie fuhren in der Snake herum und unterhielten sich lautstark.
Na toll! Am liebsten wäre Franzi gleich wieder umgekehrt, doch dann überlegte sie es sich doch anders. Von diesen bescheuerten Typen ließ sie sich nicht vertreiben, das wäre ja noch schöner!
Franzi stellte ihr Rad am anderen Ende des Skateparks ab, zog die Inliner an und lief hinüber zu den kleineren Rampen. Die hatte sie bisher sowieso vernachlässigt. Sie konzentrierte sich aufs Laufen und versuchte die Anwesenheit der Clique auszublenden. Eine Weile gelang ihr das auch, aber irgendwann hatten die anderen sie entdeckt und kamen prompt herüber. Heute hatte jeder von ihnen schon wieder neue Markenklamotten an. Die scheinen ja Geld ohne Ende zu haben, dachte Franzi.
»Hallo!«, rief Mark spöttisch. »Da bist du ja wieder. Wo hast du denn deine süßen Freunde gelassen?«

Franzi biss sich auf die Lippe und antwortete nicht.
»Hast du was an den Ohren?«, fragte Luis. »Du, die hört schlecht, Janine.«
Franzi fuhr einfach weiter.
Da fingen die Mädchen wieder an zu kichern.
»Ich glaub, die redet nicht mit uns«, sagte Janine. »Wahrscheinlich schämt sie sich wegen ihrer billigen Klamotten.«
Alle lachten sich halb kaputt über den wahnsinnig witzigen Satz.
Franzi riss der Geduldsfaden. Wütend bremste sie mit einem Last-Wheel-Stop. »Ich weiß nicht, was ihr für ein Problem habt. Ich hab auf jeden Fall keins. Und jetzt lasst mich gefälligst endlich in Ruhe. Kapiert?«
Ihre Stimme war so laut geworden, dass Janine und ihre Freundin vor Schreck zusammenzuckten. Die Jungs waren auch leicht verunsichert.
»Schon gut, schon gut«, murmelte Mark.
»Wir gehen ja gleich«, sagte Luis.
Und dann zogen sie tatsächlich ab, ohne Franzi weiter zu provozieren. Nach ein paar Metern begegneten sie Benni und Leonhard. Auch zu ihnen sagten sie kein Wort. Verwundert kamen Benni und Leonhard auf Franzi zu.
»Was hast du denn mit denen angestellt?«, fragte Leonhard.
Und Benni grinste. »Hast du sie etwa doch vermöbelt?«
»Quatsch, hab ich nicht«, wehrte Franzi ab, war aber doch ein bisschen stolz auf ihren Erfolg. »Ich hab ihnen nur noch mal ordentlich die Meinung gesagt. Offenbar haben sie das gebraucht.«
»Find ich gut«, sagte Benni mit unverhohlener Bewunderung.

Leonhard fuhr im Kreis um Franzi herum und lächelte ihr zu. »Ich mag starke Mädchen.«
Franzi stutzte. Was war das denn jetzt?
»Hör nicht auf ihn«, sagte Benni. »Komm, lass uns wieder in die Halfpipe gehen.«
»Gute Idee«, sagte Franzi und befreite sich aus Leonhards Umzingelung.
Kurz darauf skateten sie wieder zusammen und hatten jede Menge Spaß dabei. Franzi vergaß alles um sich herum: die blöde Clique und Kim und Marie.
»Können wir mal Pause machen?«, fragte Leonhard nach einer Stunde. »Ich bin ganz schön k. o.«
»Weichei!«, zog Benni ihn auf.
Aber Franzi war ganz froh über eine Pause. Der Muskelkater von gestern war immer noch nicht weg, im Gegenteil, er schien sogar noch stärker geworden zu sein. Mit einem kurzen Nicken verließ sie die Halfpipe und steuerte auf eine Bank zu, die möglichst weit entfernt von der Clique stand.
Erleichtert ließ sie sich auf die Bank plumpsen. Benni und Leonhard beeilten sich, zu ihr zu kommen, und setzten sich links und rechts neben sie.
»Willst du was trinken?«, fragte Benni. »Ich hab eine Wasserflasche dabei.«
»Ich hab auch eine«, sagte Leonhard sofort. »Und ich hab Gummibärchen.« Dabei kramte er eifrig in einer der vielen Taschen seiner Hose.
Franzi lachte und nahm Bennis Flasche. »Danke, ein Schluck Wasser reicht mir.«
Enttäuscht ließ Leonhard die Tüte mit den Gummibärchen

wieder in einer Hosentasche verschwinden. »Willst du sonst noch irgendwas?«, fragte er dann. »Ein Eis vielleicht?«
»Oder einen Kaugummi?«, fragte Benni.
Franzi schüttelte verwirrt den Kopf. Was hatten die beiden denn auf einmal? Sie war doch keine Prinzessin, die man dauernd bedienen musste.
»Ist das nicht ein super Wetter?«, lenkte sie vom Thema ab.
»Ja«, stimmte Leonhard zu. »Einfach genial.«
Franzi legte den Kopf in den Nacken, schloss die Augen und genoss die warmen Sonnenstrahlen auf der Haut.
Da hörte sie plötzlich Mark rufen: »Hi, Miriam! Da bist du ja endlich.«
»Ging leider nicht schneller«, sagte Miriam.
Sofort machte Franzi die Augen wieder auf. Das war doch Miriam aus ihrer Klasse! Franzi hatte ein paarmal in der Pause mit ihr gequatscht und fand sie eigentlich ganz nett und unkompliziert. Zumindest war sie keins dieser Modegirls, die nur Kleider und Make-up im Kopf hatten.
Miriam ging auf die Clique zu und begrüßte sie. Franzi rieb sich die Augen. Heute hatte Miriam sich ja richtig aufgebrezelt! Ihr Skater-Outfit schien nagelneu zu sein, und das teure knallgelbe Markenlogo sah man selbst aus der Entfernung gut.
»Kommt alle mit, die Halfpipe ist frei!«, rief Mark.
Das ließen sich die anderen nicht zweimal sagen. Geschlossen rückten sie zur Halfpipe vor und kamen dabei auch an der Bank vorbei, auf der Franzi, Benni und Leonhard saßen. Miriam, die noch ihre Skates anlegen musste, kam als Letzte an.

»Hallo, Miriam«, sagte Franzi.
Überrascht hob Miriam den Kopf. »Ach, hi …« Sie schien nicht besonders begeistert zu sein, Franzi zu sehen.
Der Rest der Clique lief inzwischen weiter.
»Sind das deine neuen Freunde?«, fragte Franzi.
Miriam nickte. »Ja, wieso? Was dagegen?«
»Nein«, sagte Franzi, während sie Miriam unauffällig musterte.
Die trug tatsächlich von Kopf bis Fuß Markenkleidung, überall war das knallgelbe Schlangenlinien-Logo drauf. Die Sachen mussten extrem teuer gewesen sein. Komisch, dachte Franzi. Sonst hatte Miriam nie teure Sachen an. Einmal hatte sie auch erzählt, warum. Sie kam nämlich aus einer Großfamilie und hatte sechs Geschwister. Ihre Eltern mussten jeden Cent dreimal umdrehen.
Plötzlich blinkten in Franzis Kopf sämtliche Alarmleuchten auf. Das war es, was sie die ganze Zeit so irritiert hatte: Woher hatte Miriam das Geld für die teuren Markenklamotten?
»Sag mal«, fragte sie zögernd. »Hast du plötzlich im Lotto gewonnen, oder was?«
»Wieso?«, antwortete Miriam schnippisch.
Franzi zeigte auf ihre Kleidung. »Ich meine ja nur, wegen deinem Outfit.«
»Ich muss jetzt los«, wich Miriam aus. »Die anderen warten schon auf mich.« Schnell drehte sie sich um und beeilte sich, ihre neue Clique einzuholen, die sich bereits auf der Halfpipe austobte.
»Merkwürdig«, murmelte Franzi. »Sehr merkwürdig …«
»Was hast du denn?«, fragte Benni.

Franzi winkte ab. »Ach, nichts.«
Trotzdem war sie mit ihren Gedanken ganz woanders. Sie hatte wieder dieses Ziehen im Bauch und die starke Gewissheit, dass ihr Gefühl sie nicht täuschte. Das sah alles ganz nach einem neuen Fall für die drei !!! aus!
»Was ist denn so schrecklich Wichtiges passiert?«, fragte Kim eine Stunde später im *Café Lomo*.
Franzi hatte sie und Marie zu einer Club-Sondersitzung zusammengetrommelt.
»Wegen dir musste ich extra meine Aerobicstunde sausen lassen«, beschwerte sich Marie. »Ich hoffe, du hast einen guten Grund.«
»Den hab ich auch«, sagte Franzi. »Ich glaube, wir haben einen neuen Fall.«
Kim zog die Augenbrauen hoch. »Einen neuen Fall? Was soll das heißen?«
Franzi erklärte es. Schnell fasste sie zusammen, was sie gerade im Skatepark mitbekommen hatte. Marie und Kim hörten ungläubig zu.
Am Schluss formulierte Franzi noch ihre Vermutung: »Ich finde, da ist etwas faul. Miriam kann sich diese teuren Klamotten nie im Leben leisten. Sie muss auf einem anderen Weg an sie rangekommen sein. Vielleicht hat sie sie ja gestohlen.«
Marie und Kim tauschten einen kurzen Blick.
Dann sagte Marie: »Mag sein. Aber wir haben doch schon einen Fall, wir können keinen neuen annehmen.«
Kim nickte. »Stimmt. Zwei Fälle gleichzeitig, das schaffen wir nicht, schon rein zeitlich nicht.«

»Aber wir können die Sache doch nicht einfach auf sich beruhen lassen«, protestierte Franzi. »Da könnte ein Megaverbrechen dahinterstecken.«
Marie lachte kurz auf. »Ein Megaverbrechen? Das glaubst du doch selbst nicht. Mensch, Franzi! Wir haben schon alle Hände voll zu tun mit Sabrina. Sie hat mich gerade angerufen, weil Samtpfote immer noch nicht da ist und wir uns so bald wie möglich mit ihr treffen sollen.«
»Gibt es denn irgendwelche neuen Hinweise oder Spuren?«, erkundigte sich Franzi.
»Nein«, sagte Kim. »Trotzdem dürfen wir uns jetzt nicht verzetteln. Wir müssen an unserem ersten Fall dranbleiben.«
Marie sah Franzi herausfordernd an. »Du kannst uns nicht dauernd herumkommandieren. Nur weil du plötzlich eine unbestimmte Ahnung hast, müssen wir noch lange nicht springen und alles andere liegen und stehen lassen.«
Das war zu viel für Franzi. Wütend stellte sie ihr Colaglas mit einem Knall auf der Glasplatte ab. »Na gut! Dann weiß ich ja Bescheid.« Damit sprang sie auf.
Kim riss erschrocken die Augen auf. »Was hast du denn vor?«
»Ich gehe!«, verkündete Franzi.
»Das kannst du jetzt nicht bringen. Warte doch!«, rief Kim ihr nach.
Aber Franzi hatte keine Lust dazu. Die anderen hörten ihr doch sowieso nicht zu und nahmen sie überhaupt nicht ernst. Kein Wunder, sie dachten ja auch die ganze Zeit nur an die »nette« Sabrina.
Dann blieb ihr eben nichts anderes übrig: Sie musste auf

eigene Faust im neuen Skater-Fall ermitteln. Den ließ sie sich nicht entgehen. Und wenn sie dann die ersten Ermittlungserfolge vorweisen konnte, würden Marie und Kim schon sehen, dass sie auf dem falschen Dampfer gewesen waren. Und dann würden sie garantiert total geknickt ankommen und sich tausendmal bei ihr entschuldigen!

Detektivtagebuch von Kim Jülich
Donnerstag, 16:20 Uhr
Krise, riesengroße Krise!!!
Die Ermittlungen der drei !!! sind gefährdet! Franzi hat sich einfach ausgeklinkt und will einen neuen Fall bearbeiten. So geht es nicht. Ich dachte, wir sind ein Team und halten zusammen. Aber da hab ich mich anscheinend getäuscht.
Was ist auf einmal mit Franzi los? Erst sagt sie lauter schlimme Sachen über Sabrina und verdächtigt sie, uns nicht die Wahrheit zu erzählen (was ich absolut nicht glaube), dann will sie sie zur Rede stellen, obwohl sie garantiert unschuldig ist, und jetzt kommt sie auch noch mit einem neuen Fall an. Das ist zu viel.
Was sollen Marie und ich denn bloß machen? Ich habe schon alles Mögliche durchgespielt, aber mir ist keine Lösung eingefallen. Am liebsten würde ich ja sofort zu Franzi fahren und mit ihr reden. Aber sie ist viel zu stur und würde mir überhaupt nicht zuhören. Ich fürchte, Marie hat leider recht: Wir können erst mal nur abwarten und hoffen, dass Franzi von selbst wieder zur Vernunft kommt. Hoffentlich dauert das nicht ewig! Sonst drehe ich hier noch durch.
Manchmal frage ich mich, ob es wirklich so eine gute Idee war, einen Detektivclub mit zwei anderen Mädchen zu gründen,

die total verschieden sind. Alleine hätte ich jetzt diese ganzen Probleme nicht am Hals.
Nein, ich bin ungerecht. Die drei !!! waren ein tolles Team und sie sind ein tolles Team! Franzi scheint es nur für einen Moment vergessen zu haben, aber es wird ihr schon wieder rechtzeitig einfallen.

Franzis Alleingang

Am nächsten Tag war Franzis größte Wut zwar etwas verraucht. Trotzdem hatte sie nicht vor, ihren Entschluss zu ändern. Sie musste mehr über diese Sache mit den Markenklamotten herausfinden. Das ließ ihr keine Ruhe. Sobald sie mit den Hausaufgaben fertig war, schwang sie sich wieder aufs Rad und fuhr zum Skatepark. Mittlerweile kannte sie die Strecke schon im Schlaf.

Heute war einiges los im Park, am Freitag hatten natürlich viele Zeit. Benni und Leonhard waren allerdings nicht da, sie hatten Franzi erzählt, dass sie heute den ganzen Tag auf einem Schulausflug sein würden. Das war Franzi nur recht. So konnte sie sich voll und ganz auf die Angeber-Clique konzentrieren. Sie suchte sich einen Beobachtungsposten, von dem aus sie das ganze Areal gut überblicken konnte, ohne selbst aufzufallen. Ein Schuppen in der Nähe des Eisstands war wie geschaffen dafür.

Diesmal hing die Clique mit den Markenklamotten neben der Snake herum, sie quatschten und schienen keine große Lust zum Skaten zu haben. Miriam stand auch wieder dabei und versuchte, möglichst cool zu wirken. Obwohl sie sich anstrengte, gelang es ihr nicht wirklich. Franzi musste grinsen. Mehr aus Routine überflog Franzi schnell die Mitglieder der Clique: Da waren Mark und Luis, Janine und das andere Mädchen, Miriam und …

Dann stutzte sie. Heute waren noch zwei Neue dazugekommen: ein großer, schlaksiger Junge und ein Kleinerer mit

Pferdeschwanz, beide von Kopf bis Fuß in Markenklamotten. Die Clique schien von Tag zu Tag größer zu werden. Franzi kam es fast vor, als würden sie sich mit irgendeinem Geheimrezept klonen und schon mit Markenklamotten in einem Labor auf die Welt kommen.

Leider kannte Franzi die neuen Jungen nicht. Mark, Luis, Janine und das andere Mädchen hatte sie vor dem unerfreulichen Treffen auf der Skateranlage auch noch nie gesehen. Deshalb konnte sie leider keine Schlüsse ziehen, ob sie aus reichen oder eher ärmeren Familien kamen.

Gerade als sie überlegte, ob sie unter irgendeinem Vorwand auf die Clique zugehen sollte, um es herauszufinden, gingen zwei Männer mit schwarzen Sonnenbrillen auf die Snake zu. Franzi wunderte sich. Was wollten die hier? Mit Anfang dreißig waren sie eindeutig zu alt für den Park, und außerdem hatten sie weder Boards noch Inliner dabei. Die Männer schienen kein richtiges Ziel zu haben. Sie sahen sich ausgiebig um, gingen an der Angeber-Clique vorbei und schlenderten dann weiter unschlüssig herum.

Franzi behielt sie die ganze Zeit im Auge und prägte sich ihre Personenbeschreibung ein, um sie später aufzuschreiben: Außer den Sonnenbrillen trugen die Männer dunkelblaue Jogginghosen und weiße T-Shirts, unter denen sich ihre Muskeln abzeichneten. Damit war es aber auch schon vorbei mit den Übereinstimmungen. Der eine Typ war mindestens 180 cm groß, hatte hellbraune, kurze Haare und ein silbernes Nasenpiercing, der andere war einen Kopf kleiner und hatte nur noch wenige, spärliche blonde Haare und eine auffällige Hakennase.

Vielleicht sind es ja Bodyguards und müssen auf irgendein Promi-Kind aufpassen, rätselte Franzi, doch dann verwarf sie den Gedanken wieder, weil er zu unrealistisch war. Wahrscheinlicher war, dass die Männer in einem Fitnessstudio als Personal Trainer arbeiteten.
Jetzt blieben sie neben der Halfpipe stehen und sahen ein paar Boardern zu, die Airs ausprobierten und dabei öfter abspringen mussten, weil sie die richtige Technik noch nicht draufhatten.
Die Männer beobachteten die Boarder interessiert und warfen ihnen ab und zu bewundernde Bemerkungen zu. Dann blieben die Boarder auf einmal in der Mitte der Halfpipe stehen, und die Männer redeten auf sie ein. Leider waren sie zu weit weg. Franzi konnte kein Wort von dem verstehen, was sie sagten.
Die Boarder hörten aufmerksam zu und nickten. Die Männer redeten weiter, lachten kurz, dann hob der Typ mit dem Piercing die Hand und klatschte einen der Boarder ab. Danach zogen die Männer wieder ab. Jetzt hatten sie es plötzlich eilig. Zielstrebig durchquerten sie den Skatepark und marschierten auf dem asphaltierten Hauptweg des Parks in Richtung Osttor davon.
Schnell verließ Franzi ihren Beobachtungsposten und folgte den Männern. Die bogen hinter dem Osttor in eine belebte Geschäftstraße mit Bürogebäuden ein. Zum Glück hatten sie kein Auto dabei, sondern gingen zu Fuß weiter. Franzi hielt einen Sicherheitsabstand von ungefähr sechs Metern. Aber auf der Straße waren sowieso viele Leute unterwegs in den Feierabend, sodass ihre Verfolgungsaktion nicht weiter auffiel.

Die Männer liefen die Geschäftsstraße bis zum Ende entlang und bogen dann rechts ab. Die Straße kannte Franzi noch nicht, sie war neu angelegt worden für weitere Bürobauten. Einige waren bereits fertiggestellt, andere noch im Bau oder nur als Pläne auf großen Tafeln der Baufirmen zu sehen. Nach fünfzig Metern blieben die Männer plötzlich vor einer Baustelle stehen, deren Rohbau bis auf das Dach komplett war.
Gerade noch rechtzeitig duckte sich Franzi geistesgegenwärtig hinter einem Bauwagen. Misstrauisch sahen sich die Männer um, dann betraten sie das Grundstück und ignorierten das Schild *Baustelle betreten verboten!*.
Franzi wartete ein paar Sekunden, bevor sie sich hinter dem Bauwagen hervorwagte. Vorsichtig pirschte sie sich an das Grundstück heran. Als sie es erreichte, waren die Männer verschwunden. Franzi sah sich um und konnte sie nirgends entdecken. Mist! Waren sie etwa doch weitergegangen? Sie sah sich noch mal um. Da hörte sie auf einmal Stimmen, die ziemlich dumpf klangen. Die Stimmen kamen aus der Garage. Dahin waren also die beiden verschwunden!
Auf Zehenspitzen ging Franzi auf die Garage zu und versuchte dabei möglichst wenig Lärm zu machen. Als sie noch etwa fünf Meter von der Garage entfernt war, versteckte sie sich hinter einem Busch.
Von hier aus konnte sie die Stimmen deutlich hören.
»… kommt jetzt als Nächstes, Hans?«, sagte der eine Mann gerade.
»Das Übliche«, antwortete der mit Hans Angesprochene. Er hatte eine tiefe Bassstimme, die vermutlich zu dem größeren

Typ mit dem Piercing gehörte. »Morgen ist es wieder so weit. Wir brauchen dringend Nachschub.«
Der erste Mann lachte. »Endlich darf ich auch mal mit. Das heißt, wie fahren ganz früh los nach Neumarkt?«
»Du hast es erfasst, Georg«, sagte Hans. »Ich hab denen schon Bescheid gegeben, dass wir kommen. Sie erwarten uns um zehn Uhr.«
»Geht klar«, sagte Georg. »Natürlich ist alles wieder topsecret, oder?«
Hans gab einen zischenden Laut von sich. »Klar! Kein Wort, zu niemandem, nicht mal zu deiner Frau, hörst du? Sonst sickert was durch, und wir haben sofort die Polizei auf dem Hals.«
Die Polizei? Franzi wurde hellhörig. Hatte sie sich doch gleich gedacht, dass die Männer eine illegale Aktion planten.
»Schon gut, reg dich ab!«, sagte Georg. »Soll ich fahren?«
»Ja«, antwortete Hans. »Ich nehme zur Sicherheit den Stadtplan mit, damit wir uns nicht verfahren. Dieses alte Industriegebiet ist verdammt unübersichtlich. Letztes Mal wäre ich fast vorbeigefahren an dieser blöden Kanalstraße.«
Georg lachte amüsiert.
»Da gibt's nichts zu lachen!«, wies ihn Hans zurecht. »Das hätte dir genauso passieren können.«
»Klar«, versicherte Georg. »Also dann, hast du sonst noch Infos für mich?«
Hans räusperte sich. »Nein, im Moment nicht. Ich hab ja deine Handynummer. Wenn mir doch noch was einfällt, ruf ich dich an.«

Das hörte sich ganz nach Abschied an. Bestimmt würden die Männer gleich rauskommen. Franzi richtete sich hinter dem Busch auf und machte sich aus dem Staub. Die ersten Schritte passte sie noch auf, so wenig Lärm wie möglich zu machen, doch sobald sie wieder auf der Straße war, rannte sie davon. Ihr Herz klopfte bis in den Hals hinauf. Sie konnte es kaum erwarten, die Neuigkeit Marie und Kim zu verkünden. Jetzt würde ihnen keine Ausrede mehr einfallen, weshalb sie den Fall nicht übernehmen wollten!

Ohne zu zögern, berief Franzi am Freitagabend die zweite Club-Sondersitzung innerhalb von zwei Tagen ein. Diesmal weigerten sich Marie und Kim, zu Franzi hinauszufahren, und schließlich einigten sie sich darauf, sich bei Kim zu treffen.

Als Franzi bei ihr klingelte, rissen Ben und Lukas die Tür auf, Kims freche neunjährige Zwillingsbrüder. Sie hatten gerade Fußball gespielt, und Lukas hielt den Ball noch in der Hand.

»Hi, Franzi!«, sagte Ben. »Hast du was dabei für uns?«

Franzi schüttelte lachend den Kopf. »Nein, leider nur mich selbst.«

Die Zwillinge machten enttäuschte Gesichter.

»Trefft ihr euch wieder mit eurem Detektivclub?«, wollte Lukas wissen.

»Ja«, sagte Franzi. »Könnt ihr mich vorbeilassen?«

Jetzt versperrten Ben und Lukas natürlich erst recht die Tür.

»Nur wenn du uns Wegezoll bezahlst«, sagte Ben.

Franzi stöhnte. Langsam konnte sie nachvollziehen, warum Kim von ihren Zwillingsbrüdern immer so genervt war.
»Lasst mich durch!«, sagte sie, ohne auf die Forderung einzugehen.
Ben und Lukas schüttelten einmütig die Köpfe.
»Du musst uns aber was bezahlen«, beharrte Lukas. »Wenn du kein Geld hast, musst du uns wenigstens ein Autogramm geben.« Damit hielt er Franzi den ziemlich verdreckten Fußball hin.
»Na schön«, sagte Franzi. Die Zwillinge würden ihr sonst sowieso keine Ruhe lassen. Sie kramte in ihrem Rucksack nach einem Filzstift, packte den Fußball und setzte ein schwungvolles Autogramm darauf.
Die Zwillinge strahlten.
»Cool!«, rief Ben und schnappte sich den Fußball wieder.
Und Lukas meinte: »Den zeigen wir in der Klasse rum. Von den anderen hat keiner ein Autogramm von einer echten Detektivin, die schon in der Zeitung war.«
Jetzt endlich gaben die beiden Jungen die Tür frei und rannten zurück ins Haus. Franzi sah ihnen grinsend nach. Nervig waren sie ja schon, aber irgendwie auch süß.
Kurze Zeit später waren die drei !!! versammelt und setzten sich in Kims Zimmer im Kreis auf den Teppichboden. Normalerweise quatschten sie sofort los, aber heute herrschte eisige Stimmung. Vor allem Marie war total sauer und starrte Franzi wütend an.
Kim dagegen schwankte zwischen Ärger und Unruhe. Besorgt musterte sie Franzi. »Was ist jetzt schon wieder passiert?«

»Das glaubt ihr mir nicht!«, sprudelte Franzi heraus. Und dann erzählte sie aufgeregt von den verdächtigen Männern und was sie am Nachmittag gesehen und gehört hatte.
Marie und Kim hörten zu, anfangs ablehnend, doch dann zunehmend interessiert. Am Ende hingen sie sogar richtig an Franzis Lippen.
»Und? Hab ich zu viel versprochen?«, fragte Franzi.
Marie schüttelte den Kopf. »Nein, das ist wirklich der Hammer!« Dieses Glitzern in den Augen kannte Franzi. Es bedeutete, dass ihre Freundin Feuer und Flamme war.
»Die Spur ist echt heiß«, stimmte Kim zu. »Die müssen wir auf jeden Fall verfolgen. Aber ich habe ein schlechtes Gewissen wegen Sabrina. Wir können ihren Fall doch nicht einfach vernachlässigen.«
Darauf hatte Franzi sich vorher schon eine Antwort überlegt. »Das müssen wir auch nicht. Ich gebe ja zu, das kommt alles ein bisschen plötzlich und ich hab euch damit ziemlich überrumpelt, aber als Detektivinnen müssen wir da eingreifen, wo es gerade am stärksten brennt. Bei Sabrina gibt es doch im Moment nichts Neues, oder?«
»Nein«, sagte Kim zögernd. »Trotzdem hab ich irgendwie ein ungutes Gefühl.«
»Wie wär's damit«, schlug Franzi vor, »wir fahren morgen nach Neumarkt, um diese Typen zu beschatten, und danach kümmern wir uns wieder um Sabrinas verschwundene Katze, okay?«
Kim lächelte. »Okay, ich bin dabei. Ich schicke Sabrina gleich eine SMS und vertröste sie auf Sonntag.«
»Super!«, rief Franzi. »Dann wär ja alles geklärt.«

»Nicht ganz«, sagte plötzlich Marie. »Wie kommen wir eigentlich nach Neumarkt? Mit dem Zug und öffentlichen Verkehrsmitteln ist es viel zu umständlich, und wer weiß, wo diese Kanalstraße überhaupt liegt!«
Franzi winkte lässig ab. »Hab ich längst nachgesehen. Die Straße liegt tatsächlich ziemlich außerhalb, da fährt auch nur alle heiligen Zeiten mal ein Bus hin. Macht euch keine Sorgen, wir haben schon eine Mitfahrgelegenheit.«
»Echt?«, fragte Kim. »Hast du was im Internet aufgetan?«
»Das war gar nicht nötig«, sagte Franzi. »Wir haben einen persönlichen Fahrer, ganz für uns allein. Er verlangt nicht mal Geld dafür, und er ist total nett.«
Maries Gesicht war ein einziges Fragezeichen. »Jetzt rück schon raus damit: Wer ist dieser Wunderknabe?«
Franzi grinste sie an. »Stefan!«

Zu dritt auf heißer Spur

Am nächsten Tag war sich Franzi nicht mehr ganz so sicher, ob es wirklich so eine gute Idee gewesen war, Stefan als Fahrer zu engagieren. Als ihr großer Bruder in die Straße einbog, in der Marie wohnte, wartete ihre Freundin bereits unten am Straßenrand und winkte hektisch mit beiden Händen.

»Hallo, hallo, hier bin ich!«

Franzi sprang vom Vordersitz und machte Marie die hintere Tür auf. Doch statt auf die Rückbank neben Kim zu rutschen, nahm Marie Franzi einfach den Sitzplatz weg.

»Du hast doch nichts dagegen, oder«, flötete sie, »wenn ich vorne sitze?«

»Nicht wirklich«, brummte Franzi und verzog sich nach hinten.

»Hiiii, Stefan!«, hauchte Marie.

»Hallo, Marie«, sagte Stefan. »Du siehst ja toll aus heute.«

Marie warf mit einer schwungvollen Bewegung ihre blonde Mähne zurück. Sofort breitete sich ein starker Duft nach Haarspray aus. Dann hauchte sie leise: »Danke. Ich hab mir nur schnell was übergeworfen.«

Franzi hätte beinahe einen Lachkrampf bekommen. Für ihre Kombination aus Jeans, Pumps, zwei übereinanderdrapierten Glitzertops, Ohrringen und jeder Menge Ketten hatte Marie garantiert zwei Stunden im Badezimmer verbracht.

Stefan dagegen schien die offensichtliche Lüge zu glauben und lächelte. »Okay, wir sind komplett. Dann können wir ja losfahren!«

Er startete seinen alten Opel und brauste los, wobei die Kiste mit einem lauten Knattern protestierte. »Sorry«, sagte er, »der Vergaser spinnt wieder mal.«

Marie hatte gar nicht richtig hingehört. Sie himmelte Stefan von der Seite an und sonnte sich immer noch in seinem Kompliment.

Franzi lehnte sich in ihrem Sitz zurück und sah aus dem Fenster. Der Himmel war strahlend blau, aber spätestens für Mittag hatte der Wetterbericht Dauerregen angesagt. Dann würden sie zum Glück längst wieder zurück sein.

Während sich Stefan durch den Stadtverkehr schlängelte und schließlich die Abzweigung zur Bundesstraße nach Neumarkt nahm, schwieg er, weil er sich konzentrieren musste. Doch dann, als es nur noch schnurgeradeaus ging, sagte er plötzlich: »Ich bin ja nicht neugierig, aber was wollt ihr eigentlich genau in Neumarkt? Franzi hat so geheimnisvolle Andeutungen gemacht, aber nichts Konkretes rausgelassen.«

»Wir sind mal wieder an einem ganz heißen Fall dran«, antwortete Marie eifrig. »Es geht um …«

»… um zwei Verdächtige, von denen wir noch nichts Näheres wissen«, unterbrach Franzi schnell Maries Redeschwall, bevor sie am Ende alles ausplauderte.

Kim kam ihr zu Hilfe und beugte sich zu Stefan vor. »Ich hoffe, du verstehst das. Wir können keine Details über unsere Ermittlungen verraten, solange wir noch mittendrin stecken.«

»Schade!«, sagte Stefan.

Marie klimperte mit ihren getuschten Wimpern. »Aber so-

bald wir den Fall gelöst haben, bist du der Erste, der es erfährt. Ich ruf dich sofort an … äh, da fällt mir auf, ich hab ja deine Handynummer gar nicht.«
Franzi tauschte einen schnellen Blick mit Kim. Marie ließ wirklich keine Gelegenheit aus, um Stefan anzugraben.
»Kein Problem«, sagte Stefan. »Die Nummer geb ich dir gern. Nur jetzt hab ich leider keine Hand frei.«
»Das hat ja Zeit«, versicherte Marie und starrte fasziniert auf seine schlanken, großen Männerhände auf dem Lenkrad. »Wir sind ja heute länger zusammen.«
»Genau«, mischte sich Franzi ein, »aber wir sind hier, um unseren *Fall* zu lösen.«
»Schon gut«, sagte Marie leicht beleidigt. »Das weiß ich doch.«
Der Verkehr war so früh am Samstagmorgen zum Glück noch nicht besonders stark, und sie kamen gut voran. Eine halbe Stunde später passierten sie bereits das Ortsschild von Neumarkt. Sie waren früh dran, somit hatten sie jetzt reichlich Zeit, um die Kanalstraße zu finden.
Kim, die bei Karten den besten Durchblick hatte, beugte sich über den Stadtplan von Neumarkt. »Fahr erst mal immer geradeaus«, sagte sie zu Stefan. »Nach der fünften Kreuzung müsste die Löwenstraße kommen, da biegst du dann rechts ab.«
Stefan nickte. »Alles klar.«
Als sie eine Weile auf der Löwenstraße entlanggefahren waren, begann das Industriegebiet. Ein hässliches Einkaufszentrum reihte sich an das andere.
»Stopp!«, rief Kim plötzlich. »Hier geht's wieder links ab.«

Sie lotste Stefan durch ein Labyrinth von kleineren Seitenstraßen.
Franzi hielt inzwischen nach einem Lieferwagen mit Hans und Georg hinter dem Steuer Ausschau, doch leider waren so viele Lieferwagen unterwegs, dass sie es schnell aufgab.
Da faltete Kim den Stadtplan zusammen und rief triumphierend: »Hier sind wir, da vorne ist die Kanalstraße.«
»Super!«, sagte Marie.
Stefan verringerte das Tempo und sah Marie fragend an. »Soll ich direkt reinfahren, oder wollt ihr vorher aussteigen?«
Die drei !!! überlegten kurz. Dann schlug Franzi vor: »Lasst uns ruhig reinfahren, im Auto fallen wir weniger auf, als wenn wir zu Fuß unterwegs sind. Außerdem könnte es sein, dass mich die Männer wiedererkennen.«
»Du hast recht«, bestätigte Kim.
Stefan setzte den Blinker und fuhr langsam in die Kanalstraße hinein. Franzi presste das Gesicht gegen die Fensterscheibe. Schade, dass die zwei Männer die Hausnummer nicht auch noch erwähnt hatten. Auf den zweiten Blick erkannte sie, dass das ohnehin nichts genützt hätte: In der Kanalstraße gab es überhaupt keine Hausnummern, sondern nur drei anonyme große Fabrikhallen: zwei auf der linken Seite und eine auf der rechten.
»Sucht ihr nach was Bestimmtem?«, fragte Stefan.
»Natürlich«, sagte Franzi. »Wir wissen nur noch nicht genau, wo es ist.«
Stefan nickte. »Dann halte ich einfach mal hier?«
»Lieber rechts da drüben hinter dem Müllcontainer«, sagte Kim. Dort waren sie genau in der Mitte der Straße, hatten

wenigstens etwas Deckung und konnten im Zweifelsfall behaupten, dass sie irgendwelchen Bauschutt abladen wollten. Stefan parkte ein bisschen zu schwungvoll ein, und prompt fing der Vergaser wieder an zu knattern. Unruhig sah Franzi sich um, ob jemand auf sie aufmerksam geworden war. Zum Glück war die Straße im Moment leer. Nur auf dem großen Parkplatz der Fabrik auf der rechten Seite standen ein paar Lastwagen herum.

Stefan schaltete den Motor ab. »Da sind wir. Jetzt bin ich ja gespannt, was als Nächstes passiert.«

»Ich auch!«, sagte Marie und versank in seinen Augen, als ob darin die Lösung des Falls stehen würde.

Franzi und Kim waren nicht so abgelenkt. Aufmerksam scannten sie die Umgebung. Die drei Fabrikgebäude sahen alle gleich aus, und sie konnten nicht auf Anhieb erkennen, was dort produziert wurde.

»Siehst du irgendwo die beiden Verdächtigen?«, fragte Kim.

Franzi schüttelte den Kopf. »Ich glaub, sie sind noch gar nicht da.«

Marie warf einen Blick auf ihre Armbanduhr. »Es ist ja auch erst Viertel vor zehn.«

Den drei !!! blieb nichts anderes übrig, als zu warten. Ungeduldig rutschten sie auf ihren Sitzen herum, und auch Stefan wurde langsam nervös.

»Dauert's noch lange?«, fragte er schließlich.

In dem Moment bog ein grauer kleiner Lieferwagen in die Straße ein und fuhr direkt auf sie zu.

»Runter!«, zischte Franzi.

Sofort zogen alle die Köpfe ein und duckten sich. Sie hörten,

wie der Lieferwagen an ihnen vorbeifuhr. Das Motorengeräusch wurde leiser. Dann bremste der Wagen, und der Motor wurde ausgestellt.
Vorsichtig kamen sie wieder hoch und sahen, dass der Lieferwagen vor der letzten Fabrik auf der linken Seite geparkt hatte. Die Türen schlugen, und zwei Männer mit schwarzen Sonnenbrillen stiegen aus. An der Nase des Größeren blitzte etwas Silbernes auf.
»Das sind sie«, flüsterte Franzi.
Marie flüsterte zurück: »Sie gehen auf die Fabrik zu. Aber sie sind zu weit weg.«
Kim seufzte. »Ich fürchte, wir müssen doch aussteigen, sonst kriegen wir nichts mit.«
Franzi nickte. »Jetzt noch nicht. Warten wir noch ein bisschen.«
Hans und Georg verschwanden in der Fabrikhalle. Eine Minute verstrich, zwei … Da hielt Franzi es nicht mehr aus und zischte: »Los!«
Die drei !!! stiegen aus und ließen die Türen offen, um keinen Lärm zu machen. Hintereinander huschten sie die Straße entlang und duckten sich am äußeren Tor der hinteren Halle. Auch hier standen auf dem Parkplatz ein paar Lastwagen und in einer Ecke ein Stapel mit leeren Paletten, aber es war niemand zu sehen. Das große hellgraue Eingangstor der Halle war geschlossen. Aus dem Inneren dröhnte Maschinenlärm.
»Ich bin so schrecklich aufgeregt!«, flüsterte Kim.
Als sie es sagte, spürte Franzi auch, wie ihr Herz schneller klopfte und ihre Hände feucht wurden.
»Sollen wir uns auf den Parkplatz schleichen?«, raunte Marie.

Franzi zögerte.
»Klar«, sagte Kim, die wieder neuen Mut gefasst hatte.
Die drei !!! wollten gerade losgehen, als plötzlich das Tor aufging und Hans und Georg zusammen mit einem Mann in einem blauen Kittel herauskamen.
»Runter!«, zischte Franzi wieder.
Die Detektivinnen gingen in die Knie. Franzi hielt den Atem an. Das Versteck war viel zu schlecht, das äußere Tor viel zu niedrig. Gleich würden sie entdeckt werden!
Aber die Männer achteten nicht auf das äußere Tor. Sie redeten auf den Mann im blauen Kittel ein, während sie auf ihren Lieferwagen zugingen.
»Wir brauchen diesmal mehr als sonst, Jimmy«, sagte Hans und kratzte sich besorgt an der Stirn.
»Kein Problem«, sagte der Mann im blauen Kittel. »Wir haben schon alles für euch vorbereitet. Am besten fahrt ihr mit eurem Wagen direkt vor das Hallentor, dann könnt ihr besser einladen.«
Einladen?, überlegte Franzi fieberhaft. Was denn einladen?
Georg grinste. »Gute Idee. Bin gleich wieder da.«
»Und wir können ja inzwischen die Formalitäten erledigen«, sagte Jimmy. »Kommst du mit ins Büro?«
»Klar«, sagte Hans.
Die Männer verschwanden wieder in der Halle. Blitzschnell nutzten die drei !!! die Gelegenheit und sprinteten auf den Parkplatz hinter den Stapel mit den Paletten. Keine Sekunde zu früh versteckten sie sich dahinter. Georg fuhr bereits mit dem Lieferwagen in den Hof hinein. Gut gelaunt sprang er heraus, ging nach hinten und öffnete die Hecktür.

Da kamen auch schon Hans und Jimmy zurück. Hans rollte eine Sackkarre vor sich her, auf der drei Kartons übereinandergestapelt waren.
Franzi versuchte, die rote Schrift auf den Kartons zu entziffern. Endlich schaffte sie es: *Textilien* stand darauf. Was sollte das denn jetzt? Kauften die Typen etwa hier billige Klamotten ein und schenkten sie dann den Skatern? Aber warum? Die standen doch nur auf teure Marken-Outfits. Das ergab alles keinen Sinn.
Georg verfrachtete die drei Kartons im Laderaum des Lieferwagens. Dann folgte er Hans und Jimmy in die Halle, um noch mehr Klamotten zu holen. Insgesamt mindestens fünfzig Kartons luden Hans und Georg ein. Gebannt beobachteten die drei !!! sie dabei.
»Was wollen die denn mit so vielen Klamotten?«, flüsterte Marie.
Franzi zuckte mit den Schultern. »Keine Ahnung.«
»Vielleicht …«, fing Kim an. Weiter kam sie nicht. Plötzlich packte jemand sie mit hartem Griff an der Schulter.
»Wen haben wir denn hier?«, fragte Hans mit drohender Stimme.
Kim wurde bleich, und Franzi und Marie zuckten zusammen.
»Äh … w…wir …«, stammelte Marie. »Wir sind nur zufällig hier vorbeigekommen und wollten …«
Interessiert kam Georg näher. »Zufällig?«, fragte er. »Das glaubt ihr wohl selbst nicht. Ihr spioniert doch hier herum.«
»Nein!«, rief Franzi. »Wir recherchieren bloß … für ein Referat für die Schule. Wir nehmen gerade Industrie durch,

Massenproduktion, Fabriken und so …« Sie merkte selbst, dass es nicht gerade überzeugend klang.
Hans zog die linke Augenbraue hoch. »Ach, ein Referat! Und deshalb spioniert ihr unschuldigen Menschen nach?«
Verzweifelt versuchte Kim, sich aus seinem Griff zu befreien, aber sie hatte keine Chance. Hans hielt sie eisern fest.
Hans musterte Franzi, und auf einmal blitzte etwas in seinen Augen auf. »Du kommst mir so bekannt vor. Hab ich dich irgendwo schon mal gesehen?«
Franzi schüttelte energisch den Kopf. »Bestimmt nicht. Da müssen Sie sich täuschen.«
Schnell lenkte Marie vom Thema ab. »Können wir Ihnen kurz ein paar Fragen stellen, für unser Referat?«
Jetzt waren die Männer überrumpelt. Kim schaffte es, sich aus Hans' Griff zu befreien. Geistesgegenwärtig gab sie Marie das Detektivtagebuch und einen Kugelschreiber. Marie nahm beides entgegen und tat so, als wollte sie sich Notizen machen. Hans und Georg sahen Marie unsicher an, die einen interessierten Streberblick aufgesetzt hatte.
»Spüren Sie auch die zunehmende Arbeitslosigkeit in unserer Gesellschaft?«, fragte sie. »Leiden Ihre Geschäfte darunter, dass die Leute heutzutage kaum mehr Geld in der Tasche haben?«
Hans kratzte sich wieder an der Stirn. »Hmm … weiß nicht.«
Marie kritzelte etwas in das Detektivtagebuch.
Sofort machte Kim weiter. »Wir haben gesehen, dass Sie in der Textilbranche tätig sind. Dürfen wir fragen, wer Ihre Kundengruppen sind? Gehören sie eher zu den reicheren oder ärmeren Bevölkerungsschichten?«

»Äh … zu den ärmeren«, sagte Georg.
Hans nickte. »Ja, zu den ganz Armen. Wir schicken nämlich Kleidung an die Dritte Welt. Leiten eine Spendenaktion, die ziemlich erfolgreich ist.«
Georg starrte ihn mit offenem Mund an, dann nickte er auch. »Genau, so ist es …«
Marie kritzelte wieder eifrig im Tagebuch herum.
»Jetzt müssen wir aber los«, sagte Hans. »Die Armen in der Dritten Welt brauchen uns, sie warten auf unsere Spenden.«
Georg hob die Hand zum Abschied und grinste schief. »Macht's gut!«
Dann stiegen die Männer schnell in den Wagen und brausten davon. Die drei !!! sahen ihnen hinterher.
»Von wegen Dritte Welt!«, murmelte Marie, während sie Kim das Detektivtagebuch und den Kugelschreiber zurückgab.
»Die haben das Blaue vom Himmel heruntergelogen«, sagte Kim.
Franzi verschränkte triumphierend die Arme vor der Brust. »Und sie hatten offensichtlich Angst. Das bedeutet, dass sie Dreck am Stecken haben. Vielleicht verschenken sie ja die Klamotten unter den Skatern und bestechen sie damit oder so.«
»Kann gut sein«, sagte Kim. »Aber jetzt lasst uns hier verschwinden, bevor noch dieser Jimmy auftaucht.«
Die Detektivinnen machten kehrt und rannten zum Auto zurück. Schnell stiegen sie ein, und Franzi rief atemlos: »Los, nichts wie weg!«
Stefan riss erschrocken die Augen auf. »Okay.« Dann ließ er

den röhrenden Motor an. »Wollt ihr den Lieferwagen verfolgen?«
»Nein«, sagte Kim. »Wir wollen nur schnell weg von hier.«
Stefan schaltete einen Gang runter. Sie ließen das Industriegebiet hinter sich und bogen wieder auf der Hauptstraße ein, die aus Neumarkt hinausführte. Es fing zu regnen an. Stefan schaltete die Scheibenwischer ein und krampfte nervös die Hände ums Lenkrad. »Ist alles in Ordnung mit euch?«
»Klar«, sagte Marie. »Uns geht's gut.«
Stefan wischte sich ein paar Schweißtropfen von der Stirn. »Gott sei Dank! Ich hab schon gedacht, ich muss euch da rausboxen. Die beiden Schlägertypen sahen nicht gerade so aus, als wollten sie nett mit euch plaudern.«
Marie strahlte ihn an. »Das hättest du wirklich getan?«
»Natürlich«, sagte Stefan. »Ich lass euch doch nicht im Stich, wenn ihr in Gefahr seid.«
Marie strahlte weiter. »Du bist ein Held ...«
»Jetzt übertreib mal nicht«, sagte Stefan. »Ich hab ja gar nichts gemacht. Aber ihr lasst euch da auf ganz schön gefährliche Sachen ein. Habt ihr nie Angst?«
Kim kicherte. »Doch, klar, aber das gehört eben dazu.«
Stefan pfiff durch die Zähne. »Respekt! Für mich wär das nichts.«
»Das musst du ja auch nicht«, sagte Franzi. »Eine verrückte Detektivin in der Familie reicht, oder?«
Alle lachten. Nach der ganzen Anspannung erzählten sie sich gegenseitig Witze, und die Rückfahrt verging wie im Flug. Am liebsten hätte Franzi natürlich gleich alle Details des Falls besprochen, aber damit mussten sie warten, bis sie wieder

unter sich waren. Kurz darauf erreichten sie die Stadt, und Stefan setzte die Detektivinnen bei Marie ab.

»Danke fürs Mitnehmen!«, sagte Franzi. »War echt nett von dir.«

»Keine Ursache«, sagte Stefan. »Also dann, bis bald.«

Er wollte schon wieder losfahren, da rief Marie plötzlich: »Halt!«

Stefan zuckte zusammen. »Was ist?«

Marie lächelte ihn an. »Du wolltest mir doch noch deine Handynummer geben.«

Stefan grinste. »Ach so, ja. Das hätte ich fast vergessen.« Er zog einen Kugelschreiber aus der Brusttasche seines Hemds, kramte in der Hosentasche nach einem Zettel und kritzelte seine Handynummer auf das Papier.

Marie griff danach und erwischte aus Versehen Zettel und Kugelschreiber. »Sorry«, sagte sie und wollte Stefan den Kugelschreiber zurückgeben.

Doch der winkte ab. »Lass mal, den brauch ich nicht mehr.«

Marie starrte eine Weile fassungslos auf den Kugelschreiber in ihrer Hand, dann drückte sie ihn selig an ihre Brust und steckte ihn schließlich so vorsichtig ein, als ob er zerbrechlich wäre.

Franzi musste grinsen. Wetten, dass Marie den Kugelschreiber an einem besonderen Platz in ihrem Zimmer wie ein Heiligtum aufbewahren würde? Wahrscheinlich würde sie sogar an ihm riechen, um noch einen Hauch von Stefans Duft einzufangen. Tja, Verliebte waren eben einfach nicht zurechnungsfähig!

Krumme Geschäfte

Die drei !!! beschlossen, gleich weiterzuermitteln. Außerdem war es erst halb zwölf, und der ganze Samstagnachmittag lag noch vor ihnen.
Als Erstes gingen sie kurz zu Marie, um sich von ihr Regenzeug auszuleihen, die weiteren Schritte zu besprechen und Maries Inliner mitzunehmen. Dann fuhren sie mit der U-Bahn zum Skatepark. Dort lieh sich Kim Inliner aus, und Franzi packte ihre eigenen aus, die sie in weiser Voraussicht im Rucksack mitgenommen hatte.
Kim und Marie wackelten ziemlich unsicher auf ihren Inlinern herum und sahen nicht gerade sportlich aus, aber für ihr Vorhaben musste es reichen. Schließlich war auch Franzi heute ausnahmsweise mal nicht zum Skaten hergekommen, sondern um im Skater-Fall weiterzuermitteln.
Während die drei !!! hinüber zur Snake liefen, sah sich Franzi unauffällig um. Diesmal war nicht so viel los. Kein Wunder, der hartnäckige Nieselregen lud nicht gerade zum Draußensein ein.
»Und? Ist diese Miriam hier?«, fragte Marie, während sie ihre Kapuze enger schnürte, damit der Regen ihre Frisur nicht ruinierte.
Franzi schüttelte den Kopf. »Nein, weder sie noch die Angeber-Clique ist da. Aber bestimmt tauchen sie bald auf, die lassen keine Gelegenheit aus, um mit ihren Markenklamotten zu protzen.« Sie holte Schwung und durchquerte die Snake lässig einmal hin und zurück.

»Hoffentlich«, sagte Kim, während sie vorsichtig einen Fuß vor den anderen setzte, um nicht hinzufallen.
»Hey, trau dich, fahr einfach drauflos!«, rief Franzi ihr aufmunternd zu.
Kim seufzte. »Das sagst du so leicht. Diese Dinger wollen einfach nicht das tun, was ich will.«
Marie war mutiger und ging gleich ziemlich auf Tempo. Doch bei der ersten Kurve verlor sie das Gleichgewicht und landete auf dem Po.
Sie verzog das Gesicht und rief: »Aua!«
Franzi achtete nicht darauf. Sie hatte Benni und Leonhard entdeckt, die gerade hinter dem Eisstand auftauchten. Trotz Schmuddelwetter hatten sie sich zwei Eis am Stiel gekauft.
»He!«, beschwerte sich Marie und rappelte sich mühsam wieder hoch. »Hat hier keiner Mitleid mit mir?«
»Später«, sagte Franzi nur und winkte den beiden Jungs zu. Die kamen sofort her.
»Hi, Franzi!«, sagte Benni. »Na endlich! Wir haben schon auf dich gewartet.«
Leonhard sah ihr tief in die Augen. »Ohne dich macht Skaten überhaupt keinen Spaß.«
Kim und Marie stießen sich an und kicherten leise.
Franzi ignorierte es. »Äh … ja … schön! Das sind übrigens meine Freundinnen Kim und Marie. Und das sind Benni und Leonhard, wir kennen uns vom Skaten hier auf der Anlage.«
Die beiden Jungs schleckten an ihrem Eis und nickten Kim und Marie flüchtig zu. Dann hatten sie wieder nur Augen für Franzi.
»Und? Wie lang kannst du bleiben?«, wollte Benni wissen.

Franzi zuckte mit den Schultern. »Keine Ahnung. Hängt ganz davon ab, ob die Angeber-Clique bald auftaucht.«
Leonhard riss die Augen auf, und Benni rief: »Hä? Wie war das? Du wartest auf die blöden Typen?«
»Sei doch froh, dass sie nicht da sind«, sagte Leonhard.
Franzi räusperte sich. »Wär ich normalerweise auch, aber meine Freundinnen und ich suchen Miriam, eine aus der Clique. Wir müssen ihr was Dringendes sagen.«
»Ja, genau, wegen der Schule«, behauptete Marie, während sie die beiden interessiert betrachtete.
Kim, die Lügen hasste, schwieg lieber.
»Tja«, meinte Leonhard, nachdem er den letzten Rest von seinem Eis verputzt hatte. »Ich fürchte, da musst du lange warten. Die Typen waren zwar kurz da, sind aber vor einer Viertelstunde wieder abgehauen.«
Benni grinste. »Ich glaub, ich hab ihre Entscheidung zu gehen etwas beschleunigt.«
»Mist!«, rief Franzi.
Leonhard sah sie bittend an. »Komm, vergiss die blöden Typen! Lass uns lieber zusammen skaten.«
»Tut mir leid«, sagte Franzi, »aber daraus wird heute nichts. Wir müssen los und Miriam suchen.«
»Habt ihr zufällig mitbekommen, wo die hinwollten?«, fragte Kim.
Benni und Leonhard überlegten.
»Ich glaub nicht …«, sagte Benni.
Doch Leonhard erinnerte sich plötzlich. »Da war was. Jetzt fällt's mir ein. Dieser Mark, der Anführer, hat vorgeschlagen, ins Kino zu gehen, in einen Actionfilm.«

»Stimmt«, sagte Benni. »Die Jungs waren natürlich sofort begeistert, aber von den Mädchen wollte keine mit.«

Maries Gesicht hellte sich auf. »Sehr gut! Ihr habt uns echt geholfen.«

»Also dann«, sagte Franzi. »Bis bald mal.«

Benni und Leonhard kreisten mit ihren Inlinern um sie herum und ließen sie nicht gehen.

»Warte!«, rief Leonhard. »Wann sehen wir uns wieder?«

Benni sah sie hoffnungsvoll an. »Morgen?«

Franzi zögerte. Langsam wurde ihr das Ganze zu viel. »Weiß noch nicht …«, antwortete sie ausweichend.

»Dann gib uns wenigstens deine Handynummer«, bat Leonhard.

»Keine Zeit mehr«, sagte Franzi und verließ schnell die Halfpipe.

Marie und Kim stolperten hinter ihr her.

Als sie weit genug von den enttäuschten Jungs entfernt waren, fragte Kim: »Könnte es sein, dass die zwei in dich verliebt sind?«

Franzi beugte sich tief über ihre Inliner und schnallte sie ab. »Woher soll ich das wissen …?«

»Mensch, das ist doch toll, gleich zwei Verehrer auf einmal!«, sagte Marie.

Franzi fand das gar nicht toll. Je mehr Benni und Leonhard sie anbaggerten, umso mehr kam sie sich vor, als ob sie irgendwie verfolgt werden würde.

»Wir haben jetzt keine Zeit für so was«, wechselte sie das Thema. »Wir müssen herausfinden, wo Miriam wohnt. Vielleicht haben wir ja Glück und sie ist nicht noch mit

den anderen Mädchen weggegangen, sondern gleich nach Hause.«
Die drei !!! tauschten die Inliner gegen Straßenschuhe und verließen zu Fuß den Skatepark.
Kim nickte. »Du hast recht. Ich kenne sie leider nur vom Sehen. Keine Ahnung, wo sie wohnt.«
Marie holte ihr Handy raus. »Kein Problem, ich ruf einfach die Auskunft an. Wie heißt sie mit Nachnamen?«
»Röblitz«, antwortete Franzi, »mit tz am Ende.«
Marie tippte bereits die Nummer der Auskunft ein, und Kim holte ihren Kugelschreiber und das Detektivtagebuch heraus. Bald kam die Ansage. Marie wiederholte die Telefonnummer und die Adresse laut für Kim.
Dann klappte sie ihr Handy zu und grinste. »Schwein muss man haben! Zufällig gibt es nur eine Familie Röblitz in unserer Stadt.«
Franzi warf einen Blick in Kims Tagebuch. »Ach, Lindenallee! Das ist ja gleich um die Ecke vom *Café Lomo*.«
»Perfekt«, sagte Kim und fuhr sich durch die nassen Haare. »Dann können wir uns danach im Café trockenlegen.«
Die Detektivinnen nahmen die nächste U-Bahn, und zehn Minuten später waren sie auch schon am Ziel. Miriam wohnte in einem Altbau, der schon länger nicht mehr renoviert worden war. Als sie unten vor dem Eingang standen, raschelte es plötzlich in einem Busch. Franzi hörte es als Einzige und hatte das komische Gefühl, als ob jemand sie beobachtete. Schnell drehte sie sich um, konnte aber niemanden hinter dem Busch erkennen. Na ja, wahrscheinlich hatte sie es sich nur eingebildet.

Kim drückte inzwischen entschlossen auf den Klingelknopf. In der Sprechanlage meldete sich niemand, stattdessen ging sofort der Türsummer. Die drei !!! betraten das Gebäude und mussten nicht lange überlegen, in welchem Stockwerk Miriam wohnte. Sie folgten einfach dem größten Lärmpegel. Offenbar waren Miriams sechs Geschwister alle zu Hause und stellten gerade die Wohnung auf den Kopf. Zwei kleine Mädchen im Kindergartenalter und ein etwa siebenjähriger Junge belagerten die Tür.

»Ist Miriam da?«, fragte Franzi.

Die Mädchen kicherten, und der Junge drehte sich um und brüllte: »Miiiiriaam!«

Marie hielt sich die Ohren zu.

Kurz darauf erschien tatsächlich Miriam und verscheuchte ihre kleineren Geschwister. Sie hatte keine teuren Skaterklamotten an, sondern steckte in Jeans und einem ausgeleierten Ringelpulli. »Franzi? Was machst du denn hier?«

»Wir würden dir gern ein paar Fragen stellen«, sagte Franzi. »Das sind Kim und Marie, zwei Freundinnen von mir. Wir haben zusammen einen Detektivclub.«

Miriam zog die linke Augenbraue hoch. »Einen Detektivclub? Und was hab ich damit zu tun?«

Kim lächelte extra freundlich. »Entschuldige, dass wir einfach so bei dir reinplatzen, aber es ist wirklich sehr wichtig.«

»Wir erklären dir auch gleich, worum es geht«, versicherte Marie.

»Okay«, sagte Miriam zögernd. »Kommt rein. Ich hab aber nicht aufgeräumt.«

»Kein Problem«, sagte Franzi. Schlimmer als in ihrem Zimmer daheim konnte es kaum aussehen.
Miriam führte sie einen langen Flur entlang, der mit Schränken und Wäscheregalen vollgestopft war, zu ihrem Zimmer. Es war tatsächlich ziemlich unordentlich, und überall lagen Kleider herum. Miriam schaufelte das Sofa frei, und die drei !!! setzten sich.
»Also, worum geht es?«, fragte Miriam, die sich auf dem Teppich niedergelassen hatte.
»Wir wollten dich noch mal zu deinen Markenklamotten was fragen«, fing Franzi an.
Miriam runzelte die Stirn. »Schon wieder? Ich glaub nicht, dass dich das etwas angeht.«
»Bitte hör uns erst mal zu«, bat Kim in ihrer bewährten diplomatischen Art. »Wir sind nämlich gerade an einem spannenden Fall dran, und es könnte sein, dass du und deine Clique … na ja, dass ihr irgendwie ausgenutzt werdet oder so.«
Miriam verschränkte die Arme vor der Brust. »Könnt ihr mal auf den Punkt kommen?«
»Natürlich«, sagte Marie. »Hast du dein Skater-Outfit von irgendjemandem geschenkt bekommen?«
Sofort schüttelte Miriam den Kopf. »Nein!«
»Oder hast du es gegen etwas anderes eingetauscht?«, hakte Franzi nach. Vielleicht betrieben Hans und Georg ja ein illegales Tauschgeschäft.
Miriam schüttelte wieder den Kopf. »Nein!«
»Wo hast du dann die Sachen her?«, fragte Kim vorsichtig. »Die sind ja ziemlich teuer.«
»Teuer?«, sagte Miriam. »Nein, sie waren total günstig, ein

Schnäppchen. Ich hab sie in einem Sportgeschäft gekauft, von meinem Taschengeld.« Die Antwort kam wie aus der Pistole geschossen, aber Miriams Stimme wirkte ein bisschen zu forsch.
»Kannst du uns auch den Namen des Sportgeschäfts sagen?«, fragte Marie.
Miriam zögerte. Ihre Augen flackerten unruhig hin und her. Doch dann zuckte sie mit den Schultern und sagte: »Klar, das ist *Sport Lang* in der Fußgängerzone.«
Den Laden kannte Franzi, sie hatte allerdings noch nie dort eingekauft.
»Danke!«, sagte sie. »Das war's auch schon.«
Miriam musterte die drei !!! misstrauisch. »Und ihr seid also wirklich Detektive?«
»Detektiv*innen*«, verbesserte Kim und holte eine Visitenkarte aus ihrer Hosentasche. »Hier, das ist unsere Karte. Du kannst uns gern anrufen, wenn dir noch etwas einfällt, das du uns mitteilen möchtest.«
Miriam steckte die Karte ein, aber sie machte nicht den Eindruck, als ob sie je vorhatte, sich zu melden. Die drei !!! standen auf und verabschiedeten sich. Als sie die Tür öffneten, purzelten ihnen die beiden Mädchen von vorhin entgegen, die offenbar heimlich gelauscht hatten.
»Los, verschwindet!«, rief Miriam wütend. »Aber ganz schnell!«
Kichernd zogen die Mädchen ab und verschwanden in einem Zimmer, aus dem Heavy-Metal-Musik dröhnte.
Kim musste grinsen. »Bin ich froh, dass ich nur zwei Brüder hab!«

Nach einer kleinen Pause im *Café Lomo*, bei der sie ihr Regenzeug trockneten und sich mit *Kakao Spezial* aufwärmten, machten sich die drei !!! auf den Weg in die Fußgängerzone. Zum Glück hatte der Regen aufgehört, und sogar ein paar vereinzelte Sonnenstrahlen blitzten durch die Wolken. Es war erst zwei Uhr, die Geschäfte würden also noch mindestens zwei Stunden offen haben.

Sport Lang lag in der Mitte der Fußgängerzone und war neben den vielen Ketten eines der wenigen alteingesessenen Geschäfte. Das merkte man auch an den Auslagen, die ein bisschen verstaubt und altmodisch wirkten.

Marie betrachtete ungläubig das Schaufenster. »Hier soll Miriam die coolen Klamotten gekauft haben? Das ist doch ein kleiner Scherz, oder?«

»Wer weiß?«, meinte Franzi. »Noch wissen wir nicht, ob sie uns angelogen hat.«

»Okay«, sagte Kim. »Dann nichts wie rein in den guten Laden!« Gerade als sie die Tür aufmachen wollte, hörten die Detektivinnen plötzlich eilige Schritte hinter sich.

»Hallo, Kim! Hallo, Franzi, Marie!« Es war Sabrina, die mit hochroten Wangen vor ihnen stand.

»Was machst du denn hier?«, fragte Franzi verwundert.

Sabrina wurde rot. »Ich war … äh … vorher im Skatepark, ganz zufällig … und da hab ich euch gesehen und …«

»Bist du uns die ganze Zeit nachgelaufen?«, fragte Marie.

»Nein … äh … ja … nein!«, stammelte Sabrina. »Ich wollte sowieso noch in die Fußgängerzone. Jetzt muss ich auch gleich los, sonst komm ich zu spät zu meinen Freundinnen.« Damit drehte sie sich um und rannte davon.

Die drei !!! sahen ihr verblüfft nach.
»Was war das denn jetzt?«, fragte Kim.
Marie seufzte. »Sieht ganz danach aus, als ob sie uns verfolgt hat.«
»Ja, das hat sie bestimmt«, sagte Franzi, die sich auf einmal wieder an das Rascheln vor Miriams Haustür erinnerte. Aufgeregt erzählte sie Kim und Marie davon.
Kim pfiff durch die Zähne. »Das wär ja ein Ding! Wir sollten dringend mal ein ernstes Wörtchen mit Sabrina reden.«
»Allerdings«, stimmte Franzi zu, »aber jetzt nicht, vorher müssen wir noch was anderes erledigen.«
Kim und Marie nickten. Dann betraten die Detektivinnen das Sportgeschäft. Innen herrschte diffuses Dämmerlicht. Ein leicht muffiger Geruch schlug ihnen entgegen, der von den Unmengen an Sportbekleidung stammte, die in alten Regalen dicht übereinandergestapelt war. Außer ihnen waren keine weiteren Kunden da.
Hinter der altmodischen Kasse tauchte eine ältere Frau auf. Kim prägte sich sofort ihre Personenbeschreibung ein: Sie war circa fünfzig Jahre alt, schlank, sportlich und hatte viele Falten in ihrem braun gebrannten Gesicht.
»Hallo!«, begrüßte sie die drei !!!. »Was kann ich für euch tun?«
»Wir wollen uns erst mal umsehen«, antwortete Marie.
Die Verkäuferin nickte. »In Ordnung. Wenn ihr mich braucht, findet ihr mich hinter der Kasse.«
»Danke!«, sagte Kim und schenkte der Verkäuferin ein freundliches Lächeln.
Die drei !!! sahen sich im Laden um. Er war wirklich total

vollgestopft. Jede kleinste Lücke war mit Klamotten gefüllt, und auch die Kleiderständer quollen fast über. Als sie sich die Sachen näher ansahen, stellten sie fest, dass die meisten im mittleren Preisbereich lagen. Daneben gab es ein paar wenige Sonderangebote, alles keine Markenkleidung, und einige richtig teure Markenklamotten. Sie suchten alles durch, konnten jedoch keine Marken-Outfits zu sensationell günstigen Preisen entdecken. Also blieb ihnen nichts anderes übrig, als doch noch die Verkäuferin einzubeziehen.

Sie saß hinter der Kasse auf einem Stuhl und strickte Sportsocken. Als sie Marie, Kim und Franzi auf sich zukommen sah, legte sie das Strickzeug schnell weg. »Und? Habt ihr was gefunden?«

»Leider nicht«, sagte Kim. »Die Sachen sind alle ziemlich teuer, da reicht mein Taschengeld nicht dafür.« Das war nicht mal gelogen, im Vergleich zu Marie bekam sie tatsächlich schrecklich wenig Taschengeld.

Die Verkäuferin nickte verständnisvoll. »Verstehe. Wonach sucht ihr denn?«

»Nach coolen Skaterklamotten«, antwortete Franzi.

Und Marie fügte hinzu: »Aber es müssen schon Markenteile sein. Unsere Freundinnen, mit denen wir uns im Skatepark treffen, haben auch alle welche. Und die Sachen müssen besonders günstig sein.«

Da hellte sich das Gesicht der Verkäuferin plötzlich auf. »Ich glaube, da hab ich was Passendes für euch.«

Sie bückte sich unter den Ladentisch und holte eine Schachtel hervor. Darin lagen nagelneue Skaterklamotten mit genau denselben Logos, die auch die Angeber-Clique trug: Franzi erkannte die schwungvolle knallgelbe Schlangenlinie sofort wieder, die einer schwierigen Skaterfigur nachempfunden war.

»Die Sachen hier hab ich gerade erst frisch reinbekommen, ein Sonderposten«, erzählte die Verkäuferin. »Alles echte Markenware, aber extra günstig.«

Marie fischte ein grünes T-Shirt aus dem Karton. »Genau das gleiche hab ich auch, nur in Hellblau!« Sie suchte nach dem Preisschild und stieß einen spitzen Schrei aus: »Aber meins hat doppelt so viel gekostet! Das gibt's doch gar nicht.«

Die Verkäuferin lächelte. »Doch, das gibt's schon. Wir kennen die Firma schon lange und haben seit Kurzem Sonderrabatte, die wir gern an unsere Kunden weitergeben.«

Lange Firmenkontakte? Sonderrabatte? Franzi glaubte der Verkäuferin kein Wort. Wenn es normale Sonderrabatte gewesen wären, hätte sie die Sachen nicht unter dem Ladentisch verstecken müssen, sondern offen verkaufen können. Und auf einmal kam Franzi ein großer Verdacht: Waren das etwa gefälschte Markenklamotten? Das würde ja bedeuten, dass Hans und Georg Markenfälscher waren! Sie musste unbedingt herausfinden, ob die Verkäuferin die beiden kannte.

»Siehst du!«, sagte sie so beiläufig wie möglich zu Marie. »Hans und Georg haben uns nicht zu viel versprochen.« Sie drehte sich zur Verkäuferin um. »Die beiden haben uns nämlich gestern im Skatepark den Tipp gegeben, dass wir bei Ihnen mal vorbeischauen sollen.«

Die Verkäuferin stutzte kurz, dann lächelte sie. »Ach so, ja: Hans und Georg. Sie gehören auch zu der Firma, sie arbeiten im Vertrieb.«

Damit hatte sie sich verraten: Hans und Georg belieferten sie also mit den gefälschten Sachen! Erst kauften sie Billigware aus der Fabrik und dann platzierten sie darauf die gefälschten Markenlogos.
»Möchtest du das T-Shirt mal anprobieren?«, fragte die Verkäuferin.
Marie nickte. »Klar.«
Die Verkäuferin zeigte ihr die Kabinen. Marie verschwand hinter einem Vorhang und tauchte kurz darauf wieder mit dem T-Shirt auf.
»Das Grün steht dir ausgezeichnet«, sagte die Verkäuferin. »Es passt sehr gut zu deinen blonden Haaren und den blauen Augen.«
Marie drehte sich vor dem Spiegel und lächelte geschmeichelt.
»Also, das musst du einfach nehmen!«, sagte die Verkäuferin.
»Ich weiß nicht«, sagte Marie und zögerte plötzlich. »Mein hellblaues T-Shirt gefällt mir irgendwie besser.«
Sofort ging die Verkäuferin zurück zum Ladentisch und kramte in der Schachtel. »Na also! Wusste ich doch, dass wir das T-Shirt auch noch in Hellblau haben.«
Marie nahm es strahlend entgegen, verschwand damit in der Kabine und kam gleich wieder raus.
»Und? Was meint ihr dazu?«, fragte sie Kim und Franzi und zwinkerte ihnen hinter dem Rücken der Verkäuferin zu.
In Franzis Gehirn ratterte es. Marie wollte ihnen offensichtlich eine geheime Botschaft übermitteln. Plötzlich fiel es ihr wie Schuppen von den Augen: Wenn Marie das gleiche T-Shirt

zu Hause hatte, war das die Gelegenheit, um die beiden Teile zu vergleichen und auf Markenfälschung hin zu überprüfen!
»Sehr gut«, sagte Franzi schnell.
Kim hatte die Botschaft auch verstanden und nickte begeistert. »Das steht dir wirklich viel besser als das grüne.«
»Wusste ich's doch«, sagte Marie und verschwand wieder in der Kabine. Als sie herauskam, schwenkte sie das hellblaue T-Shirt in der Hand. »Das nehm ich!«
Die Verkäuferin lächelte. »Eine sehr gute Wahl! Dazu würde übrigens auch sehr gut eine dunkelblaue Hose aus derselben Kollektion passen. Soll ich sie dir mal zeigen?«
Marie zögerte kurz, aber bevor sie in ihren üblichen Kaufrausch verfallen konnte, stoppte Franzi sie: »Nein, danke! Meine Freundin hat genau das, was sie wollte.«
Marie wollte erst protestieren, überlegte es sich dann aber doch anders. »Stimmt, du hast recht.«
»Gut«, sagte die Verkäuferin. »Aber schaut bald mal wieder rein. Ich bekomme laufend neue Markenware.«
Die drei !!! nickten eifrig. Die Verkäuferin trug das T-Shirt zur Kasse, tippte aber den Preis nicht ein, sondern schrieb ihn auf einen extra Quittungsblock. Auch das fand Franzi mehr als merkwürdig. Sie wollte also diese Sachen eindeutig am Finanzamt vorbeischmuggeln. Gut, dass sie nicht wusste, dass sie drei Detektivinnen vor sich hatte!
Marie bezahlte, und die Verkäuferin packte das T-Shirt in eine blickdichte dunkelblaue Tüte. Sie legte noch den Quittungsbon mit hinein und reichte die Tüte Marie. »Hier, viel Spaß damit!«

»Spaß hab ich bestimmt«, sagte Marie und klimperte mit ihren getuschten Wimpern.
Kim kicherte hinter vorgehaltener Hand. Schnell gingen die drei !!! zur Tür und verließen den Laden.
Draußen lachte Kim los. »Ich hab's fast nicht mehr ausgehalten! ›Spaß hab ich bestimmt.‹ Die hast du ja ganz schön auf die falsche Fährte gelockt.«
Marie warf ihre Haare nach hinten und lächelte selbstbewusst. »Tja, da zahlt sich eben wieder mal mein Schauspielunterricht aus!«

Michi, der Chemie-Experte

»Ich kann's kaum noch erwarten!«, rief Franzi. »Los, hol das andere T-Shirt!«
Die drei !!! waren gleich nach ihrer erfolgreichen Aktion im Sportgeschäft zu Marie nach Hause gefahren und hatten sich in ihr Zimmer zurückgezogen. Herr Grevenbroich drehte gerade mal wieder eine Folge der *Vorstadtwache*, und sie waren zum Glück vollkommen ungestört.
Marie rekelte sich auf ihrem Designer-Lesesessel und gähnte herzhaft. »Mach jetzt bloß keinen Stress. Weißt du eigentlich, wann ich heute aufgestanden bin? Um halb sieben, am Samstag! Und jetzt ist es halb vier.«
»Dein Problem«, meinte Franzi ungerührt. »Keiner hat von dir verlangt, dass du dich so aufbrezelst.«
Da mischte sich Kim ein: »Ich bin auch wahnsinnig gespannt, ob wir einen Unterschied bei den T-Shirts entdecken können.«
»Okay, okay«, sagte Marie. »Ich geh ja schon.«
Sie raffte sich aus dem Sessel hoch und ging zu ihrem weißen dreiteiligen Kleiderschrank, der die gesamte Breite des Zimmers einnahm. Als sie ihn aufmachte, kamen unzählige Kleiderbügel voller Hosen, Blusen, Röcke und Kleider zum Vorschein. Daneben gab es Extrafächer für Shirts, Pullover, Tücher, Schmuck und Gürtel. Über ein Dutzend Schuhe waren unten am Boden aufgereiht.
Kim pfiff durch die Zähne. »Wow! Jetzt weiß ich endlich, warum du jeden Tag was anderes anhast.«

»Du übertreibst«, sagte Marie mit gespielter Bescheidenheit. Dann kramte sie in einem Fach mit T-Shirts, die sie für ihre Aerobicstunden, zum Laufen und fürs Fitnessstudio verwendete. »Ah, hier ist es!« Sie zog aus der Tiefe ein hellblaues, leicht zerknittertes T-Shirt heraus. »Ich hab es übrigens noch nie benutzt, weil ich ja kaum skate.«
Franzi verzog die Mundwinkel. So was könnte ihr nie passieren!
Kim holte inzwischen das neu gekaufte T-Shirt aus der Tüte. »Wo können wir die Sachen ausbreiten?«
Marie warf einen kurzen Blick auf ihren großen Schreibtisch, der jedoch voller Bücher und Papiere war. »Am besten auf dem Boden«, schlug sie vor.
Franzi breitete das neue T-Shirt auf dem weißen Flauschteppich aus. Marie legte ihr altes daneben. Dann setzten sich die Detektivinnen im Schneidersitz davor und verglichen die Teile mit bloßem Auge.
»Ich finde, die sehen ziemlich gleich aus«, sagte Franzi. »Dein altes ist ein bisschen zerknittert, aber ansonsten stimmt die Farbe überein: das gleiche Hellblau.«
Marie nickte. »Der Schnitt scheint auch gleich zu sein.« Sie legte die T-Shirts kurz übereinander, um es zu überprüfen. »Ja, genau.«
»Farbe und Schnitt lassen sich wahrscheinlich leicht fälschen«, vermutete Kim. »Aber beim Logo dürfte es schon sehr viel schwieriger sein. Das sollten wir uns genauer ansehen.«
Marie holte aus dem Regal ihre Lupe, die sie zusammen mit anderen Sachen, die sie für den Detektivclub brauchte, in

einer blauen Schachtel aufbewahrte. Konzentriert beugte sie sich zuerst über das alte T-Shirt und dann über das neue.
»Und? Erkennst du was?«, fragte Franzi ungeduldig.
»Hmm ...«, machte Marie und beugte sich noch mal über die beiden Shirts. Dann schüttelte sie den Kopf. »Ich bin mir nicht sicher. Seht am besten selbst.«
Franzi nahm ihr die Lupe aus der Hand. Dann versuchte sie, sich beim ersten T-Shirt ganz genau den Verlauf und die Farbe des Logos einzuprägen. Es war entweder von Hand gestickt worden oder von einer sehr guten Nähmaschine, mit vielen kleinen, feinen Stichen nebeneinander, die eine circa drei Millimeter breite Schlangenlinie ergaben. Als Franzi es mit dem anderen Logo verglich, konnte sie auf Anhieb keine Unterschiede in Verlauf und Farbe erkennen. Doch plötzlich stutzte sie. »Die Fäden beim neuen T-Shirt sind etwas dünner, kann das sein?«
»Lass mich auch mal!«, bat Kim und überprüfte ebenfalls gründlich die beiden Logos. »Ja, du hast recht, aber ich glaube, das liegt daran, dass nicht ganz so viele Stiche verwendet wurden.«
Marie stöhnte. »Aber der Unterschied ist minimal, das könnte auch ein Zufall sein, besonders wenn die Logos von Hand aufgenäht wurden.«
»Stimmt«, sagte Kim. »Manche Firmen, besonders die exklusiven, werben sogar oft dafür, dass ihre Logos und Monogramme von Hand gefertigt werden und keins dem anderen gleicht. Darüber hab ich mal was gelesen.«
Die drei !!! sahen sich ratlos an. War etwa ihre ganze bisherige Arbeit umsonst gewesen? Oder waren sie doch auf einer fal-

schen Spur? Aber Franzi wollte so schnell nicht aufgeben. Sie hatte das Gefühl, dass sie ganz dicht dran waren. »Kommt, lasst uns noch mal alles genau durchchecken!«
»Gute Idee«, sagte Kim.
Eifrig beugten sie sich noch mal jeder mit der Lupe über die T-Shirts und verglichen die beiden Logos.
»Hier bei dem neuen Shirt ist über dem Logo so ein komischer Rand«, stellte Franzi plötzlich fest.
»Zeig mal«, bat Marie und nahm ihr das T-Shirt aus der Hand. »Tatsächlich! Das ist mir vorher gar nicht aufgefallen. Was könnte das sein?«
Kim strich vorsichtig über den Rand. »Hmm, fühlt sich irgendwie klebrig an.«
»Ein Kleber!«, rief Franzi. »Das Logo ist anscheinend nur aufgeklebt und danach mit ein paar Stichen festgenäht worden.«
Sofort nahmen sie sich noch mal das andere T-Shirt vor, konnten aber dort keine Spuren von Kleber entdecken.
»Super!«, sagte Franzi. »Da haben wir den Unterschied. Das ist unser Beweis. So ein Kleber ist bestimmt viel billiger.«
Marie war auch ganz euphorisch, nur Kim schloss sich der Begeisterung nicht an. »Das reicht aber nicht als stichhaltiger Beweis. Wir müssten durch irgendein Experiment nachweisen, dass es tatsächlich ein Kleber ist.«
Die drei !!! dachten angestrengt nach, aber es fiel ihnen beim besten Willen kein geeignetes Experiment ein.
»Lassen wir's doch dabei«, sagte Marie. »Wir sollten die Typen sowieso weiter beschatten und dann auf frischer Tat ertappen.«

Kim fuhr sich mit den Fingern durch die kurzen Haare. »Wartet doch mal, nicht so schnell …«
Franzi wunderte sich. »Warum warten, wenn wir …«, fing sie an.
»Stopp!«, rief Kim und sah ihre Freundinnen mit leuchtenden Augen an. »Ich weiß, was wir noch machen können: Wir müssen Michi fragen!«
»Michi?«, riefen Marie und Franzi wie aus einem Mund.
Franzi konnte ja verstehen, dass Kim jede Gelegenheit nutzen wollte, um Michi zu treffen, aber wie er ihnen bei diesem Problem helfen sollte, war ihr allerdings schleierhaft.
»Ja, Michi!«, sagte Kim. »Er hat doch einen Chemiebaukasten. Vielleicht sind da irgendwelche Substanzen drin, mit denen er das T-Shirt testen kann.«
Marie und Franzi tauschten einen skeptischen Blick.
»Meinst du wirklich?«, fragte Franzi.
»Ich bin mir da auch nicht so sicher«, sagte Marie.
Doch Kim war von ihrer Idee nicht mehr abzubringen. »Einen Versuch ist es auf jeden Fall wert. Wir können nichts dabei verlieren: Entweder er findet was heraus oder eben nicht. Dann können wir immer noch mit der Beschattung weitermachen.«
Franzi und Marie gaben auf. Kim würde nicht eher Ruhe geben, bis sie ihren Kopf durchgesetzt hatte.
»Okay«, sagte Marie. »Versuchen wir es.«
Kim holte strahlend ihr Handy heraus und wählte Michis Nummer. Ihre Finger zitterten dabei, und als sie das Handy ans Ohr hielt, wurde sie von Sekunde zu Sekunde röter.
»Hallo? Hi! Hier ist Kim. … Danke, gut. Und dir? … Toll!

Du, was ich dich fragen wollte: Du hast doch diesen Chemiebaukasten … Nein, wir wollen nicht die Schule in die Luft sprengen!« Sie lachte und konnte sich gar nicht mehr einkriegen. »Entschuldige … hihi! Also, wir haben da einen Test, den wir gerne durchführen würden, mit Textilien … Nein, die Details erzählen wir dir lieber mündlich … Wann hättest du denn Zeit? …… Heute nicht mehr? Schade! …… Aber morgen? Ja, das ist super. …… Um drei Uhr? Äh … warte, da haben wir eigentlich schon einen Termin mit einer anderen Klientin, aber ich glaube, den können wir verschieben.« Sie sah Marie und Franzi fragend an, und als beide heftig nickten, bestätigte sie den Termin: »Alles klar, also dann bis morgen.«
Als sie auflegte, war sie knallrot geworden. »Stellt euch vor, wir dürfen zu ihm kommen! Das erste Mal sehe ich, wo er wohnt.«
Franzi und Marie kicherten.
»Toll!«, sagte Franzi und zwinkerte Marie dabei zu. »Ich bin auch schon *total* gespannt auf seine Wohnung.«

Am nächsten Tag trafen die drei !!! gleichzeitig Punkt drei Uhr vor Michis Haustür zusammen. Er wohnte zurzeit in einem Hochhaus mit vielen kleinen Appartements, die vor allem an Studenten vermietet wurden. Ein Freund hatte ihm großzügigerweise die kleine Wohnung überlassen, während er ein Auslandssemester in Kanada verbrachte.
Kim hüpfte vor Aufregung hin und her. Sie hatte sich ausnahmsweise gestylt und statt Jeans und T-Shirt ein buntes Sommerkleid mit Spaghettiträgern und weitem Rock an-

gezogen. Heute war aber auch ein richtig heißer Sommertag.
»Bitte, klingelt ihr!«, sagte sie. »Ich schaff das gerade nicht.«
Franzi grinste. »Kein Problem.« Dann drückte sie auf den Knopf.
»Michi Millbrandt«, kam eine tiefe Stimme aus der Lautsprecheranlage.
»Wir sind's, die drei !!!«, sagte Franzi.
Michi drückte auf den Summer. »Siebter Stock!«
Sie fuhren mit dem Aufzug hoch. Michi wartete schon an der offenen Tür. »Schön, dass ihr da seid!«
Franzi und Marie betraten als Erste den Flur, Kim folgte ihnen zögernd. Michis Wohnung bestand aus einem einzigen Raum, der gleichzeitig als Küche, Wohn- und Schlafzimmer diente. Nur vom winzigen, quadratischen Flur ging noch eine Tür ab, die wahrscheinlich ins Bad führte.
»Sorry«, sagte Michi. »Bei mir ist es nicht besonders luxuriös. Wir müssen uns auf den Boden setzen.«
Kim strahlte ihn an, als hätte er sie gerade als Prinz in sein Schloss geführt. »Klar, kein Problem!«
Sie ließen sich im Kreis auf dem Boden nieder, und Michi stellte eine Schale mit Keksen in die Mitte.
Kim konnte nicht widerstehen und griff zu. »Hmm, ist der aber lecker, mit weißer Schokolade!«
Michi grinste. »Die Weißen mag ich auch am liebsten. Aber jetzt sagt endlich: Worum geht es denn?«
Marie holte tief Luft und fing an zu erzählen. Sie musste ein bisschen ausholen, damit Michi die Zusammenhänge verstand. Am Schluss zeigte sie ihm die beiden T-Shirts und

berichtete von ihrer Vermutung, dass die gefälschte Version des Logos mit einem billigen Kleber auf den Stoff platziert worden war.
Michi hörte aufmerksam zu. »Verstehe, und jetzt wollt ihr, dass ich mit meinem Chemiebaukasten den Beweis dafür liefere?«
»Ja, genau«, sagte Franzi.
»Hmmm …« Michi überlegte, und Kim himmelte ihn die ganze Zeit an.
»Schwierig«, sagte Michi. »Man müsste den Kleber bzw. das komplette Logo irgendwie ablösen. Wartet mal kurz, ich schau in meinen Chemiebaukasten rein.« Er holte ihn und machte ihn auf. Es war ein richtig großer, professioneller Kasten, nicht bloß so ein Spielzeug für Kinder. »Was könnten wir denn da nehmen? Ach, hier! Aceton vielleicht.«
»Aceton?«, fragte Franzi. »Noch nie gehört.«
Kim kannte den Stoff auch nicht, aber Marie rief plötzlich: »Ist das nicht ein Lösungsmittel, das auch in Nagellackentferner drin ist?«
»Kann schon sein«, meinte Michi, der in puncto Schminken Marie natürlich nicht das Wasser reichen konnte.
»Doch, ich erinnere mich«, sagte Marie. »Auf einem meiner Fläschchen stand Aceton mit drauf bei den Inhaltsstoffen!«
Kim runzelte die Stirn. »Ist das nicht ein ziemlich scharfes Zeug? Es riecht zumindest ziemlich ätzend, wenn man die Flasche aufmacht.«
»Ja«, bestätigte Michi. »Aceton hat eine ähnliche Wirkung wie Benzin, es löst zum Beispiel Farben auf.«
»Ich glaube, das sollten wir lieber nicht verwenden«, meinte

Franzi. »Bestimmt wirkt es so stark, dass es sowohl das echte als auch das falsche Logo auflösen würde.«
Michi kratzte sich am Kopf. »Wahrscheinlich hast du recht. Hmm … Moment mal, ich hab da noch eine andere Idee: Wenn es ein Kleber aus Acryl ist, müsste er weich werden, wenn man ihn erwärmt.«
»Dann machen wir das doch!«, rief Kim.
Michi nickte. »Ich überlege nur gerade, wie.«
Marie spielte mit einer Haarsträhne herum und hörte plötzlich damit auf. »Wie wär's mit einem Föhn?«
Michi sah sie verblüfft an, dann lachte er. »Ja, klar! Warum bin ich da nicht gleich draufgekommen. Die Wärme reicht auf jeden Fall aus.«
Kim klatschte in die Hände. »Wir haben es, wir haben es! Michi, du bist genial. Und du natürlich auch, Marie.«
»Bin sofort wieder da«, sagte Michi, sprang auf und verschwand im Bad. Kurz darauf kam er mit einem kleinen schwarzen Föhn zurück. »Hier haben wir unser Gerät! Soll ich den Föhn drüberhalten, oder wollt ihr das tun?«
Marie und Franzi zögerten, aber Kim sagte natürlich sofort: »Mach du! Du kannst das sicher am besten.«
Franzi fragte sich zwar, was daran so schwer sein sollte, einen Föhn zu halten, doch da legte Michi auch schon los. Er stellte das Gerät auf die niedrigste Stufe und hielt ihn direkt über das Logo. Zunächst passierte gar nichts.
»Okay«, sagte er. »Dann erhöhen wir mal die Wärme.« Er schaltete vorsichtig auf die zweite Stufe hoch.
Gespannt beobachteten die drei !!! die Prozedur.
»Ich glaub, jetzt tut sich was!«, rief Kim aufgeregt.

Sofort schaltete Michi den Föhn aus und beugte sich über das T-Shirt. »Du hast recht. Der Kleber ist total weich geworden.«
»Er läuft sogar richtig aus«, rief Kim. »Iiiih, ist das eklig! Jetzt klebt nicht nur das Logo, sondern der ganze Stoff drum herum.«
Triumphierend sahen sich die Detektivinnen an.
»Da haben wir den Beweis!«, sagte Franzi. »Das kann kein Marken-T-Shirt sein, das ist eindeutig eine Fälschung.«
Marie nickte. »Das T-Shirt sollten wir gut aufheben. Ich freu mich jetzt schon darauf, wenn wir es Kommissar Peters zeigen.«
»Ich hab extra zwei verschließbare Plastikbeutel mitgebracht«, sagte Kim und kramte in ihrem Rucksack. »Da drin sind die beiden Teile geschützt.«
Michi sah sie bewundernd an. »Du denkst mal wieder an alles!«
»Ach, das ist doch nichts Besonderes …«, murmelte Kim, während sie die T-Shirts vorsichtig in den beiden Plastikbeuteln verstaute. »Ohne dich hätten wir das nie hingekriegt, vielen Dank für deine Hilfe!«
»Gern geschehen«, sagte Michi. »Ihr wisst ja, ich steh euch jederzeit zur Verfügung, wenn ihr mich braucht. Und ich drück euch ganz doll die Daumen für euren Fall.«
Franzi lächelte. »Danke!«
Marie packte die Plastiktüte aus dem Sportgeschäft ein und stand auf. »Ja, vielen Dank, Michi!«
»Ihr wollt schon gehen?«, fragte Michi. »Ich dachte, wir unternehmen noch was zusammen. Heute ist so schönes Wetter.«

Das stimmte. Zum ersten Mal in diesem Sommer waren die Temperaturen auf dreißig Grad geklettert.
Franzi schüttelte den Kopf. »Tut mir leid, ich hab keine Zeit. Ich muss dringend mal wieder mit Tinka ausreiten. Sie hat viel zu wenig Bewegung gehabt in der letzten Woche.«
»Ich muss auch los«, sagte Marie. »Mein Vater hat heute frei und will mit mir eine Radtour machen.«
Michi seufzte. »Schade! Tja, da kann man nichts machen. Und was ist mit dir, Kim? Hast du auch schon was vor?«
Kim zuckte zusammen. »Ich? Äh … Nein …«
»Dann lass uns doch zusammen schwimmen gehen«, schlug Michi vor. »Das Wasser im Badesee müsste inzwischen warm genug sein.«
Kim biss sich auf die Lippe, um nicht rot zu werden. »Zum Badesee? Äh … Ja, klar. Ich muss nur noch meine Badesachen holen, aber das geht ganz schnell. In zwanzig Minuten bin ich mit dem Rad wieder bei dir.«
»Toll!«, sagte Michi, und Kim schwebte wie auf Wolken an Marie und Franzi vorbei zur Tür, ohne sich von ihnen zu verabschieden.

Geheimes Tagebuch von Kim Jülich
Sonntag, 19:34 Uhr
Warnung: Ich kann es nicht oft genug wiederholen: Dieses Tagebuch ist topsecret! Das gilt für Franziska Winkler und Marie Grevenbroich und besonders für Ben und Lukas!!!
Heute war der wunderbarste Tag in meinem ganzen Leben!!! Ich kann es immer noch nicht glauben, was passiert ist. Michi hat mich gefragt, ob ich mit ihm schwimmen gehen möchte!

Ich hab Ja gesagt, und wir waren tatsächlich zusammen am Badesee, nur wir beide! Zwischendrin hab ich immer wieder die Augen zugemacht und mir vorgestellt, dass wir ein Liebespaar sind. Natürlich sind wir das nicht, aber allein die Vorstellung hat mich wahnsinnig glücklich gemacht.
Michi war sooo lieb zu mir! Er hatte eine riesige Bastmatte dabei, die ich mitbenutzen durfte. Er hat mir lauter spannende Sachen über seine Ferienjobs erzählt, und dann hat er mich sogar noch auf ein Eis eingeladen!
Zum ersten Mal hab ich ihn in Badehosen gesehen! Er sieht noch viel, viel süßer aus, als ich es mir vorher ausgemalt hatte. Er hat nicht nur im Gesicht Sommersprossen, sondern auch auf dem Rücken und den Oberschenkeln. Er ist ganz zart braun, und auf seiner Brust wachsen viele wunderschöne braune Haare. Seine Oberarme sind ganz schön muskulös, er sieht schon richtig wie ein erwachsener Mann aus!
Als er sich mit Sonnenöl eingecremt hat, hab ich ihn heimlich dabei beobachtet. Hoffentlich hat er es nicht gemerkt! Am liebsten hätte ich ihn ja gefragt, ob er mir den Rücken eincremt, aber das hab ich mich dann doch nicht getraut.
Es war wirklich wunderwunderwunderbar!!!
Wir sind ziemlich weit rausgeschwommen, bis zur letzten Boje, und haben uns gegenseitig nass gespritzt und total viel gelacht. Das Einzige, wofür ich mich jetzt noch ohrfeigen könnte, ist, dass ich oft nicht wusste, was ich ihm erzählen sollte. Ich war so verwirrt und glücklich, dass ich bestimmt total blöd rumgestottert hab. Michi hat sich zum Glück nicht beschwert. Er war so süß und hat die Unterhaltung zum größten Teil selbst übernommen. Aber wenn wir noch mal schwimmen gehen sollten,

werde ich mir vorher extra ein paar Themen zurechtlegen. So was passiert mir garantiert nie wieder!
Leider weiß ich immer noch nicht, ob er mich nach wie vor einfach nur nett findet oder ob er auch ein bisschen in mich verliebt ist. Schließlich wollte er ja ursprünglich nicht nur mit mir schwimmen gehen, sondern auch mit Franzi und Marie.
Ob ich wohl je herausfinden werde, was Michi wirklich für mich empfindet? Ich hoffe es so sehr. Aber egal was die Zukunft bringen wird, diesen Tag kann mir niemand mehr wegnehmen. Ich werde mich immer an ihn erinnern, mein ganzes Leben lang!

Detektivtagebuch von Kim Jülich
Sonntag, 19.50 Uhr
Noch nie ist es mir so schwergefallen, vom geheimen Tagebuch zum Detektivtagebuch zu wechseln. Detektivinnen brauchen einen klaren Kopf, und den habe ich im Moment absolut nicht. Ich will trotzdem versuchen, die letzten Ereignisse so nüchtern wie möglich zusammenzufassen.
Das Wichtigste zuerst: Unser zweiter Fall hat sich als echter Volltreffer erwiesen. Ich bin ja so froh, dass ich schließlich doch auf Franzi gehört und mich auf den neuen Fall eingelassen habe.
Wir haben jetzt den definitiven Beweis, dass die günstigen Markenklamotten gefälscht sind, und wir wissen von der Verkäuferin, dass sie die Markenfälscher Hans und Georg kennt und mit ziemlicher Sicherheit von ihnen beliefert wird. Trotzdem reicht uns das immer noch nicht aus.
Wir müssen die Verdächtigen unbedingt auf frischer Tat ertappen, um ihnen das Handwerk zu legen. Dazu müssen wir sie erst beschatten, zum Beispiel im Skatepark, in dem sie hoffentlich in

nächster Zeit wieder auftauchen werden, um neue Kunden anzuwerben. Und dann müssen wir Kommissar Peters einschalten und die Täter in einen Hinterhalt locken. Wie wir das allerdings schaffen sollen, ist mir noch ein Rätsel.
Allein damit werden wir mehr als genug beschäftigt sein. Daneben steht aber noch eine andere dringende Sache an: Wir müssen unbedingt mit Sabrina reden! Ich hab ein total schlechtes Gewissen, weil wir den Termin mit ihr verschoben haben und ich ihr nicht mal sagen konnte, wann wir wieder Zeit für sie haben werden. Morgen sollten wir es auf jeden Fall versuchen, zu ihr zu fahren. Inzwischen glaube ich Franzi: Sabrina hat etwas vor uns verheimlicht und spioniert uns, aus welchem Grund auch immer, nach. Das dürfen wir nicht zulassen, und so können wir nicht mit ihr weiterarbeiten. Sie muss ihre Karten endlich offen auf den Tisch legen und uns sagen, was los ist.
Wer weiß, vielleicht hat sie uns ja nur teilweise belogen, weil sie sich wegen irgendetwas schämt? Oder weil sie jemand anderen schützen will? Wir werden es herausfinden und nicht eher lockerlassen, bis sie uns alles erzählt hat.
Puh, das wird eine anstrengende Woche werden! Nebenbei müssen Franzi, Marie und ich ja auch noch zur Schule gehen. Das ist echt ungerecht: Erfolgreiche Detektivinnen wie wir sollten einen Sonderbonus bei den Lehrern haben und ab und zu die Schule schwänzen dürfen, wenn es für die Ermittlungen notwendig ist. Aber das wird wohl leider nur ein schöner Traum bleiben.

Sabrina packt aus

Die drei !!! beschlossen, Sabrina nicht vorher anzurufen, sondern einfach unangemeldet am Montagnachmittag bei ihr aufzukreuzen, damit sie keine Gelegenheit hatte, sich neue Lügengeschichten auszudenken oder irgendwelche Vorkehrungen zu treffen. Weil das Wetter immer noch traumhaft war, verabredeten sie sich mit den Rädern und fuhren gemeinsam zu ihr hin.

Gerade als sie die Räder abschlossen, hörten sie plötzlich jemand nach ihnen rufen: »Hallo? Seid ihr nicht die Detektivinnen?«

Es war Sabrinas Nachbar, der dunkelhaarige Mann mit der Brille. Er trug Boxershorts und ein weißes T-Shirt und lag zusammen mit einer grauen Tigerkatze in einem Liegestuhl. Sobald die Katze die Detektivinnen sah, sprang sie aus dem Liegestuhl, rannte über den Rasen und verschwand hinter einem Busch.

»Entschuldigt«, sagte der Nachbar, »Suri ist etwas scheu.« Er stand auf und kam zu ihnen an den Zaun. »Ich heiße übrigens Holzer.«

Kim trat nervös von einem Bein aufs andere. Sie hasste Verzögerungen, und außerdem wollte sie das Gespräch mit Sabrina endlich hinter sich bringen. »Hallo, Herr Holzer!«, sagte sie trotzdem höflich. »Ich bin Kim, und das sind Marie und Franzi. Können wir irgendwas für Sie tun?«

Herr Holzer schüttelte den Kopf. »Eigentlich nicht. Mir geht es gut und meiner Katze auch. Aber ich wollte euch etwas

mitteilen, das vielleicht für eure Ermittlungen interessant sein könnte.«
Sofort horchten die drei !!! auf.
»Worum geht es denn?«, fragte Franzi neugierig.
»Um diesen Zeitungsartikel über die Tierfänger, von dem ihr gesprochen habt«, antwortete Herr Holzer. »Irgendwie ist mir die Sache nicht aus dem Kopf gegangen. Ich hab mich die ganze Zeit gefragt, wie ich den Artikel übersehen konnte. Schließlich hab ich noch mal extra die Wochenendausgabe herausgesucht und alles durchgeblättert.«
Marie, Franzi und Kim hingen gespannt an seinen Lippen.
»Und? Haben Sie ihn gefunden?«, wollte Marie wissen.
Herr Holzer schüttelte den Kopf. »Nein, er war tatsächlich nicht drin. Aber jetzt kommt's: Ich hab mit meiner Frau darüber gesprochen, und die hat sich erinnert, dass vor einem Monat ein Artikel über Tierfänger in der Zeitung stand. Wir haben die alten Zeitungen rausgeholt und den Artikel tatsächlich gefunden. Einen Tag später erschien dann übrigens an der gleichen Stelle eine Meldung, dass die Bande gefasst wurde.«
Franzi schluckte. Also war ihre Vorahnung genau richtig gewesen! Was das genau bedeutete, konnte sie im Moment noch gar nicht begreifen.
»Vielen Dank«, sagte Kim. »Könnten Sie uns den Artikel und die Meldung geben, als Beweisstücke?
Herr Holzer lächelte. »Gern. Bin gleich wieder da.« Er verschwand im Haus und kam kurze Zeit später mit zwei Zeitungsseiten zurück. »Hier sind eure Beweisstücke! Ich bin ja heilfroh, dass die Tierfänger nicht mehr frei herumlaufen. Und ihr könnt euren Fall damit auch abschließen, oder?«

Franzi faltete die Zeitungsseiten und steckte sie in ihre hintere Hosentasche. »Hmm, mal sehen.«
»Na dann, viel Erfolg weiterhin!«, wünschte ihnen Herr Holzer.
Franzi nickte und lief los. Jetzt hatten es die drei !!! alle ziemlich eilig. Während sie hinüber zu Sabrina gingen, tuschelten sie aufgeregt.
»Habt ihr das gehört?«, flüsterte Kim. »Sie hat uns angelogen!«
»Hab ich euch doch gleich gesagt«, flüsterte Franzi zurück.
Marie machte: »Tsss, tsss! Jetzt bin ich ja mal gespannt, wie sie auf diese Neuigkeit reagieren wird.«
Die drei !!! klingelten bei ihr. Kurz darauf hörten sie Schritte, und eine Frau mit kurzen blonden Haaren machte auf. »Ja, bitte?«
»Sie sind sicher Sabrinas Mutter«, sagte Franzi. »Wir würden gern Sabrina besuchen. Ist sie zu Hause?«
Die Frau seufzte. »Ja, schon, aber sie macht gerade Hausaufgaben.«
»Wir werden sie nicht lange stören«, sagte Kim. »Können wir kurz zu ihr, nur für zehn Minuten?«
»Na schön«, sagte Sabrinas Mutter.
Schnell liefen die drei !!! die Treppe hoch und klopften an Sabrinas Tür.
»Hallo, wir sind's!«, rief Marie, ohne auf eine Reaktion zu warten.
Sabrina, die mit dem Rücken zu ihnen an ihrem Schreibtisch saß, fuhr herum und wurde blass. »Ihr? Aber … w…wir … hatten doch gar nichts ausgemacht.«

»Stimmt«, sagte Franzi ungerührt und ließ sich auf eines der dunkelblauen Sitzkissen fallen. Kim und Marie setzten sich auch.
»Wir waren gerade in der Gegend, und da dachten wir, wir schauen endlich bei dir vorbei«, erzählte Marie im harmlosen Plauderton.
»Toll … s…super!«, stammelte Sabrina, die immer noch ziemlich blass war. Sie versuchte, ihre Fassung wiederzugewinnen, indem sie hektisch ein paar Sachen auf ihrem Schreibtisch ordnete. »Bin gleich so weit. So, fertig!« Dann trug sie ihren Schreibtischstuhl hinüber zu den Sitzkissen.
Aus den Augenwinkeln registrierte Franzi, dass ihr Zimmer diesmal nicht so toll aufgeräumt war wie bei ihrem letzten Besuch. Die drei !!! beschlossen, sie ein bisschen auf die Folter zu spannen, und sahen sie zunächst einfach nur schweigend an.
Sabrina knetete nervös ihre Hände. »Ich … also, wegen Samstag … da wollte ich nur noch mal …«
»Ja, was wolltest du?«, fragte Kim.
»Ich … äh … ich wollte euch wirklich nicht verfolgen oder so. Nachspionieren schon gleich gar nicht. Das müsst ihr mir glauben. Ich war nur … so neugierig, wie ihr weiterkommt mit euren Ermittlungen.«
Franzi sah ihr direkt in die Augen. »Unsere Ermittlungen kannst du ruhig uns selbst überlassen. Je weniger wir dabei gestört werden, umso besser. Das liegt auch in deinem Interesse.«
»Natürlich!«, sagte Sabrina schnell. »Ich weiß, ihr seid super Detektivinnen und habt alles voll im Griff.«

Franzi musste sich zusammenreißen, um nicht laut loszulachen. Sabrinas Komplimente wirkten noch künstlicher als sonst. Sie verwendete sie offensichtlich, um von sich selber abzulenken.

»Schön, dass du uns vertraust«, sagte Kim. »Wir vertrauen nämlich grundsätzlich auch unseren Klienten.«

»Grundsätzlich«, wiederholte Marie und dehnte das Wort extra in die Länge.

Sabrina rutschte unruhig auf ihrem Stuhl herum.

»Dürfen wir dir eine Frage stellen?«, machte Franzi weiter.

»Klar«, sagte Sabrina.

Franzi holte tief Luft. »Wann ist noch mal der Artikel über die Tierfänger in der Zeitung erschienen?«

Sabrina wurde auf einmal knallrot. »Ich … kann mich nicht mehr ganz genau erinnern, aber ich glaube, Samstag vor einer Woche.«

»Merkwürdig«, sagte Kim. »Dein Nachbar, Herr Holzer, den wir vor den Tierfängern gewarnt haben und der die Zeitung sehr regelmäßig und sehr gründlich liest, hat den Artikel an diesem Wochenende nicht finden können, aber er hat uns darauf aufmerksam gemacht, dass der Artikel vor einem Monat erschienen ist.«

»Und dass die Tierfängerbande bereits einen Tag später gefasst wurde«, fügte Marie hinzu.

Sabrinas Gesichtsfarbe wechselte jetzt zwischen Rot und Weiß hin und her. »Ich … äh … was??«

Da holte Franzi die beiden Zeitungsseiten aus ihrer Hosentasche. »Zufällig hat Herr Holzer den Artikel und die Meldung aufgehoben. Hier sind sie. Was sagst du dazu?«

Bevor Sabrina antworten konnte, schob Kim gleich die nächste Frage hinterher: »Und warum hast du behauptet, du hättest die Spuren der verletzten roten Katze im nassen Gras gesehen, obwohl es damals an dem Tag gar nicht geregnet hat?«

Da schluchzte Sabrina plötzlich auf. »Ich muss euch was beichten!«

Die drei !!! lehnten sich in ihren Sitzkissen zurück und sahen sie erwartungsvoll an.

»Das glauben wir allerdings auch«, sagte Marie trocken.

Sie ließen Sabrina eine Weile schluchzen. Nachdem sie sich wieder einigermaßen beruhigt und ausgiebig geschnäuzt hatte, begann sie stockend zu erzählen: »Ich wollte euch nicht anlügen, ich wollte nur … ich hatte schon so viel von euch gehört und ich wollte euch endlich mal selber kennenlernen. Aber ich wusste genau, ihr seid immer so beschäftigt und so … da ist mir plötzlich was eingefallen. Eine total verrückte Idee. Ich dachte, wenn ich mir irgendeinen Fall ausdenke und euch um Hilfe bitte, könnt ihr mir das bestimmt nicht abschlagen und …«

»Einen Fall *ausdenken*?«, hakte Kim nach. »Heißt das etwa, deine Katze ist gar nicht verschwunden?«

Sabrina schüttelte den Kopf. Die drei !!! starrten Sabrina entgeistert an.

In dem Moment hörten sie plötzlich ein Kratzen an der Tür und danach ein forderndes »Miiiauu!«.

»Ist das … Samtpfote?«, fragte Franzi.

Statt zu antworten, ging Sabrina zur Tür und machte sie auf. Eine schwarz-weiß gefleckte Katze mit schwarzen Pfoten sprang herein und lief auf die Detektivinnen zu. Schnurrend strich sie um ihre Beine und stellte den Schwanz dabei hoch. Franzi strich ihr über den Rücken, und Samtpfote schnurrte noch stärker. Sie rieb sogar ihren Kopf mit dem kleinen, weißen Dreieck auf der Stirn an Franzis Knie.

Sabrina ließ sich wieder auf ihren Stuhl fallen. »Samtpfote war nie weg. Ich hab sie nur vor euch versteckt.«

Franzi merkte, wie die volle Wucht dieses Geständnisses bei ihr ankam. So was war ihnen wirklich noch nie passiert: Ein Fall, der gar kein Fall war! Von Anfang an hatten sie umsonst ermittelt, und Sabrina hatte seelenruhig dabei zugesehen. Auf einmal machten auch ihre ganzen Komplimente Sinn: Sie war eine dieser abgedrehten zehnjährigen weiblichen Fans, die alles dafür tun würden, ihren Popstar ein einziges Mal aus der Nähe sehen zu können. Nur dass es diesmal kein Popstar, sondern eben zufällig ein Detektivclub gewesen war. Und Kim und Marie waren ja auch prompt auf die Komplimente hereingefallen.

»Es tut mir so leid«, murmelte Sabrina. »Ich hätte das nicht tun dürfen. Es war so bescheuert von mir. Ich hab diesen alten Artikel von den Tierfängern zufällig noch auf meinem Schreibtisch gehabt und ihn als Vorwand genommen, damit ihr mich auch wirklich ernst nehmt. Ich bin doch erst zehn und … Meine Mutter hat den Artikel natürlich nicht weggeworfen, aber ich konnte ihn euch doch nicht ein zweites Mal zeigen, dann hättet ihr vielleicht noch das Datum gesehen und … Entschuldigt! Es tut mir echt wahnsinnig leid. Könnt ihr mir noch mal verzeihen?«

Marie, Kim und Franzi tauschten einen langen, fassungslo-

sen Blick. Sie waren alle immer noch ganz benommen und wussten nicht, ob sie zuerst schreien, vor Wut heulen oder lachen sollten.
Schließlich meinte Marie: »Das stellst du dir so leicht vor? Wir sollen dir also einfach so verzeihen?«
Sabrina stiegen wieder Tränen in die Augen. Zaghaft nickte sie.
Und plötzlich machte Samtpfote, die sich vernachlässigt fühlte, laut: »Miau!« Dann ließ sie sich auf den Rücken fallen und streckte ihren weißen Bauch zum Kraulen hin.
Da konnten die drei !!! nicht anders: Sie mussten laut lachen.
Sabrina sah zunächst unsicher von einer zur anderen, aber dann lachte sie auch erleichtert mit.

Auf frischer Tat ertappt

Früher, wenn sie sich Krimis im Fernsehen angeschaut hatte, hatte Franzi immer gedacht, dass Detektive am laufenden Band spannende Sachen erlebten, sozusagen von einer Action-Szene in die nächste geworfen wurden. Inzwischen wusste sie, dass die Realität oft ganz anders aussah. Leider gehörten zur Detektivarbeit auch ewig lange, zähe Stunden, in denen nichts, aber auch gar nichts passierte und man trotzdem dauernd Augen und Ohren offen halten musste. Mittlerweile hatte sie schon einige solcher Stunden durchgestanden, aber heute war sie kurz davor, alles hinzuwerfen und einfach abzuhauen.

Die drei !!! standen sich jetzt schon den dritten Tag im Skatepark die Beine in den Bauch, um die Fälscherbande zu beschatten, aber Hans und Georg schienen unsichtbare Antennen zu haben und es irgendwie zu merken. Jedenfalls tauchten sie einfach nicht auf. Die Angeber-Clique ließ sich auch nicht blicken.

Wenn Franzi wenigstens hätte skaten können, aber selbst das ging nicht, weil sie dann zu sehr abgelenkt gewesen wäre. Die drei !!! konnten nur ein bisschen auf ihren Skates herumcruisen, aber die meiste Zeit hingen sie nur doof rum. Franzi wusste schon nicht mehr, was sie zu Benni und Leonhard als Ausrede sagen sollte. Die beiden hatten in den letzten zwei Tagen immer wieder versucht, sie zum Skaten zu überreden, und jedes Mal hatte sie ablehnen müssen.

Heute kamen sie wieder an und winkten ihr schon von Wei-

tem zu. Sie setzten sich auf eine Bank, um ihre Inliner anzuschnallen, und bald würden sie hier sein.
»Oh Mann!«, stöhnte Franzi. »Kann ich nicht wenigstens eine Viertelstunde in die Halfpipe gehen?«
Kim und Marie schüttelten streng die Köpfe.
»Kommt nicht infrage!«, sagte Marie. »Da müssen wir jetzt alle gemeinsam durch.«
Franzi sah ihre Freundinnen flehend an. »Bitte! Nur zehn Minuten!«
Marie zögerte. »Hmm, na ja, wenn's nur so kurz ist. Aber was machen wir, wenn die Typen ausgerechnet in diesen zehn Minuten auftauchen?«
Franzi dachte blitzschnell nach. »Kein Problem! Ich stell mein Handy auf Vibrationsalarm, dann könnt ihr mich jederzeit anrufen, und ich bin sofort bei euch. Lasst es dreimal klingeln und legt gleich wieder auf, dann weiß ich Bescheid.«
»Ach, nee …«, zögerte Kim.
»Okay, meinetwegen«, sagte Marie, und da gab endlich auch Kim gnädig nach.
Franzi fiel ihren Freundinnen um den Hals. »Danke! Das vergess ich euch nie.«
Kim winkte ab. »Mach bloß, dass du wegkommst!«
Das ließ sich Franzi nicht zweimal sagen. Schon düste sie davon. Benni und Leonhard, die inzwischen auch ihre Ellbogen- und Knieschützer angelegt hatten, kamen ihr entgegen.
»Hallo, Franzi!«, rief Benni. »Heute kannst du nicht schon wieder Nein sagen. Heute *musst* du mit uns skaten.«
»Tu ich auch«, sagte Franzi.

Benni und Leonhard starrten sie verblüfft an. Damit hatten sie nicht gerechnet.
Leonhard grinste über das ganze Gesicht. »Super!«
Die Jungs wollten schon in Richtung Halfpipe abstarten, als Franzi sie zurückhielt. »Stopp! Ich skate aber nur unter einer Bedingung mit euch.«
»Und die wäre?«, fragte Benni, und Leonhard sah sie erschrocken an.
Franzi grinste. »Ihr müsst ganz normal zu mir sein! Kein so 'n Blödsinn, dass ihr mir dauernd ein Eis holen wollt oder Wasser oder so und komische Sprüche macht.«
Benni und Leonhard stutzten kurz, dann lachten sie beide.
»Geht klar«, sagte Leonhard.
Benni hielt Franzi seine Hand hin. »Versprochen!«
Franzi schlug ein, und dann lief sie los. »Wer zuerst bei der Halfpipe ist!«
Zu dritt liefen sie um die Wette. Obwohl Franzi einen kleinen Vorsprung hatte, holte Benni sie im letzten Moment doch noch ein. Lachend gingen sie in die Halfpipe und tobten sich aus. Franzi vergaß alles um sich herum und genoss die schnelle Bewegung. Ihre Muskeln waren schon ganz eingerostet gewesen. Als sie gerade oben an der Kante wartete, um wieder zu starten, vibrierte plötzlich ihre Hosentasche. Zuerst konnte sie das Geräusch überhaupt nicht einordnen, doch als es nach dem dritten Vibrieren aufhörte, zuckte sie zusammen. Alarm! Das war das Zeichen. Es ging los!
»Sorry«, sagte sie zu Benni und Leonhard, »ich muss weg.«
»Wohin denn?«, fragte Leonhard.
Benni war ganz empört: »Das kannst du jetzt nicht bringen!«

»Ich erklär's euch später«, sagte Franzi und sauste davon.
Marie und Franzi machten ihr bereits ungeduldig Zeichen.
Franzi beschleunigte und stoppte genau vor ihnen.
»Wo sind sie?«, fragte sie aufgeregt.
Kim deutete unauffällig hinüber zur Snake. Dort war gerade die Angeber-Clique eingetroffen. Seit dem letzten Mal hatte sie sich schon wieder vergrößert: Zwei Jungs und ein Mädchen waren neu dazugekommen. Und genau auf diese Neuzugänge redeten zwei Typen mit Sonnenbrillen ein: niemand anders als Hans und Georg!
Franzi pfiff leise durch die Zähne. »Volltreffer!«
»Los!«, zischte Marie. »Wie müssen uns verstecken, sie dürfen uns nicht sehen.«
Die drei !!! verschanzten sich hinter dem dicken Stamm einer Kastanie. Von dort hatten sie den perfekten Blick auf die Fälscher, konnten jedoch umgekehrt nicht gleich entdeckt werden. Gespannt beobachteten sie die beiden Typen. Sie machten weit ausholende Bewegungen und priesen garantiert gerade ihre »günstige« Markenkleidung an. Die Neuen aus der Clique hörten interessiert zu und nickten immer wieder zwischendurch. Dann drehten sich Hans und Georg zu den anderen um und erzählten ihnen auch irgendwas. Wahrscheinlich wollten sie, dass die noch weitere Klamotten kauften. Anscheinend machten sie einen Witz, denn die Clique lachte und klopfte sich wiehernd auf die Schenkel. Dann machten die Fälscher plötzlich kehrt und verabschiedeten sich von den Jugendlichen.
»Und – Action!«, flüsterte Franzi.
Die drei !!! verließen ihr Versteck und folgten auf ihren In-

linern den Männern. Hans und Georg marschierten zielstrebig auf das Osttor des Schillerparks zu. Zum Glück drehten sie sich nicht um. Als sie das Tor passiert hatten, gingen sie zu einem dunkelblauen Golf, der auf dem Gehsteig geparkt war, und stiegen ein: Hans auf der Fahrerseite und Georg auf der Beifahrerseite. Die drei !!! duckten sich hinter einer Litfaßsäule. Dann startete Hans den Motor des Golfs, und die Männer fuhren los.
»Los, hinterher!«, rief Franzi. »Auf dem Fahrradweg.«
Auf einmal schossen ihr wieder die Bilder aus dem Traum in den Kopf, den sie in Berlin gehabt hatte. Das hier war genau wie im Traum: nur dass sie diesmal keine Bankräuber, sondern Markenfälscher verfolgte!
Hans konnte nicht besonders schnell fahren, weil der Nachmittagsverkehr ziemlich dicht war. Trotzdem hatten die Detektivinnen Mühe, mit dem Auto Schritt zu halten. Besonders Kim, die am wenigsten Skate-Erfahrung hatte, keuchte schon nach ein paar Minuten: »Ich kann nicht mehr!«
»Du schaffst das!«, rief Franzi ihr aufmunternd zu.
»Gib jetzt bloß nicht auf!«, sagte Marie.
Kim biss die Zähne zusammen und lief tapfer weiter. Hans und Georg schlängelten sich durch die Innenstadt und bogen dann in Richtung Industriegebiet ab.
»Hoffentlich wollen die nicht wieder nach Neumarkt«, sagte Marie. »Dann können wir einpacken.«
Kim schüttelte den Kopf. »Glaub ich nicht. Dann hätten sie schon längst auf die Bundesstraße abbiegen müssen.«
Kim sollte recht behalten. Die Markenfälscher wollten nicht die Stadt verlassen, sondern fuhren in Richtung Industrie-

gebiet. Ähnlich wie in Neumarkt reihte sich auch hier eine Fabrik an die andere, unterbrochen von ein paar Einkaufszentren und Tankstellen. Hans und Georg bogen zweimal links und einmal rechts ab und bremsten schließlich. Die drei !!! bremsten auch und vergrößerten den Abstand.

Vor einer kleinen, ziemlich heruntergekommenen Fabrik stoppte Hans und parkte das Auto am Straßenrand. Die beiden Männer stiegen aus und liefen, ohne sich umzudrehen, hastig auf die Fabrik zu und verschwanden darin.

»Und was machen wir jetzt?«, fragte Kim.

»Hinterher natürlich«, sagte Franzi. »Diesmal will ich rein und sehen, was die da drin so treiben.«

Marie nickte. »Trotzdem sollten wir uns Verstärkung holen. Was haltet ihr davon, wenn ich Kommissar Peters eine SMS schicke und ihm die Adresse durchgebe?«

»Gute Idee«, sagte Franzi.

Marie holte ihr Handy raus und tippte schnell drauflos. »Fertig«, sagte sie ein paar Sekunden später. »Wir können.«

Plötzlich merkte Franzi, wie ihre Knie weich wurden und ihr Herz heftig gegen die Rippen schlug. Am liebsten hätte sie jetzt zusammen mit Marie und Kim den Power-Spruch aufgesagt, um sich Mut zu machen, aber dafür hatten sie keine Zeit.

»Viel Glück«, flüsterte sie ihnen stattdessen zu.

»Viel Glück«, kam von beiden zurück.

Sie tauschten ihre Inliner gegen Sportschuhe und wagten sich in die Höhle des Löwen. Vorsichtig schlichen sie sich auf das Gelände der Fabrik, umrundeten das Gebäude einmal und entdeckten einen kleinen Hintereingang. Marie machte so leise wie möglich die Tür auf und streckte den Kopf vor.

»Die Luft ist rein«, flüsterte sie.
Nacheinander schoben sich Marie, Franzi und Kim hinein. Innen war es ziemlich dunkel. Franzi brauchte eine Weile, bis sich ihre Augen an das Dämmerlicht gewöhnt hatten. Dann sah sie sich um. Die Detektivinnen hatten instinktiv den richtigen Eingang gewählt: Sie standen hinter einer großen Metallplatte, die sie vor neugierigen Blicken schützte.
Die Fabrik bestand aus einem einzigen großen Raum, der mit alten Schrottteilen zugerümpelt war. Es roch muffig, so als ob die Fabrik lange nicht mehr benutzt worden war. Doch sie wurde noch oder wahrscheinlich wieder benutzt: In der Mitte waren zwei lange Tische aufgebaut, auf denen sich Textilien stapelten: Sportbekleidung! An den Tischen standen mehrere Arbeiter. Sie hantierten mit Nähmaschinen, Garn und durchsichtigen Flaschen. Als einer der Arbeiter die Flasche über einem T-Shirt ausdrückte, stieg Franzi plötzlich ein intensiver Geruch in die Nase: eindeutig Klebstoff! Und dann sah sie auch Hans und Georg. Die Fälscher standen hinter den Arbeitern und kontrollierten sie.
»Ihr müsst sparsamer mit dem Kleber umgehen!«, rief Hans.
»Mach ich doch schon«, verteidigte sich einer der Arbeiter.
»Nein, nicht so!« Georg riss ihm das Kleidungsstück aus der Hand. »So merkt man doch sofort, dass wir hier die Logos nur fälschen. Der Kleber darf nicht auslaufen, sonst gibt es Ränder, und die sieht der Kunde natürlich.«
Hans lachte. »Es reicht, wenn er nach dem ersten Waschen merkt, dass der Kleber ausläuft und die Fasern rund um das Logo total versaut.«

Nervös sah Franzi auf ihre Armbanduhr. Hoffentlich kam Kommissar Peters bald!

»So, hast du's verstanden?«, fragte Georg. Der Arbeiter nickte.

»Hoffentlich!«, sagte Hans mit einem drohenden Unterton in der Stimme. »Tempo, Tempo! Wir haben nicht den ganzen Nachmittag Zeit. Unsere Verkäuferin braucht dringend Nachschub.«

Und Georg klatschte laut in die Hände. »Macht schon, ihr lahmen Säcke!«

Ängstlich zogen die Arbeiter die Köpfe ein. Franzi taten sie richtig leid. Die Fälscher behandelten sie ja wie Sklaven: Dauernd schikanierten sie sie herum, und garantiert bezahlten sie ihnen nur einen Hungerlohn – schwarz natürlich, was sonst!

Da riss Georg schon wieder einem Arbeiter ein Kleidungsstück aus der Hand. »Nein, nicht so, du Idiot! Wir sind doch keine Stümper, wir sind professionelle Markenfälscher!«

»Ach, das ist ja interessant!«, sagte plötzlich eine ruhige Stimme.

Nicht mal die drei !!! hatten bemerkt, dass Kommissar Peters und sein Kollege Polizeimeister Conrad leise durch den Haupteingang der Fabrik gekommen waren. Hans und Georg starrten den Polizisten fassungslos entgegen. Auch die Arbeiter hielten mitten in ihrer Arbeit inne, die Hände in der Luft.

Schnell liefen der Kommissar und sein Kollege auf Hans und Georg zu. Handschnellen schnappten klirrend zu, und Kommissar Peters sagte: »Sie sind vorläufig festgenommen wegen dringenden Verdachts auf Betrug und Markenfälschung.«

Hans schnappte nach Luft. »Aber … wir können das alles erklären. Wir …«
»Später im Präsidium haben Sie ausreichend Zeit dafür«, schnitt ihm Polizeimeister Conrad das Wort ab.
Die drei !!! kamen aus ihrem Versteck hervor.
»Danke, dass Sie so schnell gekommen sind«, sagte Kim.
Kommissar Peters runzelte die Stirn. »Ich habe Marie doch zurückgesimst, dass ihr nicht in die Fabrik hineingehen sollt. Aber ihr habt es wohl nicht lassen können, was? Und jetzt habt ihr schon wieder einen neuen Fall gelöst.«
Die drei !!! nickten stolz.
»Das gibt's doch nicht!«, rief Hans. »Ihr Kröten habt uns also die Polizei auf den Hals gehetzt?«
Marie, Franzi und Kim verzogen keine Miene. Zufrieden sahen sie zu, wie die beiden Fälscher abgeführt wurden.

Überraschung auf dem Schulfest

»Herzlich willkommen zu unserem Schulfest!«, sagte der Direktor der Georg-Lichtenberg-Gesamtschule. »Im Namen des Lehrerkollegiums begrüße ich alle unsere Schüler, die Eltern, Verwandten und Bekannten. Heute feiern wir ein ganz besonderes Schuljubiläum: fünfzig Jahre Georg-Lichtenberg!«
Alle im Schulhof klatschten, auch Franzi, Kim und Marie, die extra zum Schulfest gekommen war.
Als der Applaus schwächer wurde, beugte sich Franzi zu Marie und Kim hinüber. »Wir haben heute auch was zu feiern, was?«
Kim nickte. »Das kannst du laut sagen. Zwei Fälle in vierzehn Tagen, das soll uns erst mal jemand nachmachen.«
Marie reckte die Nase in die Luft. »Wir sind eben die Besten!«
Franzi kicherte. »Komm wieder runter auf den Teppich! Lasst uns eine Runde über den Hof drehen. Ich hab noch kaum was gesehen.«
Franzis und Kims Schule war heute fast nicht wiederzuerkennen: Überall im Schulhof standen lange Tische und Bänke, Girlanden hingen in den Bäumen, und ein verführerischer Duft nach Grillwürstchen, Waffeln und Popcorn schwebte von den vielen Ständen herüber, an denen Schüler Essen und Getränke verkauften.
»Gute Idee«, sagte Kim. »Ich sterbe vor Hunger!«
Marie lachte. »Du denkst natürlich sofort wieder ans Essen.«
»Klar«, sagte Kim. »Da vorne gibt es nämlich Waffeln mit Sahne und Schokoladeneis, davon *muss* ich eine haben.«

Franzi und Marie stellten sich mit ihr in der Schlange an, und schließlich nahmen sie auch jede eine Waffel. Während sie weiterschlenderten, verspeisten sie genüsslich die frisch gebackenen Teile.
Franzi seufzte. »Von mir aus könnte jeden Tag Schulfest sein. Keine öden Mathestunden, keine Hausaufgaben, keine Lernerei, nur ab und zu würden wir einen neuen Fall an Land ziehen.«
»Klingt nicht schlecht«, meinte Kim.
Doch Marie protestierte: »Hört bloß auf mit einem neuen Fall! Die zwei letzten stecken mir noch in den Knochen. Mann, war das anstrengend!«
Typisch Marie!, dachte Franzi. Wenn es das Schulfach Jammern gäbe, würde sie garantiert die Beste darin sein.
»Was wollen wir denn jetzt machen?«, fragte Kim.
»Uns die anderen Stände ansehen«, schlug Franzi vor. »Hier, da auf dem Zettel steht drauf, was es alles gibt: Tombola, Büchsenwerfen, Schminken, Skaten, Karaoke …«
Plötzlich stieß Marie einen spitzen Schrei aus. »Karaoke? Da müssen wir hin!«
»Oh nein!«, rief Kim. »Bloß nicht.«
Franzi wusste, dass Kim nichts so sehr hasste, wie auf einer Bühne im Rampenlicht zu stehen, vor allen Leuten zu singen und sich dabei total zu blamieren. Franzi hatte zwar keine Angst davor, konnte Karaoke aber auch nichts abgewinnen.
Marie ließ leider nicht locker. Sie bestand darauf, ins Klassenzimmer der 10b zu gehen, die eine Karaoke-Anlage mitgebracht und dort aufgebaut hatten. Widerstrebend ließen sich Franzi und Kim mitziehen.

Das Klassenzimmer der 10b war rappelvoll. Überall auf dem Boden waren Matten für die Zuhörer verteilt, und vor der Tafel hatten die Schüler mit ein paar Podesten eine richtige Bühne aufgebaut. Es gab sogar eine Discokugel an der Decke, die von einem Scheinwerfer angestrahlt wurde und Lichtreflexe an die Decke projizierte.
Gerade sangen zwei Mädchen eine langsame, schnulzige Ballade, die fast so triefte wie die Waffeln, die die drei !!! vorher gegessen hatten.
»Höchste Zeit, dass wir hier mal ein bisschen Schwung in die Bude bringen«, meinte Marie und marschierte entschlossen auf einen Jungen mit langen, braunen Haaren zu, bei dem man die nächsten Nummern anmelden konnte.
Franzi und Kim hielten sich lieber im Hintergrund. Marie kam sofort wieder zurück und strahlte über das ganze Gesicht. »Stellt euch vor, wir sind gleich dran!«
»Wir??«, fragte Kim entsetzt.
»Ja«, sagte Marie, als wäre es das Selbstverständlichste von der Welt. »Ich hab uns alle angemeldet, das ist doch okay, oder?«
Franzi und Kim blieb keine Zeit, um zu protestieren, denn schon hatten die beiden Mädchen ihre Ballade beendet, und der Typ mit den langen Haaren schob die drei !!! auf die Bühne.
»So, Leute!«, verkündete er. »Jetzt kommt eine alte Nummer, die aber immer wieder gut ist: ›We Are the Champions‹!«
Das Intro begann, Marie reichte Kim und Franzi zwei Mikrofone herüber und fing an zu singen. Kim brachte keinen Ton heraus, und auch Franzi war noch so überrumpelt, dass sie Marie einfach nur zuhörte.

Aber spätestens beim Refrain ließ Marie das ihren Freundinnen nicht mehr durchgehen. Mit hektischen Handbewegungen forderte sie sie zum Mitsingen auf. Da gab sich Franzi einen Ruck. Den Refrain kannte sie natürlich gut, und zu zweit klang er gar nicht so schlecht. Nach einer Weile stieg sogar Kim mit ein. Die drei !!! wurden immer sicherer, schließlich grölten sie alle drei laut den Text. Die Zuhörer tobten. Als sie fertig waren, klatschten sie wie verrückt und brüllten: »Zugabe, Zugabe, Zugabe!«
Schnell gab Kim das Mikro ab und sprang von der Bühne. Franzi folgte ihr. Da blieb Marie nichts anderes übrig, als auch die Bühne zu verlassen. Schweren Herzens tat sie es, aber nicht ohne vorher Kusshändchen in die Menge zu werfen.
»Mensch, warum wolltet ihr denn nicht weitermachen?«, fragte sie enttäuscht.
Kim wollte gerade darauf antworten, als sich zwei kleine Mädchen zwischen sie drängten: Sabrina und eine Freundin von ihr, die Franzi schon mal im Skatepark gesehen hatte.
»Was macht ihr denn hier?«, fragte Marie.
»Wir gehen auch auf diese Schule«, antwortete Sabrina. »Wir wollen euch auch nicht lange stören. Ich wollte mich nur noch mal bei euch entschuldigen wegen der Sache mit Samtpfote, ihr wisst schon.«
Die drei !!! tauschten einen kurzen Blick.
»Entschuldigung angenommen«, sagte Kim stellvertretend für alle.
Sabrina lächelte erleichtert, machte aber keine Anstalten zu gehen.
»Was ist denn noch?«, fragte Franzi leicht genervt.

Sabrina druckste herum. »Äh … meine Freundin Svenja, die will … sie hätte gern ein Autogramm von euch.«
Svenja nickte stumm dazu, während sie die Detektivinnen mit großen, bewundernden Augen anstarrte.
»Was soll das?«, fragte Marie. »Wir hatten dir doch erklärt, Sabrina, dass wir keinen Star-Rummel wollen. Unser Detektivclub muss geheim bleiben, damit wir ungestört ermitteln können.«
»Ich weiß, ich weiß«, sagte Sabrina schnell. »Aber es ist ja nur ein Autogramm. Ich versprech euch, wir belästigen euch auch nie wieder.«
Kims Herz schmolz dahin. »Na schön, aber das ist eine große Ausnahme, verstanden?«
Sabrina und Svenja nickten eifrig. Dann holte Svenja einen Notizblock und einen Glitzerstift heraus und hielt ihn den Detektivinnen hin.
Kim unterschrieb als Erste, danach Franzi. Als sie den Stift an Marie weitergeben wollte, lehnte ihre Freundin ab. »Nein, danke, ich hab meinen eigenen Stift dabei.« Sie holte den Kugelschreiber heraus, den Stefan ihr geschenkt hatte, betrachtete ihn mit einem sehnsuchtsvollen Lächeln und setzte dann damit ihre Unterschrift unter die von Franzi und Kim.
»Danke!«, murmelte Svenja. Das war das einzige Wort, das sie in dem ganzen Gespräch herausbrachte. Und dann rannte sie auch schon mit Sabrina davon.
Die drei !!! sahen den beiden grinsend hinterher.
»Tja, das sind die Nachteile, wenn man langsam berühmt wird«, sagte Franzi.
Marie hob ihre linke Augenbraue. »Nachteile? Wieso denn?

Och, ich finde, so ein kleines bisschen Star-Rummel kann uns nicht schaden.«

In dem Moment klingelte ihr Handy. Neugierig hielt sie es ans Ohr. »Ach, Kommissar Peters! Toll, dass Sie anrufen. Ja, schießen Sie los.« Sie hörte dem Kommissar ziemlich lang zu, dann bedankte sie sich bei ihm und legte auf. »So viel zum Thema Star-Rummel. Kommissar Peters gratuliert uns, er meint, wir hätten wieder mal ganze Arbeit geleistet. Er will uns nächste Woche ins *Café Lomo* einladen und den Erfolg mit uns feiern.«

»Und uns natürlich die übliche Standpauke halten«, sagte Kim. »Was hat er noch erzählt?«

»Hans und Georg haben ein komplettes Geständnis abgelegt. Kein Wunder, bei der erdrückenden Beweislage. Und ratet mal, wen sie noch verhaftet haben?«

Franzi überlegte. »Die Verkäuferin aus dem Sportgeschäft?«

»Erraten«, sagte Marie. »Sie war im Gegensatz zu unseren Fälschern nicht vorbestraft und hat bei der Sache nur mitgemacht, weil sie mit ihrem Laden kurz vor dem Konkurs stand. Sie wollte ihr Geschäft unbedingt retten.«

»Daraus wird jetzt wohl nichts«, sagte Kim. »Die Arme, irgendwie tut sie mir fast leid.«

Das konnte Franzi gut nachvollziehen. »Aber Hans und Georg tun mir nicht leid!« Da klopfte ihr plötzlich jemand von hinten auf die Schulter. Schnell drehte sie sich um. »Benni, Leonhard, ihr seid schon da?«

»Schon da?«, murmelte Kim, die genauso wie Marie wusste, dass die beiden Jungs nicht auf die Georg-Lichtenberg-Gesamtschule gingen.

Marie grinste amüsiert, und Franzi fühlte sich durchschaut. Natürlich hatte sie ihren Freundinnen nicht auf die Nase gebunden, dass sie Benni und Leonhard zum Schulfest eingeladen hatte.
»Und? Wie sieht's aus?«, fragte Benni. »Skatest du eine Runde mit uns?«
Leonhard zwinkerte ihr zu. »Bitte!«
Franzi räusperte sich. »Äh … gleich. Ich muss nur noch schnell was Wichtiges erledigen. Geht schon mal vor.«
Zögernd ließen sich die beiden darauf ein.
»Aber komm wirklich nach, ja?«, sagte Benni.
Franzi nickte und wurde rot. Dann drehte sie sich wieder zu ihren Freundinnen um.
»Was musst du denn noch erledigen?«, fragte Marie.
»Mit euch den Power-Spruch aufsagen natürlich!«, antwortete Franzi und lachte.
Franzi, Kim und Marie stellten sich im Kreis auf, streckten die Arme in die Mitte und legten die Hände übereinander. Dann riefen sie im Chor: »Die drei !!!« Kim sagte: »Eins!«, Franziska »Zwei!« und Marie »Drei!«. Zum Schluss hoben sie gleichzeitig die Arme in die Luft und riefen laut: »POWER!«

Showdown im Scheinwerferlicht

Maja von Vogel
Die drei !!!, Band 6:
Skandal auf Sendung
144 Seiten
Taschenbuch
ISBN 978-3-551-31525-0

Wie aufregend: Kim, Franzi und Marie haben die Chance, mit ihren Klassen an einer Quizshow im Fernsehen teilzunehmen! Marie träumt schon lange von ihrem ersten Fernsehauftritt, aber auch Kim würde gerne einmal ihr Können beweisen. Moderiert wird die Veranstaltung von dem beliebten Fernsehstar Thomas Niedlich. Doch kurz bevor es in die entscheidende Runde geht, verschwindet der Moderator spurlos. Die Polizei geht davon aus, dass er entführt wurde. Ganz klar: Die drei !!! haben einen neuen Fall!

Doppelte Spannung

Henriette Wich
Die drei !!!: Gefährlicher Chat / Betrug beim Casting
288 Seiten
Sammelband
ISBN 978-3-551-31385-0

Ein Jugendsender sucht eine neue Mädchenband. Die ganze Schule ist im Castingfieber und auch Marie ist sofort Feuer und Flamme. Kim und Franzi unterstützen sie natürlich. Doch etwas scheint nicht mit rechten Dingen zuzugehen – ist etwa Bestechung im Spiel?

Franzi verbringt jede freie Minute in einem Chatforum. Dort erfährt sie von einer Einbruchserie. Die Diebe schlagen immer am Tag zu und wissen genau, dass gerade niemand zu Hause ist. Die drei !!! haben den Verdacht, dass das Onlineportal in den Fall verwickelt ist …

CARLSEN

www.carlsen.de